老昆明碎片
粉墙青瓦

黄豆米 著

云南出版集团
云南人民出版社

图书在版编目（CIP）数据

粉墙青瓦/黄豆米著. -- 昆明：云南人民出版社，2017.6 （老昆明碎片）

ISBN 978-7-222-15829-0

Ⅰ.①粉… Ⅱ.①黄… Ⅲ.①散文集-中国-当代 Ⅳ.①I267

中国版本图书馆CIP数据核字(2017)第018994号

封面设计：西　里
责任编辑：唐贵明　胡　萍
责任校对：唐贵明
责任印制：代隆参

书　名：老昆明碎片　**粉墙青瓦**
作　者：黄豆米　著
出　版：云南出版集团　云南人民出版社
发　行：云南人民出版社
社　址：昆明市环城西路609号
邮　编：650034
网　址：www.ynpph.com.cn
E-mai：ynrms@sina.com
开　本：787mm×1092mm　1/32
印　张：11
字　数：170千
版　次：2017年6月第1版第1次印刷
印　刷：昆明富新春彩色印务有限公司
书　号：ISBN 978-7-222-15829-0
定　价：58.00元

如有图书质量及相关问题请与我社联系
审校部电话：0871-64164626　印制科电话：0871-64191534

作者简介

黄豆米，女，1957年出生于云南昆明，本名张丽萍。高中毕业赶上最后一批知识青年上山下乡，当知青两年返城工作。在国营企业做了九年企业报编辑之后，于1989年辞去公职走上自由撰稿人之路。香港回归前五年专为香港《大公报》副刊供稿，继后两年任《今日东方》（香港）杂志编辑。1993年由中国工人出版社出版了处女作长篇纪实文学《山红谷黑》，1994年由天津百花文艺出版社出版了散文集《南柯南巴葱》，至今已出版十部文学作品。主要著有纪实文学《女人也闯金三角》，长篇散记《朝圣梅里雪山》、《圣地游戏——梅里雪山徒步外转》、《浪迹西双版纳》等。几十年致力于散文创作，作品具有鲜明的地域特色，朴实细腻，纯净超然，是另样的散文作家。纪实文学作品均取材社会共同关注的焦点，视角宏大，多以亲历亲闻见长而具有不容替代的史料价值。

获云南省首届文学艺术基金奖、第13届冰心奖，2007年加入中国作家协会。

目录

1　自序

1　法国人镜头里的老昆明
13　北门 北门
33　斗虫虫与过城门
41　逼死坡上之生死
57　孙髯翁墓前
61　咒蛟台上
71　最后一次泊船的大观河上
76　"风和日丽"的公堂
79　昆明1943：抗战大反攻前的悠然
97　又"见"萧乾在昆明
108　老马地巷记

146 小巷流水

159 小巷炊烟

175 在北门街居委会的外婆

188 布鞋底上的市井人生

194 天伦之鞋

204 一生化成一句叹息

210 零碎境界

216 一只旧木柜

221 过年见山茶

226 七月圆通寺

235 父亲的"公有制"记忆

251 父亲的上海公交月票

257 昆明人生活里的花·针线活

263 女人端午

267 妈妈的舞鞋和白手套

272 母亲的终身大事

283 母亲的花开在那个时候

295 家有微草

305 能不忆"高峤"

329 跋一：我和父亲与《老照片》

333 跋二：外婆身后

自序

我写作二十多年所出版的书，没有一部与自己的生长地和父母有关。2001年我在北京出版的一本书热销，昆明新华书店上市此书搞活动，我把父亲请去活动现场，父亲约了他最亲近的侄女即我大表姐同去。不知表姐是在哪点上被触动，事后正儿八经地建议我写写自己的父母："你应该写一本你的父亲母亲的书。"我笑而不语，心想真是外行人说话，我父母那样平凡普通，写什么？不料十年后，我竟然一头扎进"外行人"的倡议里，如饥似渴，耗去五年时光。

2005年父亲病故，2007年母亲离开人世，接连失去双亲的痛楚和失去过程中一次比一次深的愧疚，使我整个身心沉湎其中不能自拔，心碎得碰都碰不得，一碰就成粉末似的。母亲走后第三年我确信父母真的走了，要留住萦绕我身上的他们快散尽的余温和快没了的气息，必须尽快动笔，存进文字里与我永不分离。接踵而至的丧亲之痛，令我不可遏制地写起我那草一样伏在大地上的渺小平凡的已故亲人。这种痛让我睁开另一只我不知道的眼,从习以为常当中猛然见到了永恒的一面。

不仅生养我的亲人们全走了,老家也从地上消失,老家的彻底消失和我对此麻木不仁,加重了失亲之痛。因为等到终于会想老家,渴望回到与亲人们共同生活了几十年地方重温旧梦时,什么都没有了,老家的房子和老家所在的街道已在多年前荡然无存,这才意识到老家于我个人意味着什么。在老家,父母结婚生儿育女,外婆把我和弟弟带大并且祖孙仨形影不离十多年;在老家,我的两个姐姐哥哥夭折,外婆寿终正寝;在外婆永远睡去的房间,我结婚安家;老家的屋子还另外安下了外婆的嫡孙一家,外婆人生最后几年四世同堂,虽然住所没有所谓的堂……为老家送终的那一天,我像往常一样把木格子门合上,上了锁,不同的是,钥匙不是自己拿着,是交给了搬迁验收的人员。一交出钥匙,家门立刻被糊上了写着大红字"拆"的封条。那天我身上的挎包里不再有老家的门钥匙,却好好放着两样东西,一样是已停止使用几年的我的北门街粮店购粮本,一样是继续生效的我的北门街户口簿和身份证。这两样东西于我而言,双亲在世时它们是我生存的必需,双亲一走,只有它们能证明我从哪里来,从小到大每天吃些什么。明白了自己从何来,也就明白了往哪里去,也就明白了有些事是生前带来今世必须完成的，所谓的使命。

于是手中的笔从思念写起，下去之后却由不得我了，笔触越伸越远，越展越开阔，父母不再是我一个人的，已经是人生舞台上的一个角色，时代的一个缩影和象征，顺着他们这根藤，我次第触摸到了祖辈的脉动，接上了我生长地的历史脉络，走进了梦都不会去梦的民国时代老家街上声名显赫的政坛人物和文化大师们的世界，逼得我不得不同时写作另一本长篇散文《老昆明碎片：北门先生》，去装扩展出来的内容。这才发现，印着我胎记的地方有座宝藏，悄悄为我打开宝藏门的，正是住在天上的父母亲。

而原本只打算为怀念而写的这本书，实际成了一本以我作古的亲人为主线，把家事家史当一座城市史来观照，讲我老家一带五百年往事的老昆明的书，所以把以前发表过的相关散文和近年写作发表的散文合成一集，取名《老昆明碎片：粉墙青瓦》。此书只有14万字，事儿却写得老远，起因还是怀念。父母初到昆明北城门里安家生根时，明代建的城墙和城门都还在，民居清一色的明清建筑四合院。几年后开始拆城墙，扒得只剩圆通动物园里的一段留做城墙遗址。1998年老城改造，明清建筑彻底拆除，之后几年父亲病故。父亲去世前重病的一年多里做了一件让我体味不尽的事，即他拿我弟弟淘汰多年几乎照不了什么的"傻瓜"相机去动物园给明代残墙拍照，夏天拍了一张，来年春天又拍了一张，秋天里人就永远走了。我清楚父亲的这点儿心思,所以这本书以《法国人镜头下的老昆明》来开篇。我和弟弟都在母亲做了十年女工的那家医院出生,医院旁边是明永历帝殉国处,大明王朝在此彻底了结,为了这生生死死的循环,得写写这位倒霉透顶的末代皇帝。围在明城墙里的昆明城池几百年间发生的顶大的事,永历帝之外,莫过于从一座边塞小城变成中国抗战大后方的这段历史,这时期流亡昆明的萧乾于半个世纪后成了我的恩师,最巧的是他住的那条街正是我老家的街。新中国成立后,外婆在老家街上做了几十年的居委会工作,整条街的旮旮旯旯都是她的脚迹窝,我自然从小熟悉街上的每座院坝,现在得以从容回顾。外婆故去二十五年我开始回首,才知道外婆那里有关老家街道的第一手素材于我多么珍贵,但都被老人家带进坟墓了。总之,就这么时空交错的一路写下来,在我老家的旧街陋巷大杂院的平民百姓生活这里达到高潮并落幕。愿写下这些以补我年轻时的无知。

年轻时,我像扔掉一件破烂,
看着
钢铁巨爪下,老家老街纷纷瓦解,
斧锯声中,倒地的大树堵塞巷子。
我踏着树和瓦砾走过时,
旋即回想这底下,自己和祖辈

生活的某个片段,
头也不回,离开得最好忘掉故地。

待知回头,两鬓华发,故地人非物非,
只能到最后一眼里的废墟上,拾些
记得的石头土坯木头砖瓦,
砌座粉墙青瓦的四合院,
铺条青石板的小巷;找一根
记得的残枝来插青,
栽成大树。
这就去喊,魂回来。

因失去而有距离,因距离而有这本书,有了心灵的回归地,是残酷了。大概这是回归的代价。

2015年3月23日

法国人镜头里的老昆明

中国近代史上有第一张照片，是法国人达盖尔发明摄影技术后第三年即1842年，一位英国人拍摄的广东道台。此后半个世纪里，中国封建王朝的大门虽然被西方的坚船利炮轰开，洋人洋货长驱直入，但照相技术的跟进，缓慢得皇宫贵人般迟迟不来，这期间洋人拍摄下的中国镜头也就凤毛麟角。

殖民者均从海上来，按常理，随着他们的足迹而拍摄记录下的城市，应该是飘扬各国国旗船只的沿海港口城市。不想事情反着来，被他们全方位拍摄下来的城市，竟然是偏僻得不能再偏的西南一隅的昆明。云南与法国殖民地的越南山水相连，这位殖民者哪有不觊觎"家"门口领地的道理，首先把铁路从越南河内修建到昆明，现在人们都知道这条滇越窄轨铁路是中国最早的国际铁路之一。法国人毕竟是照相术的发明者，领先掌握着这项技术和拥有照相器材，他们把铁路都修进昆明来了，手中的照相机，顺理成章对准了火车终点站的昆明。法国殖民者为修建滇越铁路与中国协商，负责协商的是法国驻滇总领事奥古斯特·弗朗索瓦，这位憧憬着新世纪开发云南新殖民地宏伟蓝图的总领事，是个摄影发烧友，与他同时期和稍后来到云南的一批法国殖民先行者们，也像他一样爱拍照爱到发烧，他们由越南进出中国，昆明是中转站和根据地，于是，在这座城市里所能见到的，全被拍摄下来。没人统计过他们拍摄昆明拍了多少张照片，他们后来捐给自己国家各类博物馆和本国机构收藏下来的照片，已达四千多幅，其中奥古斯特·弗朗索瓦的1600余幅照片分别收藏在法国吉迈亚洲艺术博物馆和"奥古斯特·弗朗索瓦协会"。20世纪初的中国城市，留下影像的屈指可数，昆明就这么偶然地留存下那么多照片。现在的昆明人观赏这些自己居住城市百年前的照片，形如看到传说中的先人一样。

封建王朝时代，云南是朝廷贬官流放充军地，这些人当中，杨升庵被贬得最惨，永不许回京都甚至原籍，可这位明朝失意诗人的眼中，蛮荒的云南很美，昆明被他用"天气常如二三月，花枝不断四时春"的诗句一写，后来人对昆明印象，天天是春天。昆明城在外地人眼中是座春城，在古时昆明人和现在活着的老辈人眼里，只是"四周六城"。过去我不明白老人们为何这样称呼，看了弗朗索瓦等法国人百年前拍摄下的昆明照片，才听懂了他们挂在嘴边，只存活于他们那一代人的词汇"四周六城"，原来是前一两年才基本拆除,拥有500余年历史的明代砖城,我们这代人虽然生长其中,因城市巨变早没了原样,哪里听得懂什么四周六城。几天前舅母向我父亲诉苦,正好用上了这个即将消亡的俚语。舅母说我舅父在世时不管家:"他一起

图①

床就'四周六城'地走了,晚上还要看场滇剧才摸黑回家。"看照片再听老人这么一说,感觉没有比四周六城这词儿,能把这座城池一笔勾画尽的。

"四周六城"是怎样的呢?中国人寻求天人合一,人与自然对应共处的思想,强烈存照于讲风水的古建筑上。四周六城的昆明城就是一座"龟蛇相交"的城池。建城一千多年的昆明在历史上有过两次重大修筑,一次是元代,在昆明设云南行中书省,行政中心由唐宋时期的大理,迁移到昆明,设置昆明千户所,"昆明"正式成为城市名。第二次在明代,明洪武年间重建成一座砖城(图①),筑城墙的砖每块重达10余公斤。因城位于长虫山即蛇山余脉的山麓,著名的阴阳学家汪湛海把城池设计成龟状,龟与蛇相接,方可生帝王之气,于是城开六门,门上有城楼,亦即昆明老人所说的四周六城。南门是龟头。北门为龟尾,

图②

龟尾动才有生气,因而北门的内城门向北,廓门朝东。龟之四足分别是大、小东门和大、小西门,龟足起动,故而大西门和小西门的内门向东,外门向南;小东门的内门向西,外门向南;只有大东门(图②),其内外门一致向东,因为八卦中东方属木,木宜伸,忌曲折。

　　昆明自元代起虽然成了云南的政治中心,还是一座边隅之城,与京城反着来:元代尚武,昆明城只把一部分不重要的商业街区划出城外。明代重商,昆明城却把商业中心的三市街也甩出去,即整个商业区移到城外,城内仅有官府衙门、兵营和几座寺庙祠堂,墙高城固,环城有护城河通舟楫,深宫似的。城外是百姓与商家,达官贵人们还是要跑出郊外建别墅豪宅,像那句流行语所言,"城里的人要出来,城外的人要进去",所以每天下午5时城门外一声炮响,东、西、北五道城门关闭。晚上9点"睡炮"二响后,南门关上,10时最后一炮响,全城禁止通行。

　　昆明'99世博会到昆明的游人,都见过老昆明的象征——金马、碧鸡两座牌坊。二牌坊按原样复原,巍巍对峙于原位置上。金马、碧鸡牌坊始建于明代宣德年间,按日月运行角度的改变来设计,每逢秋分和仲秋节令重叠这天的傍晚时,碧鸡牌坊这边日落,金马牌坊那边月升,二坊的倒影一点点接近,最后交相辉映。但是,金马与碧鸡交相辉映,60年都不一定遇上。牌坊下是明清时期的商业中心,三市街与金碧路的交叉口(图③④),街道店铺鳞次栉比,商号林立,滇越铁路建成后,距火车终点站塘子巷只是几里地的这里,成了洋人商埠,有法国邮政局,英美等国的仓库,希腊和日本洋行,国人铺子里摆满洋

图③

图④

货。可是二牌坊这样的精华之景和最繁华的这一带,只能在城南门之外。

城门内也是沿街店铺,只是西洋影子少了,多了各种小摊贩的身影,有胳膊下夹着几刀土纸叫卖的,肩上扛着几匹土布向布店推销的,肩背上压着小山样大一捆松毛的山民在路上投下庞大的身影,在路边凝神屏气锔碗锔盆的工匠,在路边支几个风炉当街卖米线的……十足的昆明味。这副街景中,一位年轻力壮的山里人身背栗炭,把挂棍顶住背篓底,倚墙歇气的场景最有意思(图⑤):卖炭人走来的这条街高处,耸立着北城门"望京楼",他歇脚的那面墙上,一张挨一张贴着云南乡试中第的捷报,与他迎面而过的,个个头戴瓜皮帽、拖根长辫子、背手信步、一副年轻书生的神

图⑤

态，就是他近旁茶馆里喝茶的老者也显得悠闲，嘴叼长长的旱烟杆看街上的热闹，显得这位脸庞黝黑眉头紧锁脚穿草鞋的卖炭人，与周围环境格格不入，不要说他与墙上喜报出的"中举"、"及第"几辈子不沾边，或许喜报上的字，一个他也不识，从他直视洋人手中咔嚓咔嚓响的笨重"匣子"却不好奇的目光中，看得出他一心想着的是栗炭能否卖个好价，能否在北门关闭之前卖了出城回家？他才进城，一背炭还没有开张呢。不过，从他背上高过头顶、一两百斤重、质量不错的栗炭上看，不愁卖，因为城里人冬天在家烧风炉烤火，出门提的手炉，茶铺里烧茶，风味小吃摊上烤烧饵块、煮小锅米线等等，哪样不需要烧栗炭，没有比这更好的炭了。半个世纪后，我父母住到了卖炭人歇气的这条街上，那时城门城墙仍旧，山里人还兴背栗炭进城来沿街叫卖，他们脚上穿的还是照片上卖炭人穿的那种草鞋。

昆明街头的挑夫身影，随时随地都见得到的，是靠一根扁担两只木桶挑水吃饭的人（图⑥）。父亲说民国时代的昆明城里，每条巷里都有几眼井，依水井得名的街名有龙井街和吴井桥，巷因井水得名的有12条，其中两条在我们那条街上，叫双眼井巷和四方井巷。水井水，昆明人吃水也就讲究，买好水吃，清初到民国几百年盛行挑水卖的行当——清泉业。卖得最贵的水，是吴井水，这口井水质上乘，又在城外，挑进城更金贵了，富豪家泡茶必用吴井水。父亲说他们这些平民百姓也买水吃，吃不起吴井水，买水甘甜又便宜的老龙河水，这河水是渔民从滇池上运来，每天运水的船一靠岸，候在码头的人们就去抢，买回家做泡菜，舍不得喝。云南十八怪中有"萝卜也当水果卖"，那萝卜就是泡菜，百姓家家做，到了夏天满街都有卖，我上小学时，校门口就是几家卖泡菜的小铺子，每天放学时，铺子前都是学生。女生最爱泡菜，上课前买了带进教室放在抽屉里偷偷吃，放学回家又买了边走边吃。那时滇池上已没有运老龙河水的船，城里没有卖水人，各家各户自己挑水，挑吃的水就近有"机器水"站，那是

图⑥

图⑦

消过毒的自来水,挑用的水还是井水。昆明1920年就有自来水,水厂建在五华山上的逼死坡明末永历帝殉国处,不知昆明清泉业是否从此一步步衰退。

小时候印象中的昆明,是座铺青石板的干净城池,街巷所有石板路被磨得光亮,上面有深深浅浅的马蹄印。我老家一带的街路都在圆通山山麓,又是北城门内,坡度大石阶多,石阶上随处可见马蹄印,我家那条巷的石阶,马蹄印多到每台石阶上都有,我们上下石阶都踏着马脚迹走,所以我对世界上马这种动物,未见它长什么样,已记住它蹄子的样子,而且动物名字中,最先学会的就是"马"字,因为我们的巷名叫老马地巷,报名上小学填写家庭住址就要写这个字。以前,外面的人对云南和昆明的认识,多由马帮来,或本人随马帮翻山越岭来到昆明,或是20世纪50年代从电影《山间铃响马帮来》和电影插曲《马儿呀你慢些走》中来。云南清末民初唯一的长途运输工具,还是马帮,当地土货和山货靠马帮运出去,洋货靠马帮驮进来,其中镖局的马帮最威风,在城里大模大样的出进,那时街巷青石板路上一天不响起清脆的马蹄声,一天就无市。

明代第一位云南布政使沐英修建昆明砖城时,把商业街清出城郭,把圆通山和翠湖圈入城内,供达官贵人游山玩水建园林,他在湖畔盖了自己的西园,旁边是条河,他的马在这条河洗刷。

他好马，喜好到"饮秣洗涮，亲往视之"，这条河因此得名洗马河。明末清初吴三桂做云南王，填去半个翠湖建他的洪化府，门前搭桥过洗马河，桥名洪化桥，此时的洗马河从翠湖流出后，先经洪化桥，出小西门，过蒲草田流到篆塘码头。洗马河畔的洪化府马之多，沐英的马不及，河流在城内的一段，上方官宦洗马，下方染布匠——河畔的钱局街形成一条染布巷——漂洗土布，官邸豪宅与河之间渐渐形成街道。法国人拍摄的洗马河边一条街的照片（图⑦），距沐英洗马过去了500多年，河里没人洗马，窄

图⑧

小的街道上走着驮马,店铺门口的河埂上竖着拴马桩,照片上虽然只有两匹相跟而行的驮马,不过,从马驮子上一层层空萝筐和赶马人头戴斗笠手握黑布洋伞上看,后面还有数匹驮空筐的马,是个马帮,在城里卸空了货物后,沿河而下,朝小西门走去。小西门外就有几家马栈,长途跋涉而来的马队停在街两侧,在荫凉的屋檐下,赶马人忙碌着,卸了重负的马儿嚼着干料。1903年的乡试是云南举行的最后一次科举考试,有五六千人赶考,由小西门入城的书生们乘船到贡院,就是沿洗马河而行,走到照片上这段有热闹街道的河湾时,可以眺望到贡院的楼,船进翠湖后,直抵贡院下方的石阶。民国年间,洗马河变陆地,成通衢大道。

　　清末民初,昆明城外水路四通八达,天气又是四时花枝不断,庙会之多,被形容为昆明人一年时间半年在庙会上玩过。"文化大革命"前我老家附近还有几座寺庙道观,其中的圆通寺是昆明三大古刹之一,我儿时记忆最深的是我们巷子坡头北门街上的尼姑庵,这里的"洗太子庙会"颇有名,法国人拍摄下了这座小庵清一色的女子庙会(图⑧)。那时大西门外文昌宫的"梓桐盛会"(图⑨)是盛大的庙会,山门外挤得水泄不通,不知门里法会上如何的拥挤,从这上面看民风,男人的长辫子和女人的小脚混杂一起,显得男女不避,少了封建礼教的束缚,显出城市领先时代一步的开放之风。其实,一些娱乐场所仍旧"男女有别",东岳庙里看戏的只有拖长辫子的男子(图⑩)。这里演的戏俗称"高台戏",因为戏台不在地上,是建盖在庙门之上，叫高台，每年到东岳大帝的生日那天，高台上演戏为东岳大帝祝寿。云南本地的滇剧，就是从唱这种高台戏起家的。高台戏在郊外演出，搭临时的露天戏台，一演少则几天，多到几十天。在城内演出的地点是庙观里的高台或露天里。清光绪、宣统年间，昆明有位著名的滇剧丑角名叫李

图⑨

图⑩

凤凤，他表演的绝技是把脑后的长辫子倒竖起来，在《偷盗遇魔》这出戏中他演小偷，魔把小偷捉住后作法，使小偷垂着的长辫子倒竖起来，小偷害怕，倒竖着的辫子不住地抖动。魔就用小偷的这根辫子把小偷吊到梁上。照片上看客们正在看的戏，不知是不是李凤凤演的《偷盗遇魔》？如果是就很有意思了，因为观赏台上丑角"小偷"辫子功夫的看客们，个个脑后拖条长辫子。现在看照片上的看客们，唯有屈辱之感。

不过，照相记录下来的东西经时光发酵，已是艺术享受，百年后的今天法国人拍摄的老昆明照片回故地展出，从照片上看到的，已是历史的尘埃落定后，由岁月散发出的魅力。

原刊2002年4月《老照片》第二十二辑

北门　北门

一

去圆通山昆明动物园看明代砖城残垣遗迹时，山上樱花盛开，正是一年一度樱花节。动物园西门在北门街上，由此进入走上樱花大道，在摩肩接踵的赏花人中东行至向南拐弯的地方，岔进小路，沿着弯弯拐拐又陡又窄的石阶下到底，只见面前树林挡路，折回头，一堵高不见顶的青砖墙垣横于眼前，墙左边是尽头，右边虽然有路，十余步后也消失于墙后，地势落差之大，使人如坠深井。还不仅于此，乍从花海人潮热闹得不可开交的高处下来，一时间没了游人，行只影单，头上方隐隐传来铁笼里的猛兽吼叫声，不免令人心颤，感觉巨墙砖缝里冒出如烟一般的阴风，透出几百年来的古人气息。这堵青砖砌的巨墙，就是明代城墙"云南府城城墙残段"古迹,石碑简介里写道:二十世纪五十年代初昆明拆除城墙残存下来的这一段,长30米,高7.4米,顶部宽24米,属于小东门东北面的墩台。

适应了"井底"后一瞧,龟缩于圆通山一角的这段残墙,墙面干净,砖缝无草,完好得不见风蚀雨侵的岁月痕迹,乍看不像是五百年的墙,但多瞅几眼,就见青砖上面泛着一层幽蓝的陈年光泽,让人起敬又感觉亲切,忍不住伸手去摸。我们这些北门街上长大的人的记忆中,这里三四十年前是个残破荒僻、草丛没人的角落,小时候把圆通山上很多地方玩得闭眼睛都摸得到,唯独不敢来这里玩,动物园猛兽偶尔有逃出笼子的事发生,我们以为蟒蛇逃出后会来这里藏身,虽然没发生过,却一直怕这里有蛇。有次我们一群小伙伴来圆通山撒野,走错道走到这里,人众胆壮,玩起了用手拃墙砖比赛谁的手巴掌大的游戏,从此,我知道了自家老屋山墙墙脚的两层大青砖,与这残墙的砖头一样大,有我的手几拃宽,几拃长。如今为忆旧,相隔了一代人的时光才走到这个角落,残墙已经修复得新墙一样的美观,当我把手掌贴在墙砖上,立刻抚摸到随北门街明清建筑的老房子全部拆除而消失了的老家那面山墙似的,在这种心境里读石碑上的铭文,上面虽然找不着"北门"二字,字里行间无不写着北门的往昔。

二

残存下三十米城墙的"云南府城",是昆明历史上的经典之城和存世最久的城池。

昆明到了元代才成为云南的政治文化经济中心。元代设省,在昆明兴建省会"中庆城",这是一座北起五华山,南北长东西窄,土夯起来的土城,其规模只是现在老城区闹市二三条街那么大的范围,圆通山还在城墙外,可是在马可·波罗眼里很了不起了,他游历到此后,在日记《马可·波罗游记》里用"一座壮丽大城"来赞美这座土夯的城池。

"云南府城"就是在"壮丽大城"的基础上扩建而成,不单是面积扩得很大,建筑材料上,全部用每块十多公斤重的大型方砖砌城墙,是昆明有史以来的第一座砖城,始建于明朝洪武十五年。令人费解的是,周游过世界的大旅行家对一座窄小的土城大呼"壮丽",而没见过世界的中国大旅行家徐霞客来到已是一座美丽砖城的昆明,竟然没有在他的《徐霞客游记》里为这座日后证明是经典的砖城,留下半句评语,反倒不惜笔墨记下当地无数风景名胜,甚至于某人在螺峰山上采到一块奇石之类的琐事。

昆明城有文字记载始于战国,之后两千多年来所建的城池,没有哪个朝代有明代砖城的寿命长——这座面积三平方公里的砖城历经明清民国三个朝代基本没什么变化。史书里

北门

说，明代砖城到了清代，只做维护修理，用一个朝代的时间精力和财力来维修完善的昆明城池是怎样的呢？从昆明城最早的影像资料——清末法国人拍摄的照片上看，它已经完美得像清代的青花瓷。这座小巧精致的砖城有点儿奇妙，它在战火硝烟不熄的民国时代年久失修，可是八年抗战中，竟然容纳下比战前多两三倍的人口，从边塞小城一跃为抗战后方的都市。城墙自民国时期扩城而逐段拆除，新中国之初全面拆毁，至此，明代砖城已有五百七十多年，历史上的昆明城，存世时间没有超过这座砖城的，大可用龟寿来形容，因为砖城的总设计和建造者汪湛海就是仿龟建城的，既然是一座龟城，也沾了龟寿。

汪湛海是当时的大堪舆家，他所依据的那种传统文化使他的目光看得很远，建一座城，打下的是五百年的基业，这在昆明城的建设史上前无古人，至今仍无来者。汪湛海是应朝廷之召来昆明建砖城"云南府城"的，城建好，特制一石，刻上十个字："五百年前后云南胜江南。"①"胜江南"的预计虽未应验，"五百年"的预言成了真，正好是这座城池的寿命。汪湛海仿照龟形建的砖城，有六道城门：南门为龟头，大小东门和大小西门为龟的四足，北门为龟尾。如今八九十岁土生土长的昆明人的口头语还保留着"四周六城"一词，虽然他们的子孙们已听不懂这词儿，可他们仍旧使用，数落贪玩的晚辈时往往会这样说："你四周六城玩得不归家！"老人们数落的这一情形，正是他们"四周六城"里的生活经历。

三

"四周"城里怎么好玩不用说，中国古代城池都一样，玩耍都在城门里。"六城"门外有什么好玩处，可能不一定相同。当那些很老的昆明人把他们在城门外玩过的以及从父辈那里听来的娱乐一样样摆给你听时，你会以为那是演电影，等你把昆明晚清掌故一类的旧书找来一读，知道城门外有春秋两季非常隆重的官家迎节气和祭祀，才信老人"四周六城玩得不归家"的数落，一点不夸张。

六城门中最好玩是东门外。春天东门，官民共迎春，简直是一场闹春的戏。前几年我去杭州，在当地一本对一百五十多个国家发行的杂志上看到汤显祖任县令写《牡丹亭》的那个县恢复了迎春礼节，装扮成汤显祖的人任春官。我把杂志带回昆明，翻出昆明掌故笔记中东门迎春的内容对照着读，发现官府立春日到东门外迎春，与民众一起把春牛迎进城的游行，仪仗十分的排场，大有农业古国气象，相比之下，杂志上报道的为吸引游客而恢复的迎春礼仪，小儿闹春似的。因国以农立，以民为本，民以食为天，所以东门外筑社稷坛和先农坛，祭祀的就是关系一省天下的社神、稷神和先农神。南门外祭祀与东门关系紧密，那里筑神祇坛，祭祀云雨风雷，管一省的风调雨顺。

东门那么热闹，西门怎样？不晓得为何前人笔记掌故里此类活动，没有西门的影子。

北门的事最多，都跟鬼怪和兵戎交道，这道城门因此显得肃杀而沉重。此门外筑厉坛，每年清明、七月半和十月朔日，官府到这里祭祀厉，即祭祀鬼神，这三次祭祀都要去城隍庙请城隍，官方请了，民间代表再请，请出来全城大出游，所到之地，没有一家人不出来迎的，因为每家都有故去的人，亦就有家鬼家魂，与之打交道，只有通过城隍，所以城隍沿街享受了家家户户的香火黄钱，在装扮成人头马面和阴府鬼卒判官队伍的前呼后拥下，最后出北门到厉坛，首先享用官府的祭祀，其次享民间的祭品，这才打道回庙。每年这三次祭祀，可谓倾城而动。

官与民同往厉坛祭祀之外，自北门开始的迎霜降又是一项大的礼仪。官府每年"钦定"迎两个节气，一个是迎春，一个是霜降，文官们重前者，在迎春中显尽他们的荣耀；武官们重后者，于迎霜降中彰武。清代民国的武营一个在南门外的南校场，一个在北门外的北校场。迎霜降从北校场开始，是日，全体官兵齐聚北校场，披挂全副盔甲，执仗扛旗，祭拜霜降娘娘——青女，礼毕列队往北门进发，一杆大蜈蚣旗开道，鼓乐掀天进北门,过街穿城,出南门到南校场结束,队伍所到之处,民众自发前来观看,完全是民间大阅兵。

北门这一系列的重大活动已经使它在六道城门中格外的肃穆,所在的地势又使它在六城门中为最高的一道,弄得清末民初法国驻昆总领事奥古斯特·弗朗索瓦和同时代在昆明的法国人拍摄的北城门[②],无论从哪个角度取景,皆是仰视,北门留在世上的影像,也就一律的威仪万端。

北门的威仪可谓表里如一。六道城门各奉一尊神,北门供奉太岁。本来大家熟悉的道观里的太岁像,无不慈祥得像个好老头,此门门楼上的太岁,却塑得三头六臂[③],据说这是太岁的法身像。我们常言谁敢在太岁头上动土!动了土,太岁怎样?太岁怒了,一怒就这副张牙舞爪像,可见脾气再好的神上了北城门楼,也显出凶神恶煞的一面。这尊塑像毁于民国初一二十年间。

四

法国人镜头摄下的北门城楼,让我不禁忆起儿时玩的一个非常刺激、充满火药味的大型游戏"过城门",现在我才明白,这个游戏所过的城,就是"四周六城"的昆明砖城,所进的城门,特别指明的只有一道,就是北门。

"城门"是两人手臂相搭而成的一道门拱,过"城门"的众人排成单行,边过边齐声高喊童谣一样的口令。口令有长有短两种,短的一种,过哪座城池都通用。长的一种是专门过昆明砖城的,即"城门"出口令:城门城门有多高?过"城门"者一齐应答:八十二丈高!

接下来就倒过来,过"城门"众人出口令,让"城门"二人应答,形成连珠的一问一答:

小兵小马可容过?有钱尽管过,无钱耍大刀。什么刀?春秋刀。什么春?草春。什么草?铁线草。什么铁?锅铁。什么锅?吃饭两口锅。什么吃?北门望着莲花池。什么莲?衣衫裤子一把连。什么衣?穿衣。什么穿?四川。什么四?归化寺。什么归?缩头大乌龟。

口令结束的那只大乌龟指的就是砖城。玩"过城门"的年龄一般是上小学时,我出生时老家街上的北门已拆除四五年,所以长大后时常玩"过城门",却从不知北门在哪里,也不知北门什么样儿,只晓得口令里的北门,一会儿有三十六丈高,一会儿有八十二丈高。我们这一代在明清建筑的四合院里生长的昆明人,儿时没有不玩"过城门"的,而仅到我们的下一代,已不知这种游戏为何物。明摆着"过城门"最后活在我们这代人身上,然后存进文字记忆里,于是回头去想这样的问题:"四周六城"的砖城何时进的儿童歌谣？砖城消失后遗留在儿歌里的城门，为何独剩一道北门？深究后发现，似乎"过城门"游戏的口令里已埋下暗示，最具体的暗示就是"北门望着莲花池"这七个字。

五

以封建皇权的视角俯瞰昆明，其历史地位最高的时期，是做南明小王朝永历帝的皇城时，这座皇城里的两个主角永历帝和吴三桂，皆在北门外的莲花池上演了生死大戏，这段改朝换代的戏令后世无比感叹，甚至溶进了孩童游戏。

清代北门城楼上悬挂着"望京楼"匾额，把门与楼连起来读，即为北门望京城，那意思一目了然。这句话到了孩童游戏的口令里，变成了"北门望莲花池"，意思完全变了，这一变，意境变深了，道出了人世真相，这才在游戏里保留下来。这个，游戏的小儿们哪里能够懂得？我也是活到知天命以后细读永历帝与吴三桂的故事，对童年时喊来喊去的这七个字，恍然大悟。

吴三桂引清兵入关，大明王朝末代皇帝在煤山上吊之后，还是明王朝天下的南方成立小南明王朝，以期复大明。吴三桂追杀小南明王朝最后的永历帝，追至缅甸捉拿回昆明后，把永历帝父子绞死于金蝉寺，明王朝彻底结束。吴三桂灭明，灭到连永历帝父子的尸骸都不留，在北门外的莲花池一把火烧了。因永历帝死于金蝉寺，民间从此把金蝉寺前的坡，改叫逼死坡，日后就这么叫下来，三百年后的我们还是这么叫，尽管现在这道坡上的路牌标名"华山西路"，我们这些老昆明人仍不改口叫逼死坡，因为我们的祖辈都这样叫，老辈人心血来潮时还会为晚辈解释一下坡名的来历，我这一代人怎能不叫"逼死坡"。这个地名也许终结于我们这代人。

从清末民初昆明城池地图上看金蝉寺到莲花池的路线，直路是下逼死坡上北门街，出北门，顺着城门外乱坟岗中的小道，一路下坡到商山寺（寺址位于解放后成立的云南民族学院内），再到寺庙北面的莲花池。今日虽然原貌一点不存，路线基本未变，我们走起来还是这样的走法，所以把永历帝尸骸运出城到莲花池西岸焚毁，不走这条直线而绕道，一定要有别的理由，史志中没有这一笔。其实，是否由北门出，本来是个没多少意义的问题，只因我从史料里得知清咸丰年间北门外厉坛还有官方隆重的祭祀活动，还有，一深思北门这道城门，就绕不过"北门望着莲花池"这七个字，于是乍看无意义的问题，变得饶有意味起来。我按常理想：如果吴三桂还念一点儿旧主君恩，就应该走直线，顺理成章的让永历帝尸身从北门这道朝向帝王之都的城门里出去，过厉坛时一停，让亡国的阴灵在鬼怪面前留点最起码的尊严。这好像

圆通公园内的昆明明代城墙遗址。2016年拍摄。

不是吴三桂的作为,他引清灭明,最后把永历帝的尸骸焚烧掉草草掩埋。他在云南做藩王后又反清,自己称帝。对这样一种人,还指望什么?永历帝复大明江山复不了,莲花池成了他的葬身之地,所以北门对他而言,不是一道北望皇宫京城的门,是望莲花池的"空门",从这在意义上看"北门望着莲花池"七个字,是彻骨的亡国之痛。

"北门望着莲花池"七字的种种含义里,我小时候从外婆和母亲两代人那里听到的,是末了一场空的意思。现在偶尔有人用这词汇,仍然是这层意思。我前几天上家附近的篆新菜市,忽听一位操着大观河边农民口音的老妇说到这七个字,她边买菜边对摊主诉苦,说自己没了田地后全靠国家给的土地补偿费过日子,摊主羡慕对方有一大笔钱可以坐起来吃,再不用种地当农民,老妇听罢哭笑不得道:"坐吃山空!吃什么吃,'北门望着莲花池'!"

永历帝作为皇帝,死于逆臣之手;吴三桂也自己称帝了,死于疾病,到头来都一样的空,在这上面衍生出的"北门望着莲花池",成了具有普遍意义的人生感慨。

吴三桂起兵反清复明,要招永历帝亡灵笼络人心,在莲花池畔建了"故君陵寝"。民国推翻清王朝而建国,所以云南在民国元年于逼死坡头立"明永历帝殉国处"石碑,莲花池立"永历帝骨灰处",大西门外新改建了一座永历帝庙。永历帝身后的这两次荣耀,莲花池似乎与大西门连在一起了,还是不能。永历帝实在是一位背时到底的末代皇帝,清军入滇平叛,当地人怕陵寝受吴三桂之累而谎称其他,掌故野史里记载的是改称了陈圆圆梳妆台,所谓的永历帝陵寝,只存在史书文字里。而由李根源撰写的"永历帝骨灰处"石碑,民国时代还未结束就已不知去向。新中国建立后,大西门楼不存,永历帝庙也没了。这一系列世道之变,怎不让世人嗟叹"北门望着莲花池"呢。

昆明的明朝遗老以身殉国,以发生在北郊黑龙潭的一幕最

耸立着工厂烟囱的莲花池池塘。2014年拍摄。吴三桂把永历帝绞死，焚尸于莲花池西岸，就地草草掩埋。吴三桂在云南称王，于埋永历帝骨灰处建永历帝坟墓"故君陵寝"。八年后清军平叛，永历帝墓被毁，从此成个土堆，变为莲花池畔的小山包。云南辛亥革命为反清，在土堆前立了由李根源书的"永历帝骨灰处"石碑，此碑已不存。如今树丛密布的小山包上，莲花池公园塑有永历帝尸骸被抛于地的雕像。

安阜园。2014年拍摄。下小山包的几步之外即是安阜园。吴三桂修了奢华的安阜园给宠妾陈圆圆居住，此园与永历帝坟一起毁于清军平叛。如今，公园修建的安阜园内游人如织，小山包上却游人无几，即使游人上去，也从永历帝塑像边疾行而过。

为惨烈，这对那些换上大清服，跟随吴三桂车辇把永历帝尸骸运去莲花池焚烧的官员们，不能没有一点刺激，他们从莲花池返回城的路上，要到厉坛与鬼神告辞，请永历帝的鬼魂别跟着回来，然后从北门进城，进北门那一刻，除吴三桂以外的大多数人，恐怕会情不自禁地回头，朝着把故君留下了的地方望一眼，那番无奈之情，尽在"北门望着莲花池"七字中了。

六

汪湛海按龟的样子来建昆明城池，龟"尾掉而足动"⑤，所以作为龟尾的北城门，内门向北，外门郭朝向东，气韵灵动。我读昆明近代史后发现，这道龟尾之门不"掉尾"则罢，一掉则是划时代的。

砖城建成后的明清两代，北门无事，即使是吴三桂灭永历帝的血雨腥风飘落到北门上空时，很快变成了大清王朝的春雨东风，门下静静驶过的，只是一个新兴封建王朝为一个没落的封建王朝送葬的队伍。到了清王朝也走到尽头，一场结束中国两千多年封建社会的辛亥革命到来，北门终于有事了，那是云南辛亥革命中的昆明重九起义。

史书记载蔡锷领导的昆明重九起义，原计划于重九日即九月初九的夜半时分开始,起义军分别由北门、东门和南门同时攻城,以陆军讲武堂的师生为内应打开城门。不料初九下午,驻扎北校场,由李根源率领的起义部队因行动暴露而开火,事机泄露后,与其他的起义军一时难以联系上,只得单独行动,晚上九点,李根源率部向北城门开拔,九点三十分攻入北门⑥,做内应的讲武堂师生们在夜幕中首先听到了来自北门的枪声。起义因此提前了,可是其他的起义部队压根儿听不见城内的动静,一直在东郊和南郊待命,等到约定的起义时间午夜十二点出发,走近城垣时,才见城内火光冲天,枪声四起,正在酣战。起义军于翌日夺下城池,并宣告云南脱离清王朝而独立,三天后成立云南军都督,第二年即到了民国元年。

本来,重九起义的各路人马从各道城门同时攻城,偏偏北郊事发,李根源所率的北路人马只得单独杀进城,就近攻北门。重九起义攻城的第一枪,在北门打响。这桩意外的事,让人不由得联想到北门龟尾之说,这只龟一"掉尾",牵动了全身。

七

重九起义军首先从北门攻入,而北门也发迹于民国,看似理所应当的事,其中竟有多少的偶然。

从清末的昆明照片上看北门街,虽然有四川会馆、江南会馆和石牌坊之类精美建筑,只集中在中段以下,靠城门一段还是荒地,城门外是连片的坟冢。一进民国时代,竟然从这一段发迹起来。首先从军都督蔡锷而起。

蔡锷到云南是只身一人,重九起义胜利做了云南军都督后,他需要在昆明有个家,一时没条件建房,只能借住。都督府在五华山,四周都是房屋,府门对着的正义路是繁华的商业区,都督府军政部长罗佩军为蔡锷张罗住所,蔡锷最后看中的是北门城楼下一座新建的民宅小楼。蔡锷很快在这里娶新妇临时安家,一年多后奉旨回京,带着这位如夫人和新出生的女儿离开北门街。唐继尧因蔡锷力荐,做了第二任云南军都督,不久,来北门街建公馆,这公馆不在别处建,而是建在了蔡锷旧居的对面,其中的事理,一般人也能明白一二。我写过两篇文章说这事,此地可补充的还有句话,即蔡锷与唐继尧两位民国开国元勋,孙中山视之为南天的两根擎天柱,不管蔡唐二人在政治上的合与分,唐继尧把他最后的邸宅"唐公馆"(也叫唐家花园)建在蔡锷旧居对面,颇像城门两边的把守,也似一对柱子。一对擎天柱就这么前后住一条街上,门对门,户对户,这条街能不发么?

唐继尧病逝后两年发生的北门街"火药爆发"惨案,大半条街炸没了,北门城楼和门前一带受损轻,唐公馆和蔡锷旧居逃过一劫。几年后被炸的地方,一楼一底、临街铺面、背后四合院的新房子又在街两边鳞次栉比，其中一座后来成了历史文物古迹"北门书屋"。

八

六道城门的名字，直接体现中华大一统的，是北门。北门城楼原叫"眺京楼"，后改为"望京楼"。眺望二字同义，即通常解释的向北眺望京城遥拜皇权，既然意思一样，为何还要改？大概是江山易主之故。眺与望的一字之改，古人煞费苦心：在远看这层意思上，眺望两字一样。而在盼望这层意思上，只有望这个字有，此字分量更重而且亲切，比"眺"字更亲密，以此表达对新王朝的拥护，还顾及到了旧朝老感情。

在"四周六城"里生活过的人，对北门门楼匾额上的"眺京楼"或"望京楼"三个大字有共鸣的，没有比流亡者更甚，亡国亡家的永历帝不用说了，他的小朝廷在昆明最初的行宫——贡院，就在北门一侧。抗战八年，从沦陷区辗转迁居大后方昆明的有几十万人，栖身北门街的，主要是西南联大的教授们和其他名流，他们路过城门抬头就见的"望京楼"匾额，那三个大字正是他们的心情。沈从文流亡昆明之初住蔡锷旧居的一年里，时常大清早一个人在屋外的晒台上伫立，把近在眼前的城楼匾额望了一遍又一遍，于是在题为《在昆明的时候》的文章里开头，就是一句："从小晒台上可望见北门门楼上'望京楼'的匾额"，看似淡淡的这几个字在当时承载之重，是中国人不愿做亡国奴的流亡之痛——京城北平正遭日本侵略者蹂躏，大半个中国沦陷，维系国家民族文化命脉的文化学术机构、高校和其他文化精英们千里迢迢流迁昆明，他们抬头望见"望京楼"三字时的心情，想见怎样的沉重。

在云南大学围墙外的北门街，距离新成立的西南联大校舍不远，大半条街都是新房子，又有唐家花园和螺翠山庄这两座当时昆明最大的私家园林，所以这条街在抗战八年住满了联大教授，各学术领域的大师巨匠们在这里或常居或短住；自称"北门居士"的李公朴在这条街上开"北门书屋"和"北门出版社"，最后把生命留在这条街上，他们使得北城门里一时间俨然成了中国文化中心地带之一。

至此，明代砖城的北门占尽了天时地利与人和，到了它的巅峰时期，这当中，用了五百多年。而巅峰之后的下落，一落到底所花的时间，竟然不到十年，上世纪五十年代初，北城门随昆明城墙拆除不复存在。其实，五百七十多年尤其民国时代那些年，光阴早已渐渐铸造起另一道历史的北门，对这道无形的北门，我很想用"过城门"游戏中的口令问一问：城门城门有多高？

①罗养儒《云南掌故》（云南民族出版社1996年3月版）。
②奥古斯特·弗朗索瓦等的摄影集《历史的凝眸——清末民初昆明社会风貌摄影纪实》（云南美术出版社2000年4月版）。
③（同①）。
④万揆一《昆明掌故》（云南民族出版社1998年3月版）。
⑤（同①）。
⑥周钟岳总纂、蔡锷审订的《云南光复纪要》（云南人民出版社2011年11月版）。

原载《云南文史》2014年第2期，收录进《口述昆明》第八辑，主编张丽仙，执行主编杨宇白，云南民族出版社2014年12月版

斗虫虫与过城门

斗虫虫

凡在昆明城灰瓦白墙四方天井大杂院里长大的孩子，不论家住城里哪个角落，皆唱过同一首童谣玩着同样的游戏长大，我也不例外，这是我从诸多同代昆明人对儿时游戏的回忆中明白的。我们玩过的所有游戏都让人着迷，迷到被大人满大街地找，找着时还要被大人拧着耳朵，用小棍子抽着腚，才肯离开玩伴回家。等到人大渐老，尤其是"子欲孝，亲不待"时回首童年游戏，于我而言，最动情的莫过于与母亲一起玩的游戏了，如今能够在我眼前挥之不去的，首先是婴儿时的斗虫虫。

玩这种游戏的，一般是带孩子的大人与怀中的婴儿或者刚学走路牙牙学语的幼儿，大人手把手教小儿玩。玩的时候，大人握住小儿两手，伸出食指对齐指尖，嘴里念道："斗虫虫，斗虫虫，虫虫虫虫，飞——"念到长长一声"飞"时，两个食指左右分开，直至把小儿的两个手臂完全打开如张开的翅膀。然后合拢来，两食指尖又对齐。就这么一遍遍的"斗"，一遍遍的"飞"下去。

小儿玩斗虫虫时几乎还没有自主记忆，我对自己婴儿时期的游戏也一样无记忆，但我11岁时对斗虫虫留下的印象，深刻得随时光流逝愈发的清晰生动，只要一提起，"虫虫"马上来到眼前。那是昆明文革"八派"和"炮派"互相武斗的1968年夏天，6月，弟弟出生了，几个月大时，母亲抱着他在时有时无的枪声里斗虫虫。"炮派"司令部设在云南大学里，我家住的院坝在云大正门左侧五六十步外，所以院子上空白天黑夜不时响起枪声，响得厉害时，大概是居委会做过安排，巷里每座院坝就有人抄起破铁锅烂铜盆，用石头砖块叮叮咣咣的敲打，众人闻声，或跑出院子躲进巷里的防空洞，或在各自的院坝里找个不易挨子弹的旮旯挤成一团，听天由命。等枪声息了，大卡车拉着高呼口号的造反派从大街上驶过后，人们才从藏身地出来，各座院坝立即恢复生活常态，大人继续做大人的事，孩子继续玩孩子们的。

我们家，虽然当"走资派"的父亲已失去自由不易回来，但在能干的外婆撑持下，像风浪中的小船停靠港湾，每每躲武斗打枪回到家中，外婆卷起手袖在门外过道的风炉前忙活，生火煮米糊糊。母亲解下背上的孩子抱着坐小板凳上，冲门槛给孩子换尿布把尿把屎，然后喂水喂奶——因为没多少奶水，又缺奶粉，每天喂米汁和米糊糊，喂完后逗孩子斗虫虫。我帮外婆和母亲做完事等吃饭之际，往往饿得饥肠辘辘，饿到没劲时干脆依在母亲身上看她教弟弟斗

母亲与出生三个月的儿子。昆明"武斗"中的相馆仍营业，照相技术已沦为乡村小相馆的水平。

虫虫。弟弟两三个月大，在母亲怀里勉强坐立时，母亲把他两只肉肉的小手捉在手里斗虫虫，嘴里轻柔地念着："斗虫虫，斗虫虫，虫虫虫虫，飞——"。看虫虫一遍遍的斗了飞，飞了斗，饿也忘了。记得某天正斗虫虫，母亲忽然发现孩子会表情了，惊喜地叫我外婆道："妈，妈，你来看，他会笑啦！"外婆放下手里的活儿，颠着一双小脚疾疾走过来，往外孙脸上打量一番后泄气了，数落道："哪里是笑。净耽搁人做事！"我最早听见弟弟喉咙里发出一两声还不大明显的"咯咯咯"的笑声，就是他在母亲怀里斗虫虫时。

不知是弟弟出生后老被母亲教斗虫虫，还是对这一游戏特别有感觉，三个月大时在照相馆拍下的相片上，他躺在母亲臂弯里，两手抬着对在一起，伸出个食指，那姿势如在斗虫虫。

母亲性格温和,说话轻声细语,她教弟弟斗虫虫时,声音无比轻柔,脸上总有甜甜的微笑,我在一旁看得巴不得自己变小了钻到母亲怀里。后来我高中毕业下乡,在知青户宿舍里偷听收音机播放港台节目,听到了邓丽君唱歌,第一次听她唱《甜蜜蜜》这首歌,听到"好像花儿开在春风里"一句时,忽然想起小时候看母亲教弟弟斗虫虫的情景,心里一热,好想家。

过城门

昆明大杂院时代的儿童最兴玩一种叫"过城门"的大型游戏,所"过"的城门指名是北门。由于这游戏,我们这些北城门拆除后出生的北门街上的人,虽然没过过真实的北门,只因童年都要玩"过城门",也就年年"过"北门,直至长大不玩为止。那时大杂院里的孩子多得一窝窝的,最好玩"过城门",因为这种游戏不分男孩女孩,也不分年小年少,玩起来,同院坝一二十的孩子都冷清了,最好是几座院坝几十的孩子一起玩过瘾,过城门时,动静大得像一列火车轰轰烈烈驶过。玩之前要揍揍包定输赢,输的两个人来当"城门",即两人面对面站立,伸长手臂搭成个门拱,赢家们从其下边喊边鱼贯而过"城门"。过城门的规矩是,一个跟一个排单行,后面人的双手搭在前面人的双肩上，像一节节挂钩的火车车厢，彼此牵制前行，轮到该谁出局，谁赖都赖不了。过城门形式简单，年幼的孩子一看即会，但是，所过的城门有高低不同，敢过高城门的，多半是大孩子。

北门有多高？我没有查过它的真实高度，只知道"过城门"时，门低时有三十六丈高，门高时有八十二丈高。门高了低了，不是实质上的高度变化，是过城门的口令不同。

过三十六丈高的城门容易。"城门"出口令：城门城门有多高？进"门"的众人答道：三十六丈高。城门开，众人脚跟脚疾步过城门时，头上悬着的"城门"念咒式的念道：

"骑白马，拿把刀，钻进城门，挨——一刀！"

随着"刀"字出口，"城门"的四只手往下一罩，罩住正在门里的那个人。谁挨"刀"谁就算输了，出队伍去替换"城门"中的一位。

八十二丈高的城门，让人过得刺激尽兴，让"城门"当得够呛。游戏开始还是"城门"出口令问：城门城门有多高？过门的一起大声应答道：八十二丈高！

城门一"开"，过门人反问道：小兵小马可容过？

"城门"答：有钱尽管过，无钱耍大刀。

接下来是众人边过边对"城门"连珠式的发问，"城门"只有应答的招。问与答是这样：什么刀？春秋刀。什么春？草春。什么草？铁线草。什么铁？锅铁。什么锅？吃饭两口锅。什么吃？北门望着莲花池。什么莲？衣衫裤子一把连。什么衣？穿衣。什么穿？四川。什么四？归化寺。什么归？缩头大乌龟。

"城门"答到末了发起威来，"龟"字一出口，被罩住的那个人吓得一缩头，恰似一副缩头乌龟的样子。

过低门输得快，罚去当"城门"，很快又有输家来替换，多小的孩子都敢玩。过高门输得慢，输一次去当"城门"，当得汗淌才有输家来替换你，年少的和人机灵的就爱过高门。

"过城门"在脑海里烙下不灭印象，是我上小学四五年级到初中阶段。倒不是这年龄段玩"过城门"最佳，不怕输，是因为"文革"来了，小学停课，上初中也闹革命，学校里没有迎接毛主席最高指示上街游行和开批斗会之类的活动，一律放假，我们这般上下年龄的半大孩子闲在家里，大人都派给些活儿，主要的活计是每月到粮店、肉店和煤店排队买国家定量供给每个居民的物品，供应紧张时要连夜排队。我家买粮食的定点粮店在北门街上，我是家里唯一派得出去排队的人。夜里排队绝大多数是各家孩子，这样的夜晚，孩子们可以在没了行人的整条街上通宵达旦游戏，简直是欢乐夜。北门粮店的门前有宽敞的水泥地，前面又是街，足够排队的孩子们一起玩大型游戏，其中必不可少要玩一回"过城门"。记得那时的天漆黑，高吊在木头电线杆顶上的白炽灯，昏暗得像挂着个灯笼，街两边所有的木窗木门紧闭着，空荡荡的大街成了排队孩子们的天下，我们像山野夜里出没的小动物，追逐打闹，放肆游戏，玩"过城门"时，总是扯嗓子吼叫"城门城门有多高？"

我们在粮店前玩"过城门"玩了多少年，但是谁都不知道百步开外的街北头，真实有过一座巍峨的北门城楼，而这座城门在我们之前十多年还立着，立了五百多年。

粮店有段时期不供应灰面，只供应麦子，居民买回家后要自己找磨碾成面粉。那时每座院坝都有架小石磨，婴儿吃的米糊糊，过节吃汤圆用的吊浆面和做甜食的米凉虾，全靠石磨磨，其次是磨苞谷籽蒸苞谷饭当顿吃。石磨磨不了麦面粉，只有机器能磨。那时距我们最近的机磨坊在莲花池村子，我们那条巷的人家都把麦子扛到那里去磨，村子里有间大瓦房，放着一台还是两台碾米机，去碾米的村民和我们这些大老远去磨麦子的人在磨坊前排起长龙。排队时，大人们张家长李家短聊天打发时间，有时也聊陈圆圆和吴三桂，所以，尽管莲花池是昆明风景地，我心里，被几座小工厂——我们院坝的老黑在这里的小五金厂当工人——包围的这个没有一株荷花的池塘，就像女妖的住所，连去洗手都不敢。

那时没有一家人有得起自行车，非常少的几路公共汽车只在主要街道上跑，北门街莲花池一带背静，没有公共汽车，我们扛着麦子走路去。我们院坝的人每次一起去莲花池磨面，出门爬坡到北门街上，往北过圆通动物园西门，过三十中，下坡到坡脚后穿过环城路，走村道一直走到村子磨坊，好几里路。我扛着小半袋麦子——那是外婆、我和弟弟三口人一个月的定量，跟邻居们走，过三十中大门，沿着中学的围墙往下走时，大人们都会放慢步子往最前方的树林眺望一下，那里就是莲花池，望得见，走起来远。如今知道了眺望之处这个制高点，正是北门城楼所在地，才体会出游戏中念的"北门望着莲花池"一句，不仅在地理上吻合，还是吴三桂与陈圆圆那段凄美历史的缩影。

原载《记忆家园——昆明60年记忆之三》，昆明文史研究会编，云南人民出版社2014年12月版。其中"过城门"一章作为单篇在2014年8月28日《都市时报》上刊载时，标题为《昆明故事：老昆明人过城门》

逼死坡上之生死

一

逼死坡是南明王朝最后一位皇帝永历被吴三桂绞死的地方，这个我们自小就知，不只是老人们闲极无聊时说戏一样说两句，孩子们打闹时也会用这事来吓唬对方，能让人在黑夜里哆嗦几下，可我们走上这道坡就忘到九霄云外去了。坡本身是个大通道，我从书上得知李公朴被国民党特务暗杀之前几分钟就是在青云街车站下公共汽车这事上，知道上世纪四十年代的逼死坡已跑公交车，到五六十年代我们那时跑的是1路车，也就是昆明解放后的第一条公交线路。坡顶不仅是省政府所在地，又有市妇幼保健院，我们那一带居民要到市中心或哪家要生孩子，必爬这道坡，所以逼死坡上的故事于普通百姓而言，一台古装戏似的，穿龙袍人的痛虽然没有直接痛到听戏的大头百姓身上，但是非分得清，也就在这上头分出好与恶。虽然这道坡上演过大悲剧，历史底色那般地重，但存在我脑海里的全部印迹，却都与生和希望有关，那里既是母亲工作了十年也是母亲生我们姐弟以及她的孙子出世的地方，尽管这里与永历帝被处死地点为两隔壁也不碍事。

二

中国古代王朝当中，一个朝代的彻底结束与云南有关，只有明朝，亦即永历帝朱由榔之死。1644年崇祯皇帝朱由检在煤山上吊死，明朝灭亡。明朝旧臣吴三桂引清兵入关，清朝在北京建都，明皇室残余逃到南方建南明王朝。南明最后一个皇帝永历在与大清抗衡中节节败退进西南，即位第十年（1656），与南明联合一起抗清的农民起义军李定国迎永历帝入滇，在昆明建"滇都"。行宫前后有两处，初驻贡院，一年多后移驻五华山上的秦王宫，此处是大西农民起义军主帅孙可望府第，孙与南明闹翻投奔大清以后，其府成为南明行宫，两处行宫相距一里多地，正好位于青云街一头一尾的两个山头上。永历十二年（1658）吴三桂的清军入滇，永历帝西走缅甸。康熙元年（即永历十六年）3月，南明小王朝被穷追而至的清军一网打尽，永历帝父子被吴三桂从缅甸押回昆明，囚禁于五华山篦子坡头的金蝉寺，4月25日在寺中缢死。明朝到此算是彻彻底底完结。金蝉寺位于南明小朝廷驻了两年多的秦王宫的路对面，永历帝死后，寺前的篦子坡被官家改称"升平坡"，民间改叫"逼死坡"，两种叫法相继叫了三百多年到我们童年时，街坊上没人不叫逼死坡的，只有翻故纸堆的人才晓得逼死坡曾有升平坡一名。

清光绪二十七年（1901），金蝉寺南侧建起昆明第一家西医医院"大法施医院"。只看名字，不会想到是一家西医院，而外来医院以中国佛教中第一大施舍"法施"来命名，那份慈悲，让人不能不联想到与金蝉寺里永历年间的那一幕。永历王朝结束后250年清朝灭亡，云南军都督府在五华山上成立，民国元年（1912）一月，都督蔡锷以"三迤士民"即云南全省父老乡亲名义为永历帝树碑，在金蝉寺原址上立"明永历帝殉国处"石碑。

我查遍地方志书和地方掌故一类书籍，均无金蝉寺始建和所毁年代的记载，这座寺院的存在好像只与永历帝之死有关。寺庙故址在志书中有明确记录，在今日华山西路中段路西的利昆巷巷底。如今竖着"明永历帝殉国处"石碑的地方，是人行道旁一个凹进去的小园地，属于区级文物保护古迹。石碑南侧三步之外是昆明市妇幼保健院，北侧百步之地

明清建筑的逼死坡头

是利昆巷，巷北侧为翠湖宾馆。写这篇文章中的一天，我有意去走走这条还存在的小巷。入巷口就下坡，开始还宽得可以进辆小汽车，几十步以后，路面收窄得只能两人对过，但仍旧下坡，然后左拐，走到底是一座门牌号上标明"公房"的砖墙平房小院落，再走就进人家里了。返回巷口时，我用手机把这条丝毫不见明清建筑旧痕、越下越窄的死胡同，随便拍了拍，举手机之际，却打个寒战，仿佛感觉到了三百年前金蝉寺里那一幕的真实存在。于是想起七十多年前陈寅恪住青云街靛花巷时为某人作序谈及永历帝的一段文字的大致意思，继而记起陈寅恪在靛花巷小楼上所作古体诗《夜读简斋集潭州诸诗感赋》里的一句："谁挽建炎新世局，昏灯掩卷不胜悲。"诗感慨的是南宋建炎年的事，用来到明永历年的事上面，何尝不一样的不胜悲——永历帝无回天之力，但他没选择堂兄崇祯皇帝自尽的路，而是把祖宗建立的朝代再延长了十六年寿命，可谓以身殉国。

三

金蝉寺原址旁的大法施医院进入新中国后，更名为昆明市妇幼保健院。更名时间是1952年。三年后，我母亲成了这家医院的一名女工。这时候的父母来昆明谋生已在青云街安家第四年，他们继头个孩子夭折后，有了第二个孩子。生活刚安稳下来，不幸又至，孩子因医疗事故身亡。我不明白为何不把这小儿送母亲工作的医院，反而舍近求远送另一家医院？我在父亲遗物中见了他向法院告孩子丧命的这家医院的诉状，又听亲戚讲母亲如何因小男孩的死而痛不欲生。父母生前从不在我们面前提这些事，没有过一样。近来读沈从文住北门街不久写的一篇小说，标题忘了，小说中邻居老妇到北门外为死去亲人烧钱纸的细节，却怎么也忘不了，因为这让我联想到父母那两个夭折生命的埋葬地，亲戚隐隐约约提及是在北门外。我对照北门的历史看，父母第一个孩子夭折时北门外还是坟岗，理应就近埋了。轮到第二个时，北城门拆除，北门外乱坟铲为平地，理应埋到北门外更北的山里。父母有没有到城门外烧纸钱？那时父亲已是年轻的共产党员，即使母亲有心也得背着父亲做。

　　父母连失两儿后有了我，母亲在她工作的产房里生的产。没听父母说我来到世上对他们有多大安慰，记忆里尽是大人为我身体单薄所操的心，尤其是母亲和外婆为哄我吃蒸胎盘而设的各种套圈，不知母亲从产房提回家多少团血肉，吃得我三岁上幼儿园时，见小饭桌上碗里的肉就吐。

　　我还没到出生时外婆就照顾起母亲了，一是有前车之鉴，怕孩子又短命，二是父亲因工作常驻上海。有外婆领，母亲不用背我去上班，而且从家走到保健院的路也就一二十分钟，不想走还可以坐一站公共汽车。路是近，只是产房里不到点不能下班，外婆得经常把我背去医院喂奶，以至我自有记忆，最鲜明的内容不是关于家的，而是一间整天弥漫着蒸汽、肥皂香味、消毒剂味儿的温暖干净的大瓦房。那是洗浆房的消毒间，三四只大木桶坐在高出地面两台的水泥台上，在我那时的眼里，木桶大得如同长大后所见的露天的圆形抽水池。蒸汽从木桶上方云雾般涌出，直升瓦顶，然后没了。有时一团团蒸汽在房子里四处乱窜，使得木桶和人在云雾里飘着，时有时无，我觉得好玩时就笑，觉得害怕时就哭。靠门边放了个婴幼儿座椅，大人把我放进去面朝木桶坐着就好长时间不露面了。我在座椅里挣脱不出，只能玩椅子小桌上放着的各种玩具，玩腻了抬头看木桶上方变幻无穷的蒸汽和立在木桶边干活的干妈。干妈的活计是用一把大铲子把我母亲洗好的产包送进木桶里，铲出蒸好的产包让我母亲送去产房。干妈身高马大，个子比木桶还高，人又长得黑，两只眼睛大得牛眼似的，身上的白大褂和白色蒸汽衬得她的脸和一头浓密的头发黑黝黝的。她像尊塔似的高高地立于木桶边，两只手臂在空中划来划去挥舞大铲子的样子，是我对"力量"一词最早的感受，因为干妈的个头和身板壮实得太出众了，在她面前，连我父亲都显矮小，母亲几乎是大树边的一株弱草，更甭说小脚的外婆。干妈说话粗门大嗓，她把高举着的大铲子停在桶沿上，冲门大声连连叫唤："李琼芬李琼芬李琼芬……"这声音时隔五六十年仿佛还在我耳畔嗡嗡作响震动耳膜。她这么不迭叫唤我母亲，不是我哭了就是我母亲手脚慢跟不上她的趟儿，总之，母亲要么双手水淋淋的立即出现在门口，那是从洗产包的隔壁房间里跑来，要么过一会儿才来到，那一定是从几米外的产房奔来。如果母亲没出现，外婆也会"哎"一声应答而来，身系一块小围腰，双手在上面揩来揩去。如今想想，外婆把我背去保健院等奶吃的时间里一点不闲，还帮母亲干活，自然把我交给这位干妈看着。当然，干妈的大瓦房暖和又香喷喷，任冰天雪地都冻不着。母亲的工作间遍地是水，大人包括干妈都不准我往那里去，神秘得我非常想去看一眼。我长到会扶墙走，就悄悄摸去隔壁找母亲，大多才摸到门口就被大人发现，拎小鸡似的拎走，所以印象中母亲工作间里大大小小都是木盆，盆里有的是血水，有的是一盆亮晶晶的肥皂泡泡，扑鼻而来的是夹杂着肥皂的血腥味。如今忆起这腥味，不禁联想到距此几步开外的金蝉寺。

吴三桂处死永历帝父子二人的手段，现在的石碑上刻着"缢死"，史书上记载稍详点，写明用弓弦勒死。野史之类的书里写吴三桂打算砍永历的头，还是那些满族将校不忍，为之说情，最后赐自缢以全尸身。金蝉寺在永历帝死后三百年，只在史书里留下个名字，鬼才知道它何时毁掉，我小时候听熟了永历帝也没听说母亲工作的地方有个什么寺院。

话扯开了，回到干妈的大瓦房里来吧。干妈一口很重的昆明腔，声音低沉粗犷得像男子，她随时叫唤我母亲名字的声音，低得好像贴到我座椅的木轱辘上，我高兴起来晃动两脚丫时就踢到这声音似的。父母和外婆都是上昆明不到十年的外乡人，口音全是老家的，干妈的口音令我新鲜，我坐在她的大瓦房里开始牙牙学语，第一次学发昆明腔的语音，除了学她别无学处。我呱呱落地时父亲驻外地，赶不及给我取名，出生证上的名字还是这位干妈取的。可惜我以前不晓得干妈的姓名，现在已经无处问津。

我对母亲在保健院工作的全部印象都来自三岁以前，也就是源于干妈的大瓦房，三岁全托进幼儿园以后就截止了似的，以为母亲在此工作时短，翻父亲遗物见笔记本上的记录，才知母亲在保健院工作了整整十年。我的幼儿园（当时叫"市人委干部幼儿园"，是朱德故居的一部分）在逼死坡半腰上的水晶宫，距保健院一两百米而已，为何到幼儿园以后就没了母亲在保健院上班的印象？弄不懂。

四

我至今仍然迷惑，母亲生弟弟前后烙印进我脑海的情景，既不在家里也不在保健院，竟是在逼死坡。弟弟1968年6月18日出生，生不逢时，昆明文化大革命"武斗"正值血雨腥风时，距家百余步路的云南大学是"炮派"司令部，在家时常听见枪声。母亲在之前三年已从保健院调到父亲所在的郊区工厂，星期日才进城回家休息一天，从家到工厂的交通只有滇池上时开时停的小轮船，没船时，只能坐两匹马拉的十人座马车，十多公里的路颠得人够呛。灾难性的是父亲已成"走资派"被单位管制，白天不是被拉去批斗游街示众，就在车间干重体力活，晚上关在工厂附近的普照寺里。母亲产前一段时间都病卧在家由外婆照顾。也许这缘故吧，11岁的我猛然成熟，有了对体弱多病的母亲和对我未来的弟弟或妹妹的保护意识。有天，外婆和我送母亲去妇幼保健院，从家所在的老马地巷——位于青云街街尾——平平走到青云街头，母亲几步一停走不动。本来可以走几步走到云南大学门口乘1路车坐两站地到保健院，却没坐车，如果不是因"武斗"公共汽车非常少，就是外婆和母亲舍不得花几分钱的车票钱。青云街头过十字路口就是逼死坡脚，母亲走到街边一家国营商店的铺子前，靠着门边绳子系着的一捆铺板直喘气，额头上汗珠一颗颗往下砸，我用自己沾满鼻涕的手绢给母亲揩汗。不知铺子里的人同我外婆嘀咕些什么，说完外婆叫我一起扶母亲走向铺子前方三四步路的公共汽车牌。汽车久久不见来，等车人越来越多。终于来了，司机见有孕妇，把车门正正停在我母亲面前，嘭一声打开。就在母亲艰难地往车上抬腿时，两边的人朝前涌，我侧头见外婆被挤开——她那双用脚后跟支撑身子的小脚哪耐得住人挤。我顾不了外婆还顾得了母亲,情急之下嗖地往前蹿一步,排开双臂,螳臂挡车一样挡在挤车人与母亲的大肚子之间。挤到最前的男子手臂上的红袖套在我头顶上晃来晃去,如果我张开的双手不是为拦截更多的人,我一定会死死拽住这只去抓车门的戴红袖套的手臂。

后来什么也没发生地坐车到保健院。上车到下车只是一站,正好把整个逼死坡上完。母亲临产前连这么一站路都走不了,让我牢记住了逼死坡的陡和长。

又一天母亲出院了。进医院时是外婆、母亲和我三个人,出医院时有四个人,多了个弟弟。我一辈子都记着一起走回家下逼死坡时我心中的那份欢喜。外婆两个肩头各挎个大包袱,跟母亲并排走,我抱着紧紧捆扎在小抱被里的新生儿,欢天喜地走在前面。大人怕我抱婴儿走路不好走,又怕我高兴脚下不长眼摔着孩子,就不走平时走的人行道。人行道是一台台或宽或窄的石磴,容易踩空。我们靠边走汽车和自行车走的大道。大道当然陡,但路面平坦没有坎,铺着的青石板小块小块的,每块上面还挖出几条防滑凹槽,汽车轮子都不打滑,人走上面更稳当。走大道脚下不用担心,路又是下坡不费力,每走一步人都还是在高处,往前看什么都在眼下。邻居家每家最少都是三个孩子,而我家时隔十多年才添一口,大人高兴不说,我自知事以来梦寐以求有个弟弟的愿望,今天终于实现,从此我不再是伶仃一人,新鲜、新奇和极大的满足感充盈于心中天地,以至现在回味起来还让人颇感兴奋。我那时非常瘦,可下坡一路上感觉自己变得从没有过的浑身是劲,身边亲人老的老弱的弱,自己仿佛能做她们的保护者,一下子变成了大人似的,所以这一天脚下的逼死坡,烙印在了我生命成长的关键时刻。走回家这一路,最幸福的当然是母亲,我到现在把她一生七十多年因疾病缠身而遭罪的经历回顾尽,感觉怎么都找不到一个贴切词语来形容她当时的幸福感。

母亲在世最后两年里的一个夏天黄昏,有天我和上小学三年级的侄儿走路过逼死坡。爬坡爬得我腿软,上到"明永历帝殉国处"石碑前供行人坐的木椅边,急忙找空位歇脚。侄儿时而蹦蹦跳跳围石碑转,时而蹲下打量铺在石碑前地上的青石板,伸手去摸一块块光滑又凸凹不平的石头。我乘机向他普及石碑上的历史常识,告诉他脚下这些青石板原来就铺在这道坡上,他奶奶年轻时每天上班,还有他爸爸小时候都踩着这些石板上下逼死坡。

这孩子几天后写暑期作文把顺路看石碑的事写了进去。虽然让人有点意外,但让我吃惊的是作文开头的一段话,大意是说,永历帝殉国处的逼死坡头,是他爸爸出生和他出生的同一个地点,他在医院生下地后,脚底板被医生涂上蓝墨水,在出生证上按了个脚印。这段话后来被批改作业的老师给一笔勾掉,旁边批上"不知所云"四字。孩子无意识写下的这段话,

逼死坡头的明永历帝殉国处石碑。2015年拍摄。

却像闪电一样猛然拨动了我的心弦。我想这孩子在将来的人生旅程中经历些沧桑之后,或许会返回来琢磨这段被老师点评为不知所云的文字背后,下意识里的真正含意。

五

我不得不借用现成词汇"人生大舞台"来形容逼死坡这舞台。就在我抱着新生儿的弟弟与外婆和母亲一起出医院回家下逼死坡的这小段路上,三百年前上演的是永历帝与后宫群臣出逃,以及后来吴三桂把永历帝父子尸首从金蝉寺运出北门去莲花池焚烧的一幕。我们从小就一清二楚逼死坡讲的是谁逼死谁的故事,但对永历帝被逼死前曾经从昆明出逃的历史细节,几乎没听大人讲。现在翻阅《五华区志》偶然见永历帝玉玺出土的记载,眼前豁然浮现永历小朝廷从五华山仓皇出逃,慌不择路的狼狈景象。玉玺是清光绪三十三年(1907)五华山南麓修建学堂校舍,在水塘里掘土时给挖到的。玉玺被挖出来之前二百四十九年,吴三桂大兵压境,一天,永历小朝廷开始西逃,人马还未下五华山,皇帝大印就丢了。玉玺长12厘米,厚2.8厘米,通高7.7厘米,一手掌就握住的东西,竟然丢失在山上。西逃缅甸路途迢迢,一两千公里的路上,皇帝颁布诏令无数，那颗篆书"敕命之宝"四字的玉玺没了，拿什么来盖大印？我从网络上搜索到一封永历帝写给穷追至缅甸首都的吴三桂的信函，想感化这位大明旧臣不要对前君主的后裔斩草除根。其真假我没去查，明摆着是后人的演义，我想的是如果真有其事，永历帝在这类函件上盖下的大印，应是丢失在五华山上的那颗玉玺的仿制品。志书上还写着出土的永历帝玉玺，藏于云南省博物馆。这就是说，永历王朝因保管大印的人把玉玺丢在五华山上，才给后世留下件或许是唯一的南明永历王朝实物。

玉玺并非遗失荒野，是荒乱中丢在宫殿里外的某个角落，可怎么就藏匿得两百年后才被发现？永历帝被吴三桂从缅甸押回昆明囚于金蝉寺，一个月后绞死。永历故宫变成了吴三桂的西平王府。吴三桂在云南称帝，把西平王府营造成洪化皇宫。清兵入滇平定吴三桂，洪化皇宫被捣毁，随后兴建拜云亭、各种祠堂和五华书院。那颗玉玺就是位于五华山南麓的五华书院扩建师范学堂时从水塘里挖到。玉玺丢失后的二百多年里，五华山一直是云南最高权力所在地，山上建筑毁了又建，地面被翻了个遍，竟然都没发现有什么永历玉玺。好在玉玺重见天日时，距云南宣告独立脱离清王朝只有五年，第六年清朝灭亡，来到了民国时代。民国元年（1912年）1月，云南父老终于为永历帝勒石立碑，刻上堂堂的"明永历帝殉国处"几字。永历帝父子尸骸在莲花池岸边被吴三桂一把火烧了,至今只有焚化地,相比之下,失而得存的永历玉玺,为大明王室终结之际留下件看得见摸得着的东西。

原载《口述昆明》第八辑,云南民族出版社2014年12月版

孙髯翁墓前

五百里滇池,奔来眼底。披襟岸帻,喜茫茫空阔无边。

天空湛蓝透明的冬季登大观楼,凭窗赏楼前鸥群上下飞舞,水波粼粼,远眺滇池烟波浩渺、西山睡美人隐隐约约的天际,读过孙髯翁《大观楼长联》的人,心中不禁默诵起长联开头这两句。如果有雅兴继续吟诵下去,随一行行诗句顿生的豪气,会像眼前波浪,一排排不停叩击胸扉,令呼吸酣畅。这首长联是滇池灵魂,一出世成绝唱,绝得二百多年来没人能改半个字,至今仍是"天下第一长联"和"古今第一长联",清代有位诗人用"楼头一百八十字"的这句诗,把后人无法超越的感慨给说尽了。

某日在一本与滇池无关的资料里偶得孙髯翁的百字生平简介,惊愕得我一连几日心潮起伏。现在世人有几个知晓180字之外的孙髯翁？我自然是读着长联长大，却老大不知，这份愧疚直到在距昆明一百多公里的滇南弥阳镇找到孙髯翁墓，方得释怀。那天清晨从昆明出发，驱车到弥勒县弥阳小镇时已是午间，在镇中心花园旁一家饭馆午餐时，见门外街口有"髯翁路"路牌，问馆子老板这条路以前叫什么路？髯翁路。老板回答后主动补充说，髯翁路下去，还有髯翁公园。

果然是，一尊傲骨凛然而瘦削的孙髯翁雕塑迎在公园门口，进去往绿树深处走，好大一座石垒的坟墓突现眼前。坟头长满秋草，像一片茂盛的庄稼地。石碑雕刻得十分热闹，石狮背着石柱子，一个个寿星仙人，二龙抢宝，有花有果的祭台等等。石雕上每个凸起的地方均被人摸得光滑，石头显得滋润。两个三四岁的孩子正在骑石狮子玩，一会儿这个孩子骑到那个孩子的石狮上，一会儿那个又跑去骑这个的，石狮子前还有几个幼童等着骑。我问石狮背上的女孩："知道坟里睡着谁吗？"女孩一双清澈的大眼睛瞧着我，不知我说什么。七八个孩子有的等待骑石狮有的在墓碑石雕间钻出钻进嬉闹的身影，仿佛老人面前绕膝的儿孙，一扫我远道来凭吊的凄然之情，变得像来到一个享天伦之乐的农家。

墓背后另有一组笔砚的石头雕塑，台阶上坐着几位蹓鸟老者。我向诸位请教墓主人身后情形。其中一位六旬老者自称姓苗，说孙髯翁是他们苗家老祖宗的老师，孙髯翁老了以后从昆明来这里与女儿一家住，在苗家教书，死后由苗家抬来这片苗家坟地里埋葬。

史料记载孙髯翁死后由友人安葬于风水宝地的新瓦房村坟地。不知这位友人是否如眼前老者说的姓苗？想到孙髯翁在此一睡二百二十多年未挪窝，地下躺着的仍旧是孙髯翁骸骨而不是其他的遗物，怎不令人欣慰。

孙髯翁一生贫困，虽然大观楼长联名惊一时，人们争相传抄，未能进几个酒钱，至晚年越发穷，到圆通寺咒蛟台为人卜卦算命，自称"蛟台老人"。他存身之所是咒蛟台下的岩洞，后来在咒蛟台上有间斗室，取名夕佳阁，《滇云诗词》一书里注释，夕佳阁取自陶渊明"山气日夕佳，飞鸟相与还"诗句之意。陶归隐，自有几亩薄田，几间瓦房，衣食不愁，故而能与花鸟相伴。而孙为人讲破嘴皮也糊不了一张口，时常断炊，友人去拜访要自带干粮，已经到这地步了，他还在《寓居夕佳阁》中乐陶陶，大我小天地道："万古一书卷，乾坤七尺床。"可见如他自我形容的是糊涂到底了，也明白事理到底了。

蹓鸟的老者们又告诉说，墓碑石柱上的对联，是孙髯翁活着的时候为自己写下的挽联，让我去读读。我转身来到墓前，孩子们为抢骑石狮抢成了一团，有的抱住石柱不松手，有的扯骑石狮的人的腿。我用零食把孩子们哄开后方能读石柱上刻着的对联：

这回来得忙名心利心毕竟糊涂到底

此番去甚好诗债酒债何曾亏负着谁

孙髯翁属于少年天才，负气罢试不取功名。他一生著有《永言堂诗集》《永言堂文集》《金沙诗草》《国朝诗采》和《滇诗》，皆失传。他无一官半职，纯粹一介布衣，却为民忧去考查水利，提出引水建议和撰写水利方面的著作。他老来也不会用诗去换口饭吃，不会卖文以苟活。他时逢康熙、乾隆盛世，他的夕佳阁所在的圆通寺香火鼎盛，难道香客们就没人对这位大观楼长联的作者施舍？寺里和尚就没发慈悲，把这位蛟台老人供养起来？他一肚子诗文却无以为生，只好到蛮荒的弥勒投奔女儿女婿。离开居住了一辈子，留下长联的昆明城，山风吹着他的破长衫，枯瘦的背脊上拉条长辫子，胸前一大把焦黄的胡须上沾着涕泪。他的身后，大观楼长联被同代昆明文士陆树堂用行草写刻于大观楼，世人争相传诵。可见他为自己写挽联多么万般无奈。

诗人白骨虽留异乡，诗人已化成不朽的大观楼长联，一直伫立滇池边，俯首抚须，吟唱着：

叹滚滚英雄谁在？
只赢得：几杵疏钟，半江渔火，两行秋雁，一枕清霜。

原载1995年3月2日《潮州日报》

咒蛟台上

> 二十年前得知孙髯翁埋葬在距昆明一百多公里外的滇南弥勒县城后，专门去缅怀。十多年后读北门一带史料而接触到研究孙髯翁的学术文章，才晓得这位二百多年前的联圣，原来就是我童年生活范围内几条街上的人，他生命最后四年才离开家乡到弥勒。如今他度过一生的这几条街反而没有他的遗迹，只有关于他的传说。我为此负疚，写此文弥补素来对孙髯翁只知其终归处，不知其生时所在地的缺憾。
>
> ——题记

"万树梅花一布衣"

昆明老城现存的小巷，其中有条位于五华山北坡叫大梅园巷的，地方志和地名志解释其巷名，皆说巷内原有一梅园，相传是孙髯翁（1700—1775）寓居之处，孙喜种梅，自号"万树梅花一布衣"。后来梅园周围的房舍增多，形成大小两条巷道，大的叫大梅园巷，小的叫小梅园巷。如今这里的民居楼房密集如林，不见半点梅影，就是五十多年前我在此地上幼儿园也没梅花的印象，铭刻脑海的是幼儿园里的柏树，因为我经常偷偷啃吃柏树上有点儿甜的蜜油。

梅园在几百年后的今天虽然成了传说，但在那些封尘了的当时文人酬唱的诗赋中，还生动如初。比如孙髯翁的好友也是同龄人的张汉，在外地做官久了思念家乡云南，写首题为《遥寄布衣孙髯翁》的诗寄给孙髯翁，形容对方是九龙池畔五华峰下的"髯仙老蛰龙"，说髯仙你在那里不知疲倦地种树，与名士文人饮酒吟诗唱曲，如"野鹤栖梅"，我也欲归去你那香雪海似的梅林，只是宦游在外不由人。张汉是位进士，其内心羡慕的还是一生不取功名的孙髯翁，神往的还是孙髯翁在梅园野鹤式的生命状态。

孙髯翁晚年很穷，不知他何时把偌大一片梅园给丢掉的。他最后寄身圆通寺咒蛟台几年里，一位名叫师范的滇西人去咒蛟台拜访，十多年后师范编撰《滇系》完成，在书里为孙髯翁立传，留下关于孙髯翁的第一手史料。孙髯翁父亲是陕西三原人，清军里一名小头目，随清军入滇后，在昆明落籍安家。孙髯翁一生倨傲不羁，他的博学和文学天才倾倒了同代人，《大观楼长联》也空前绝后。可他无意仕途，年少时对考场搜身这样的常态之举极为反感甚至愤怒，以为搜身是"以盗贼待士"，有辱斯文，发誓不参加任何科举考试。不考功名走仕途，一介小官武夫的父亲也不会有多大的家业供儿子一辈子的用度，所以孙髯翁在父母双亡后家道中落，又逢中年丧妻，唯一的女儿还远嫁滇南弥勒，如此一来，离去的去了，嫁人的嫁了，剩得鳏夫一个，家就散了。

梅园所在的山坡还是树林茂密的山野，邻居最多两三户，孙髯翁种了一园的梅花，"抚梅自逸，以梅示志"，如古代逸仙般视梅花为妻为子，活得不食人间烟火。孑然一身之后，要么在梅园隐逸下去，要么新组家庭重振家业。应该说他努力过，曾"设帐授徒"在家里开学堂，因他名声大，为人慷慨豪侠，慕名来求学的还不少。不给学生授课时，与友人们一起诗酒相聚，他的吟唱和嬉笑怒骂，无不惊绝在座。可是这样的日子没继续下去，以他的脾性，不是独守梅园以此归隐的那种人，结果一人游历去了，游到晚年回到昆明，变得一无所有。

孙髯翁生活在康乾盛世，受同代人赏识。有位姓张的制台请他做幕僚，他去做了不多久闹着要走。制台想把他引荐出去为官，见他无心功名，很是可惜，就示意一位太守去劝。太守邀着五华山长一同去劝，孙髯翁一听让他去应试考功名这档子事就急了，索性把制台幕僚的差事都辞了。昆明盘龙江在乾隆年间有一次发大水，江两岸民居被水淹没，流离失所的百姓得到了朝廷赈灾粮救济，省府为感谢朝廷让文书们写"谢表"，写下来都让云贵总督鄂尔泰看了摇头。总督只好让人去请孙髯翁写,结果采用孙写的上表朝廷。孙髯翁心不在功名上,却在民生上,因乾隆初年以来盘龙江几次水患之灾,他研读起中国古代治水的经典,并沿江实地考察,写出《拟盘龙江水利图说》,提出根治水患的几条建议。他对于滇池治理也有设想,逆江而上勘察金沙江后,提出了在今日来看也是非常大胆的设想——引金沙江水入滇池。世人普遍只知孙髯翁眼中的滇池,是喜茫茫空阔无边的五百里滇池,180字的大观楼长联里也没有前人"先天下之忧而忧"的济世情怀,如果没有他的其他诗文为证,谁能想到这位满腹学识的一介寒士,这位穷困潦倒的布衣,竟然先天下之忧,忧到了我们今日之忧,我想象他如果在两百多年后的今天重新活一回,见到以国家财力治理污染严重的滇池治理了很多年才初见成效时,一定坚持引金沙江水补滇池活水的根治观点,与同样设想的专家一起向政府呼吁。

"蛟台老人"

写出《大观楼长联》,提出盘龙江和滇池治理宏大设想的孙髯翁,晚年上无片瓦下无立锥之地,寄身于圆通寺的咒蛟台,为人卜卦以活命,自称"蛟台老人"。

今日的圆通寺修缮不久,簇新得如同它一千二百多年来每次大规模修复后所呈现的那样，殿宇辉煌，佛地庄严。寺里唯有东南角顾不及打理，这里悬崖峭壁，岩崖上有几百年来被不少古代文人歌咏过的蜿蜒直上圆通山顶的"采芝径"，只是这条穿石幽径多少年来一直不通，十余台石阶之后即被层板铁丝网封住。石阶一侧耸立的崖壁上有无数摩崖刻石，因青藤垂挂树木遮天，大白天

采芝径。2015年拍摄。

也幽暗难辨，树叶树枝筛下星星点点光斑格外晃人眼，很难看清摩崖上的题诗、题字和造像，莫说古人题诗的小字辨别不了，就是一米多高的张三丰造像辨起来也费劲。位于刻着三个斗大字"采芝径"大石头的背后，架在石阶上的石牌坊，歪斜欲坠，牌坊上的刻字风剥雨蚀得变成石头本身的纹路似的。石磴下是个平台，大小可容间亭子，平台一侧是屏障一样峭拔的崖壁，这里阳光如泄，游人一登平台，即见岩崖上门头匾额一样耀眼夺目的三个大字"衲霞屏"刻石和右边"秀拥五华"四字刻石。平台下面的岩石脚晦暗阴森，各有一洞，即传说中蛟龙潜藏的云津洞和潮音洞，盘龙祖师于洞上筑台，念动"佝

偻碑文"降伏了这两洞里的蛟龙。两洞洞前岩石夹道,窄如深巷,一路乱石杂物成堆。洞口被铁栅栏封住,人到此骤感一股股阴气从洞口直往外冒。

我在这片荒芜的岩崖上找"咒蛟台"三字,既寻不到古人留下的也不见今人的标志。问寺僧咒蛟台在哪里?回答平台即是。又问"咒蛟台"三字刻在哪里?回答从来没有人刻过这三字。

如今的平台上,"衲霞屏"峭壁下顺崖砌起的齐腰高、月牙型的放生池,占去了大部分地盘,余下空地留出上"采芝径"的通道和置石凳石桌,桌凳间还挤下两三棵柿子树。此时枝头挂果,绿叶不凋,松鼠们在树上大摇大摆叼着黄澄澄的柿子奔跑,叼掉的砸到地上,一团金黄的果泥。这里的游人是上"采芝径"上到封堵处折头下来的,在放生池停步时,无不仰头望一眼池上方崖壁上巨大的"衲霞屏"三字。我在游人中东瞧西瞧找"咒蛟台"字迹,东嗅西嗅觅"蛟台老人",虽然无迹可寻,一样的前人不见古人,但我双脚踏着的平台未变,仍旧是两百多年前孙髯翁寄身之处。眼前照红了"衲霞屏"摩崖的夕阳,几百年前一样照着孙髯翁的夕佳阁。

我查过资料,这里的摩崖刻石没有一块与孙髯翁有关,他没有在石上题字题诗,也没留下其他的任何墨迹。此地留下他印迹的,是他的《寓居夕佳阁》诗:

> 万古一书卷，乾坤七尺床。
> 卧游宗炳宅，吟倚费公房。
> 石耸经台翠，云流洞谷香。
> 夕阳山气好，天海入苍茫。

诗中"经台"即通俗叫的咒蛟台。其上的"夕佳阁"，现在有的说是孙髯翁自己筑的，有的说是寺院住持盖的，有的说是寺院的一座阁楼。如果原有的阁楼就不会差，因为圆通寺康熙年间才重建。如果是寺院住持让人临时盖给孤苦无依的老友孙髯翁住，可能只是间斗室，至于孙髯翁自己筑，我以为不太可能。还有"夕佳阁"一名，不是佛家的，应是诗人依陶渊明"山气日夕佳"诗句命名。从阁名到整首诗，无不见出孙髯翁住此地时身上一无所有，胸中却天地乾坤，人已垂暮，却夕阳山气好的精神状态。

乾隆三十三年（1768），师范前来夕佳阁拜访前辈，只见卖卜为生的"蛟台老人"兀坐于藤条床上，白胡子垂胸，清癯的脸庞古貌仙风，形如松下独鹤。孙髯翁以为这年轻后生是来问卜算命的，互相问询后才知年轻人是来请诗，于是诗情勃然，"拍案敷陈，目光炯炯射人"。这天以后，师范又接着来了几次，"时携饼饵与谈，辄至暮始返"，可见师范有多尽兴。

夕佳阁门口挂着"蛟台老人测字占卜处"牌子，房间四壁粘着主人山水诗新作和水墨风景画，所以孙髯翁在《寓居夕佳阁》一诗里把这住处，一是比作不做官，把游过的名胜画下来挂于居室，等老病俱至时"卧以游之"的南朝人宗炳的住所。二是比作汉代专门研究《易经》，卦筮出名的费公的住地。如此的夕佳阁让现在人想象起来，一定是求卜者踏破门槛，文人雅士来谈诗说画热闹如沙龙，所以主人万丈豪情"万古一卷书，乾坤七尺床"，仍然是作大观楼长联时的心境。真实中的夕佳阁，除文士们携带酒食来酬唱以外，出钱问卜者寥寥无几，每天"求百钱不可得，恒数日断炊烟"，孙髯翁卖卜过活的日子非常难。孙髯翁与寺院住持交情厚，可任对方相请，他也不肯去斋堂用斋。他为人慷慨，朋友甚广，却不愿受友人们的接济，连日没吃的也挨着，说自己挨得下去。

师范自头次去夕佳阁请诗，见老人穷困不已，以后每每带糕饼去，在那里待到日暮才返回。这位后生可能是从家乡来昆明贡院应乡试，住贡院附近，所以来夕佳阁"自是时携饼饵与谈，辄至暮始返。"乾隆三十五年（1770），师范时隔两年又来夕佳阁拜访，以为孙髯翁时寿已八十五六岁，所以说这位老翁眼神好，耳不背，走路不拄藜杖，但日子更清苦，时有断炊不说，用度也缺。其实此时的孙髯翁只是七十古来稀，是饥饿饿成八九十岁的面容。

衲霞屏下方的潮音洞。2015年拍摄。

孙髯翁在自嘲诗里写下缺用的一个场面：耗子偷吃枕头里面的秕糠，吃完秕糠，还把枕头咬得大洞小洞，没布补，也好，"咬破任从天替补"。

咒蛟台小得只容一间亭阁，人住这里，一出门就在岩石上爬上爬下的，即使今日修了整齐的石阶，从大雄宝殿背后上咒蛟台，走起来也是一步一磴要上些石阶的。从咒

咒蛟台上的摩崖"衲霞屏"。2015年摄。

台沿"采芝径"而上圆通山顶（现在此路封住）的路，我小时候爬也有人在半空的感觉。孙髯翁上下咒蛟台还不拄拄，也是一奇。

师范此番到咒蛟台听前辈谈诗，是老少俩最后一次相聚。两年后，孙髯翁赶马做生意的女婿来圆通寺接他到弥勒安享晚年，又两年仙逝。弥勒的苗雨亭早年到昆明游学就与孙髯翁有交情，孙髯翁投靠女婿家时，早已辞官归里在弥阳镇上讲学的苗雨亭把先生请出来，开学堂授徒。先生过世后，又把先生安葬在弥阳城西的苗氏坟地。

孙髯翁死后没有一块属于自家的地葬身，生前晚景无家可归，寄身圆通寺与寺僧厚交又不出家，他对人世舍到这份上，不知与他朝夕相处数年的僧人们，尤其是让他老来有个红尘不到的夕佳阁安身的那位住持，怎么想？孙髯翁为自己撰写的挽联当然令人叫绝："这回来得忙，名心利心，毕竟糊涂到底；此番去甚好，诗债酒债，何曾亏负着谁。"我以为孙髯翁一生的写照，还是他的大观楼长联。据学者研究，孙髯翁写大观楼长联的时间大约在乾隆三十年（1765），距后生师范第一次去咒蛟台拜访仅过去三年。这时间的推断我感觉差不多，因为孙髯翁对着茫茫滇池抒发出的180字长联，与蛰居咒蛟台所抒的四行诗，一样的荡气回肠，一样的旷达幽远，一样的世事通识，一样的精神自在。

民国时代昆明人方树梅来咒蛟台寻幽，已是"髯翁今不见，梅影叹飘零"（《螺山散步》），何况又过去大半个世纪的今天，我只能在咒蛟台石凳上面崖呆坐，看斜辉在"衲霞屏"三字上一寸寸地移开。

原载2015年12月20日《云南日报》

最后一次泊船的大观河上

几年前我安家大观河边时,这条河在距居所几十米远的地方还地下河般的不见身首,而后忽地冒出来,裸露着流过门前,流进篆塘,然后一拐弯向西,直奔滇池。因它发黑发臭,都叫它臭水河。从篆塘到大观楼入滇池的一段河水同样污浊,却没人叫它臭水河,大概这里既是河尾又为"海头",历史上又名重得让世人心存敬畏,人们老老实实叫它大观河。如今我们门前的一段河水开始加盖闷入地下,不几天也要遁形城市,我担心接下来就轮到闷大观河这最后一段,急忙抽空骑自行车去看一眼自己儿时随父母乘轮船到西山高峣,中学时代写过生的大观河。

灰暗的天空中,寒风裹挟着沙土一阵阵扑面而来,独自一人骑车前去探望那样一段命运不济的河水,好不惆怅。出门在"臭水河"畔的马路上骑行,长着水葫芦的黑乎乎的水面让人想到它的源头,想到它在城市完全是一条自由自在河流的时光,一想到这上头更难过了:源头肯定是清纯的山泉,两岸初有人烟时的河流该有多的清澈美丽。不知从何时起,它只能在城市下面暗无天日地流淌,末了在河尾露个面。可现在,水泥板正在它最后露面的地方,一块块地加盖成平地,然后在上面建房子。

"臭水河"流到篆塘时,河面变得池塘一样宽,这个曾经的大码头已被霜雪冻枯的水葫芦覆盖住,宛如一片枯萎的草甸。从这里开始的大观河,疯长的水葫芦把河道变成一条茂密的草带,虽然很难见到水面,可水草下面的腥臭味直往上冒,咄咄逼人地向人类报复。忘了有多少年没来这里,一见这副衰败凋敝又困兽一般挣扎的模样,着实把记忆中田园的大观河赶跑了。

我沿大观路骑车快两站地都没辨认出码头的一丝痕迹,难道驶向滇池的轮船不从这条河里起航了?继续寻找,见人行道靠河一侧有自行车站,几十辆自行车中间的木椅上,戴红袖箍守车的老头缩脖缩手坐着打盹,椅背靠在一棵树杆粗壮、枝头凋零的梧桐树上。这地点和这棵树越看越像原来的售船票处,激动得我欲把老人叫醒,打探如今在哪买票在哪上船?但没开口,一点个人的小怀旧值得明知故问?滇池在退却,一步步远离我们的城市,许多城市的湖泊不如此?滇池里的水葫芦有好几年堵塞了航道，全市人民几次突击捞海草。水葫芦把大观河封锁了，怎么走船？既然城市身边的湖泊被一天天驱逐，大观河两岸绿柳丛中三三两两的瓦房变成丛林般钢筋水泥的楼房和工厂，最后把剩下的河尾也盖了好不省事。

往前走是公共汽车站台，背后河上高高耸立着一座铁拱桥。一辆4路汽车靠站了，上下车的乘客把站台挤满。拱桥上有人疾奔下来赶车，目光随着这人影跑下桥的一刻，蓦地瞥见桥下有一艘轮船。

"那不是正在等待旅客的船么！"终于见到了马上就要起锚开走的船，啊，心都跳出来了。瞧呀，它停泊在桥的上游，开船后，它将从高耸入云的白色单孔拱桥下面穿过。我怦然心跳，顾不得站台边穿梭的人流向船骑去，就怕船开了。

锁稳自行车，几步冲到船前，天啦，是条废弃的船！我无比沮丧地上下扫视着它：船头已和岸边陆地接牢得焊在一起似的，上面坐着两个大汽油桶改成的炉子，一个炉子蒸小笼包子，一个煮小锅米线，又是白花花的蒸汽又是红红的火苗，引得路人放慢步子不停地张望。这条挂着"爱河酒舫"招牌，经营餐厅和卡拉OK的轮船上，最显眼处横扯着几幅布标，上面打着辣子鸡、酸菜鱼、烧烤等等时新吃法的广告；隐蔽的底层仓窗上写着"野味"，好像船上要吃什么有什么。打扮时髦举止轻佻、操一口河两岸村庄口音的两个年轻女子,在船舱门口一会儿出一会儿进,嘻嘻哈哈,四下顾盼暗递秋波,想来船上的夜晚灯红酒绿,夜总会似的。尽管舫上餐饮有声有色,可我依然不肯相信这条船就像个再也走不动的老人,死在桥畔。仔细观察船体,除了船上人往河里泼脏水的地方露出一块浮着油花的黑水外,船四周被水葫芦围得铁桶一样,水葫芦仿佛要把船困死,甚至爬上船把船吞了。船头吃水线上的一截船身油漆脱尽,锈蚀斑斑,好像厌倦了上路。它是条坏了的船,坏在码头上就不走,成了河上最后一条轮船。

眼前陌生的景象让我异乡人一样伤感。黄昏来临,风刮得紧,捞海草的人纷纷下工,走剩的一位青年边举竹耙干活边高声斥责在岸边水葫芦堆上玩湿了裤腿的两个小男孩,从他的口音听得出他是来打工的四川人。又一队打捞水草的妇女肩着长长竹耙从他身边走过,喊他收工,他好好好地回答着边继续干他的活。这些与船上那两个姑娘一样口音的妇女,戴顶细竹篾帽,系块蓝布小围腰,这副我儿时乘轮船见惯了的渔家装扮,终于让我找回了久违的大观河,唤出我年少时大观河岸边油菜花黄稻谷花香的图景,那是70年代中期上高中时,我们同年级几个绘画爱好者总是约着逃课去写生,个个身背自制的画夹,骑自行车风一样溜到大观楼。大观河距公园几十米的地方有条小河汇入,水域开阔起来,中间有个《大观楼长联》里描写的"螺屿蟹洲"的小岛,其上十几间瓦房，房前水上泊着敛了风帆的大渔船，柳树下拴着小船，清亮的水面上鹅鸭一群群地游弋……我们对着这番景致一次次写生，开心得忘记一切。

想起了河中小岛，精神为之一振，往前仔细寻找。骑车到大致的位置一看，哪还有什么农田，全是高高低低的楼房，其间几间灰瓦土墙的房子，应是以前渔家的房舍？更让人失望的是，小岛与岸已经连在一起，上面是汽车加油站和自行车停放站。不禁顿足不迭：连自己二十年前的那些写生画都被自己或家里大人当垃圾处理掉，片纸不留，何况世事流转之迅速。既然如此，回去吧。

原载1995年10月13日《潮州日报》，文章原标题为《大观河上》，收入《人生驿站随笔精选1》，韩春旭 张明江主编，中国工人出版1998年4月版

"风和日丽"的公堂

改朝换代了,街名应时而变。清代昆明街名变化的一大特征是,依官府衙门而得名,比如布政司街、左哨街、辕门口、营门口、县门口、贡院街、鱼课司街、钱局街等等,顾名便可思意,晓得这些街是什么政府机构所在地。

昆明是大清版图上西南最边的一个省城,本来街名变得"官气"重了,

图① 清政府官衙。

说明封建王朝统治机构在云南这个边远省份的高度完善，但从当时拍摄下的衙门照片上看衙门免去威仪礼数的平易与简单的办事场景，官员办事时悠然自得的神态等等，一眼即可见出边疆就是边疆，仍旧山高皇帝远。图①上的官衙门前，无论石狮、兵器、旗帜和建筑都与内地无异，本是无比威严之地，可枝末细节却

图②　在天井里设堂审理诉讼。

图③　诉讼当事人。

不是这回事：门廊木柱前的对联，竟然脱去半截。两道侧门前公然拉着帐篷。本是左右两个的门卫只有一个不说，还无精打采，另一边的岗位上没有卫兵，放着一捆细柴和一只提篮。再看各扇门上贴着的门一样大小的穿朝服的官人像，门神似的，整个儿地不是衙门，感情是戏班子驻地。

　　官衙门面这般散漫，门里会是怎样一番情形？图②是正在审理诉讼的公堂。这公堂不在屋子里，在风吹日晒的露天。是室内修缮需要搬到露天办公？显然不是，楼上楼下的门窗

一派簇新。是什么呢？依然是高山皇帝远的自由自在。上级官员府台来衙门听汇报断案的这天，阳光明媚，无比温暖，衙门官员把堂移出门，好让府台边享受大好的天气边办案。移堂门外已无震慑可言：虽然堂上威列两边的兵器架搬出来了，架上插着的武器一样不缺，旗帜一面不少，可是棍棒手双手空空。原本挂匾额明镜高悬的地方用块布幔替代，被风卷得如块晾晒的布。最滑稽的是府台大人用的案，小如几，案前蒙着的布被风撩起，府台坐那里不是在办案，听戏一样。如此一来的露天公堂，一派风和日丽。昆明冬无严寒，暖如阳春，太阳烤起来很舒服，昆明人的一大嗜好就是冬季在天井里向太阳。既然如此，上至府台大人下到衙门小官在天井里向着太阳办案，情理之中了。

案桌前的青石板地上铺着两床草给原告和被告下跪（图③）。正在下跪叩头者和跟随其后而来的一排赤脚袒胸露臂的穷人，目光直视，理直气壮。旁边一排戴帽穿衣整齐的人，低眉不语，一脸理亏。这样在天井里"光明正大"的公堂上审出的诉讼案，结果倒也像天气一样阳光。衙门中最威严不过的审案堂上有这番的趣味，可能只有朝廷鞭长莫及的边地省城有，也是四季如春的昆明独有的韵味。

原载于2000年12月《老照片》第十六辑，收入《故时风物》，冯克力主编，山东画报出版社2008年7月版

昆明1943：抗战大反攻前的悠然

抗日战争全面爆发，大半个中国沦陷后的昆明，成了北方和东南沿海难民、机构和工厂往后方大撤退的最后一座城市，再往前就国境线了。那时的昆明是围坐在明代城墙里的小城池，人口10万，与内地交通除了古老的南方丝绸之路即茶马古驿道，只有一条1937年3月建成的昆明至贵州盘县的公路。云南虽然打响过拿下袁世凯巩固新兴的中华民国的护国战争，只因时光过去几十年，在横断山的阻隔中仍然远不可及，是内地人眼中的蛮荒之地。云南与内地山重水复不易交通，但与境外东南亚却商贸频繁，世代"走夷方"的传统使得通往东南亚各国的茶马古道格外发达，再加上一条法国殖民者修建的滇越铁路，云南交通变成了一大怪——与内不通与外畅通，正因为如此，昆明这座边僻的内陆城市才在抗日战争和太平洋战争爆发后，一跃为中国重要的通商口岸、远东战区的军事重镇和大后方国际化的都市。

中国能够长期坚持抗战，还得力于国际援助，八年抗战中的昆明一直是外援物资运输的枢纽。日本人对中国形成海上封锁包围之际，云南通过紧邻国家出海口的通道仍是畅通无阻——通过滇越铁路和1938年专门为运输国际物资而开山架桥修建的滇缅公路，国际援华物资源源不断运进终点站的昆明，再通过昆明中转到全国各地。日本人占领越南后，滇越铁路被掐死，滇缅公路的运输在日本飞机轰炸中一直坚持到太平洋战争爆发，这几年国际援助中国抗战的物资，通过滇缅公路运进的吨数，是其他通道总和的四倍多，这条路成了中国抗战唯一的国际大通道。日本占领缅甸沿滇缅公路直驱云南，被中国远征军阻在滇西的怒江西岸，敌我两军沿江对峙了两年，直至滇西大反攻战役开始。大动脉的滇缅公路被切断后，中国重新开辟了两条国际通道，一条是空中的"驼峰"航线，一条是陆地的中印公路，终点都在昆明。

抗战之初，昆明是距沦陷区最远的一座城市，既有滇越铁路与国外交通，也有一条公路与内地相通，于是成了沦陷区精华的大学、机构往后方撤退，上海、南京等工业金融发达城市搬迁工厂和银行的首选城市之一。最早大规模迁移昆明的是著名的西南联大，由于联大和其他几所院校（有中法大学、中山大学等等）同时涌入昆明，没有现成校舍，哪里租得到房子就在那里上课，一时间，昆明城有多大，联大就有多大。继院校之后大规模迁来昆明的是工厂和银行，到1940年，昆明城周边建起了昆明电冶厂、中央机器厂、军政部下辖的兵工厂、空军第一飞机制造厂、云南钢铁厂等80家企业，其工业布局在西南大后方一跃为第三位，仅次于陪都重庆和川中地区。昆明金融在抗战前只有三家当地银行和一家法国人开的银行，而内迁来昆的就有包括中国、中央、中国交通、中国农民四大银行在内的40多家。内迁大潮使昆明居住人口暴增，最多时达40多万人，为战前的三倍，即四个人当中三个就是"外省人"，流亡昆明并采访滇缅公路的香港《大公报》记者萧乾后来回忆说：那时昆明最繁华的正义路开满了外省人店铺，街上摩肩接踵的人们"不是江浙就是北方佬的口音"。

尾随撤退大军而来的是空中的太阳旗飞机——1938年秋，日本飞机开始空袭昆明。1942年1月，日本发动缅甸战役，入缅作战的中国远征军失利后退到印度，5月，日本人沿滇缅公路入侵云南，直抵怒江，被尚在国内的远征军挡在西岸，敌我隔江对峙。当时如果怒江防线被突破，过了江的滇缅公路到昆明只有600多公里，其间再无大江高山的天然屏障，日军沿公路直捣昆明轻而易举，蒋介石为此急得火烧眉毛，在与罗斯福总统的通电话中说：把昆明丢了，整个中国就丢了！转眼间，云南从大后方变成前线，挺进云南的中央军达60万人之多，蒋介石多次坐镇昆明督战，他的参谋长、盟军印缅战区总指挥史迪威将军驻扎昆明。美国援华的空中力量集中于昆明,有陈纳德的"飞虎队"和后来的第14航空队以及美国陆军航空运输总队。重庆政府在昆明成立"中国军事委员会驻滇干部训练团",蒋介石兼任团长。中国远征军美军顾问团在昆明设立参谋、炮兵、通信、工兵等各类学校,负责训练军事干部,城郊是屯兵演练场,昆明变成了军事重镇和兵营。

接下来的1943年,战争势态并未直线上升,是蛰伏下来——敌我双方在胶着状态中喘息调整。台湾秦风老照相馆收藏的昆明1943年前后几十张照片,记录下了这座前线城市无战事时的情形。昆明从一座宁静的边陲城市,变为中国大后方的中心城市之一,再从最安全的大后方变成前线,变成远东要塞,都是眨眼的工夫,变化时间都不长,变化如忽来忽去的云,只要战火硝烟有片刻的歇息,不变的东西立即凸显——在不变的四季如春的气候里,在扩建后建筑样式变化不大的城池里,又荡漾起昆明自古以来特有的那种边地悠然的韵味。这是昆明抓紧喘息机会大搞经济建设、积蓄力量的一年,到1944年,中国战场上对侵华日军战略反攻的第一枪,就要从中国远征军强渡怒江、收复滇西失地的抗日大反攻战场上打响。还有,昆明城里要发生波及全国民主运动的"一二·一"学生运动。

大战前夜静悄悄,昆明处于抗战以来最平静的时候:怒江防线已稳固,从滇西逃来的难民大军经过城市大半年的消化，不进军营当兵的，也加入了昆明扩城和内迁工矿企业新建的浪潮中。城市上空自1938年9月28日首次遭日本人轰炸机空袭以来的两年多时间里，警报频频，人们躲空袭跑警报已成日常事，直到1941年12月20日美国"飞虎队"第一次在昆明上空与日机作战并开局全胜，之后是屡战屡胜，空袭日渐稀少，照片①摄下的是昆明天空终于安宁了一段时间的镜头——晴朗天空下，穿城而过的盘龙江水波不起，鳞次栉比的楼阁屋宇静立江东岸上，楼是大鼓楼，沿河是民宅，谁曾想，不久前的1942年12月18日，10架日本飞机突然飞临这里的上空，"飞虎队"未来得及空中拦截，敌机已朝河上人车拥挤的交三桥狂轰滥炸，当场炸死145人，几百米之外即照片拍摄下来的地方也被炸，为昆明遭日机空袭比较惨重的一次，拍摄照片时，鼓楼和民宅被炸坏的地方已修缮完毕，照片上明显可见新换的瓦和新夯的墙。

图① 昆明的母亲河——盘龙江。这条河七十年前还在城外，如今在城市中轴线上，由北向南穿城而过，汇入滇池。最高的建筑为大鼓楼。

图② "金马""碧鸡"牌坊是昆明的象征。行走其下的军人,让人想到正在进行的战争。

"金马""碧鸡"两道牌坊是昆明古老的标志性建筑,自元代昆明成为省会城市直到新中国成立,牌坊都在城池的中心位置上,所以这座城市发生的重大事件都在此展示,比如入缅甸作战的中国远征军的出发和胜利归来,中印公路即史迪威公路通车的庆典仪式,等等。明清时代的两牌坊下过往的交通工具只有马帮,照片②上的牌坊门洞已过汽车,两牌坊间设了昆明最早也是最主要的一个交通岗,这里的街两边全是法国式建筑的商业店铺,行人熙熙攘攘,道中央的交通岗亭上,站岗的人因为没有一辆车可以指挥而垂手望人,行人中,空身慢步的军人三三两两,战争期间一座城市如此这般的休眠状态,在别处一定显得扎眼,在昆明,正好与当地的常态相吻合,因为这座城市的生活节奏原本就是慢悠悠的,直到二十年前年当地人相互道别时不说"再见",还是说那句亲切的老话:"你家悠悠走。"

图③ 民国年间扩城后的新城墙和城门。近前是砖柱、铁栅栏的新城门,远处已拆掉了楼顶的旧城门楼,原地静立。新旧城门,一简一繁,一洋一中,见证着边陲城市的风气流变。

背景上横卧一条缓缓起伏的长虫山的靖国门街景(照片

③),来来往往的行人中,到处是军人身影,他们同在金马、碧鸡牌坊下闲逛的军人一样,是驻扎城外,准备打滇西大反攻战役的中国远征军,没有这类身影,谁想象得出这座城市在前线,距日军占领区只有几百公里,当中只有一条怒江天堑。这张照片的城门内正中位置上,有三位女大学生的背影,她们一身"五四运动"时北平女学生的装束,亦即西南联大女生的着装,从她们手挽手肩并肩大跨步走的英姿上可以想见,在来年的"一二·一"学生运动中,她们仨也是这样走在游行队伍中,无所畏惧。

看过城中牌楼与西南面的城门后,再来瞧城东(照片④),这道城门是内地进昆明的入口,内地沿公路撤退来的人们,皆从此门进入昆明城。照片摄下了拓东路"聚奎楼"的晚景:行人中挑担提篮负重的一律朝城门外赶路,所有的交通工具忙着拉人出城,回城外营房的军人,或坐专门载人的有顶篷的大马车,或坐人货两载一匹马拉的板车,人力车上坐着的大个子,大概是美国大兵,这些当兵人见匆匆晚归的百姓,是否勾起思乡之情?

图④ 位于城东的聚奎楼。云南历史上一直未出过状元,为祈求"文曲星"降临建了此楼。之后的清光绪二十九年,云南石屏人袁嘉谷中了状元,此楼改称"状元楼"。民国扩城扩路,状元楼由原先的一个门洞改为三个门洞,可通汽车。

昆明大事记里的1943年,

图⑤ 滇池是云南最大的湖泊，昆明城位于滇池北岸。1938年1月兵工署的六家兵工厂搬迁至昆明，有几家建在滇池西南岸的海口，海口到昆明城的运输主要靠帆船。

只有建设云南钢铁厂、纸烟厂和建银行等简单一行字，秦风老照相馆收藏的老照片让那一行字丰富起来，从中见到这座前线城市大兴土木的一个侧影。此时，滇池北岸的昆明城因人口暴涨，城郭如气球一样迅速鼓胀开来，供应城市的粮食和其他农副产品来自滇池周边的鱼米之乡，建筑石材取自西山，这两大项每天必不可少的物资，全靠从滇池里运来。照片⑤的滇池，满载货物的帆船鱼贯而行，朝昆明城码头——篆塘驶来，繁忙的情景让人想到城西与城东截然不同的情形：位于城西的篆塘码头上，古老的帆船每天向昆明吐着粮食、石头和砂子；位于城东的巫家坝机场，现代化的飞机——机身徽号上写着"U.S ARMY AIRFORCE THE

图⑥ 大观河是连接城里到滇池的重要航道,滇池上的船只到昆明,均在此河终点的篆塘码头停靠。如今大观河早已不行船,码头变成篆塘公园。

图⑦ 多人拉套的大板车,一般是运输易碎的陶制品。

AIRTRANSPORTCOMMAND"的飞机(美国陆军空军空运总队的运输机)和写着"CNAC"的飞机(中国航空公司),每天向昆明吐出从印度运来的武器弹药、医疗器械药品、汽油、机械车辆等军用物资。玉溪是昆明的粮仓,运大米全靠滇池上的帆船,如今玉溪到昆明有高速公路,一小时路程,可抗战时期从滇池运米,正常走一天,遇大风要走若干天。一位年逾八旬、掌门昆明摄影界多年的摄影家曾于1943年前后从玉溪家乡来昆明闯荡,搭乘运大米的帆船,途中遇大风,在滇池上行驶三天才到昆明,他说能够在湖上坚持三天,因为有满满一船的大米。此时昆明石材用量之巨前所未有:老城区扩建以适应所有内迁机构用房之需,所有的街道重新铺条石;郊区,内迁企业建厂房,新修道路,新建小机场等等。石材取自滇池西岸著名风景区西山龙门石窟的山脚下,那里有巨大的采石场,每天拉石头到昆明篆塘码头的帆船络绎不绝。滇池上的船只通过大观河到篆塘码头,照片⑥满载石头的帆船已进入大观河,背景上天水相接之处就是天下第一长联——大观楼长联所写的五百里滇池。

与水上帆船拉石材相映成趣的，是陆路用大板车拉砖瓦和土陶。那时昆明郊区的一座座火窑昼夜不停烧砖瓦和土陶，一是建房用，二是生活用，外来人入乡随俗，与本地人一样烧火做饭用泥巴的风炉，灶具是土陶的，水缸是瓦的，全靠窑里烧制，这些器皿出窑后拉到市场上出售，运输只能是人拉的板车，如照片⑦6位汉子用大板车拉一车很重的土陶一样。这些裸臂赤腿埋头拉车的汉子们脸上露出憨厚的笑容，战争中苦力脸上的这点儿难得的笑容，透出了平民百姓都有地方找碗饭吃的现状和对外来者友好以及对打败日本人的信心。

大兴土木建起的房子中，1943年建成的"安宁温泉宾馆"（照片⑧）是云南民国政府第一家宾馆，墙壁上镶着"中华民国三十二年二月吉日"的落款，是宾馆投入使用的时间。这座宾馆解放后成为云南省委和省政府下属的高规格接待地，直到改革开放前的几十年间，这里一直是国家首脑政要到昆明的下榻处。由此而知这座宾馆建成当年到抗战结束所接待人员的规格，接待蒋介石夫妇和他们的密友加同志的史迪威将军以及中国远征军高级将领们不用说了，接待的外国人当中自然是美国人最多，最高级别的应

图⑧ 云南民国年间的第一家宾馆，1943年落成，为省政府接待支用。

是来昆访问的美国副总统华莱士，娱乐圈的应有来昆劳军的美国电影和歌舞女明星们，经常性的应是美国大兵们。

抗战期间驻云南的外国军人几乎全是美国人，最多时有两三万人，超过美军驻中国其它地区的人数总和，自始至终驻扎昆明的是陈纳德将军的飞行队。抗战爆发后，陈纳德已在昆明组建中央航空学校昆明分校，帮助扩建昆明机场和云南的其他军用机场，1938年秋日本飞机开始对昆明这座空中毫无防御能力的城市肆意轰炸，陈纳德又受中国政府委托组建中国航空美国志愿队，这支1941年7月成立、有200架P-40战斗机的志愿队由美国陆军航空队退役或现役的飞行人员组成，10月飞来总部设在昆明的巫家坝机场，12月首次在昆明上空与日机作战，取得击落敌机9架而自己无一伤亡的开门红，它就是日后在昆明、滇缅公路和缅甸上空令日本飞行员为之胆战，举世无双的"飞虎队"。1942年5月滇西沦陷，日本人截断了运输国际援华物资唯一的通道滇缅公路，7月"飞虎队"转正为美国陆军现役航空队，1943年3月扩编为美国陆军第14航空队，陈纳德为少将司令官，营地仍在巫家坝机场，该队任务为"驼峰"航线护航。

为从空中继续运送抗战物资以替代滇缅公路，美国陆军航空运输总队和中国航空公司共同开辟了二战最有名的"驼峰"航线——从印度阿萨姆邦起飞，飞越喜马拉雅山脉，经过热带丛林和日军占领区，途经缅甸到中国昆明，这条全长

图⑨ 中国航空委员会特务旅第五团的一名战士,该团负责警卫昆明巫家坝机场。

700多英里的空中补给线，是世界上最艰难的航线。到1945年，"驼峰"航线空运了81%的国际援华物资，高峰期的这条航线上，每天有100多架飞机飞行，所以昆明的巫家坝机场每分钟要起降一架飞机，是二战中全球最忙的国际机场之一。

巫家坝机场的警卫工作由中国航空委员会特务旅第5团担负，照片⑨扛步枪的就是一名警卫，这位一颗星的警卫，左胸上的布牌写着他的名字"傅成铭"，民国三十二年入伍，在"航空委员会特务旅第五团第三营十二连"。第5团原是昆明空军军官学校的特务团，学校迁往印度培训驻印的中国远征军之后，特务团归属中国航空委员会，改编成第5团，任务是守卫停机场上的飞机，做飞行员营地的警卫，负责援华物资仓库的保安。照片上没有飞机的影子，从史料上可知小兵背后的跑道上频繁起降的飞机中，最多的是占美国陆军航空运输总队一半、有"空中列车"之称的C-47，最引人注目的当然是机头上绘着张大嘴巴、露出上下两排利齿的鲨鱼头的飞机——陈纳德将军曾经的"飞虎队"、今日的第14航空队。"傅成铭"入伍时，昆明黑市已是国统区最大的，黑市交易从车辆、飞机汽车零件、汽油、手枪、医疗器械到黄金、"骆驼牌"香烟、瑞士手表、德国莱卡相机以至于罐头奶粉，天上"驼峰"航线运输什么，地上黑市就有什么，美国大兵们在空中创造"驼峰"航线奇迹的同时，也在昆明黑市上"驰骋"。

1943年中美工兵在中国驻印远征军炮火掩护下，修筑从印度边陲的利多到云南滇西与滇缅公路连接的中印公路，为滇西大反攻修建这条公路的同时，还从印度加尔各答铺设输油管到昆明。一年多后中印公路通车，全长1800英里的中印输油管也开始供应燃油。随着汽油源源不断流入昆明机场的储油库，猖狂的盗油事件不断发生，"地头蛇"们要么挖开输油管盗油，要么里应外合与守油库的一起盗油，最大一起是武装团伙用车队盗窃机场油库的汽油，被第5团截获后，双方大战一场。不知这位"傅成铭"在堵截战中受伤或立功了没有？

图⑩ 大观河沿岸有私人别墅和私家花园，其中有些已是今日的公园。

图⑪ 滇东北某小镇的路边，妇女摆摊，老人闲坐烤太阳。

昆明1943年的天空每天进出着英勇的美国飞机，很少有日本飞机打扰，地上的百姓日子过得知足而平静。城西大观河两岸坐落着渔村，村庄外都有城里富人来临水建盖的别墅，照片⑩的这幢别墅前有了个固定的小集市，太阳当顶，买卖收摊，沿墙摆放的数个案架，逗留不去的几个男子和河边饮水的一头膘肥体壮的水牛，无不表明暂时摆脱战争阴影的这座渔村，渔民的日子已恢复常态。

昆明以外的小城镇，百姓的日子过得尤其从容，照片⑪⑫记录了某座小镇岁暮中一个非常宁静和平的清晨：镇边一个卖甘蔗和荸荠的篷子里，妇人坐货摊后低头削甘蔗，年幼的男孩安静地在她身边转悠；篷子边，两位古稀之年的老者烤手炉，晒太阳，默默无言地坐一块儿。小镇大街上，一座茶馆里已有两桌客人，全是当地上点岁数的男子，路过的人年纪相仿，彼此打招呼，无论一大早上茶馆，还是背竹篓提竹篮路过的，每人从容的表情和身上难见补丁的绵长衫布马褂，说明日子过得

图⑫　滇东北某小镇上的茶馆。

不赖。茶馆的竹椅木桌搬到了屋外大街上,客人边晒太阳边抽烟喝茶,他们对拿相机的外来人非常友好:白胡子老人一副慈祥;开茶馆的年轻夫妇笑容可掬,女人开朗,怀里的婴儿白白胖胖,头上的

图⑬　昆明郊区农村的主要运输工具——水牛拉的木轮车。

瓜皮小帽镶了一圈玉片,男人厚道,恭身迎着镜头如同迎客,他身边站着齐腰高的儿子,一看就明白这是一个和美的四口之家。小镇上这个温暖得有些慵懒的早晨,不见青壮年的影子,也没有昆明城内无处不见的外省人和军人的影子,正因为那些人正忙,年长者们才有这样一个安稳的早晨,而往前几年抗战才爆发时,照片上这些妇女儿童和坐茶馆的人,不是在修筑公路就是在修筑飞机场的工地上砸铺路石,有点劳力的砸"狗头石",体质弱的敲"工分石"。

从照片⑬读昆明这一年的秋末,农村同城市一样已休养生息,聚集了力量:秋阳下的田野里,稻谷收割后的田野翻犁平整,收拾干净,老水牛拉的木轮车上,最后一捆稻草被拉回家,粮食颗粒归仓的这一幕,让人不由得联想到两三年前的沦陷区工厂誓不留给日本人,把拆卸下来可以搬走的机械设备,通过汽车、船,借道越南通过滇越铁路用小火车抢运

到昆明的劲头与激情。

  1945年3月中国远征军滇西战役胜利，中国人首先在这里收复被日本人占领的失地并全歼守敌，透过这一骄人战绩回首昆明1943年的普通景象，似乎是滇西大反攻胜券在握的端倪之一：静默悠然的表象下，最后一搏的力量在蓄积，利剑在铸造。

原载2013年12月《老照片》第九十二辑

又"见"萧乾在昆明

我是萧乾生命最后七年里认其为师做学生的,自第一次相见至今二十年间,我写了数篇关于恩师的文章,首篇《重踏滇缅路——访萧乾》同样是云南日报副刊的约稿,如今隔了几十年应约再下笔时,历历在目的是萧乾最后一次来昆明,我们初见面并共处的几日。

那是1992年5月的事,现在想来自己可笑又幸运。我在长篇纪实《山红谷黑》的后记里,详尽记述了我这个只有三四年写作经历的边疆无名之辈,如何仿照萧乾写于抗战时期的著名篇章《血肉筑成的滇缅路》,采写成了中篇报告文学《伟哉!滇缅公路》,发表后因反响好又扩写成30万字的《山红谷黑》。自己的这第一本书要在北京出版了,想到它应该有个书序,就想到写序者非萧乾不可。我这样一个祖上与文不沾边儿、平民出身、才开始搞创作的无名小卒,就因崇拜大名鼎鼎的作家,异想天开地想请人家为自己什么都不是的处女作写序,局外人来看当中的可笑成分,拿今天流行话来形容,叫搞笑。我回顾起想到请萧乾写序这事,非常真诚严肃,甚至是一种神圣的心情,所以尽管知道一点萧乾很走红,知道人家年事已高等等,这些我都不会去考虑,一心想的是谁叫《血肉筑成的滇缅路》在五十年后还那么吸引人,还让我模仿着写,而且一写就又是中篇又是长篇?凭这样大的理由,为什么不请他作序,为什么不能以这样的方式表达我崇高的敬意?想是横下心来想的,梦想,行动起来却根本没底,做这事,门在哪边都摸不着。现在有互联网,上网搜索,天上地下的事什么搜不出来,可那时拥有家庭电话的都很少,只能靠人找人。找下来的结果,无论是家里人还是文学上扶持我的老师们,没有一个不劝我打消请萧乾作序念头的,摆出的种种不可能,如一盆盆凉水兜头而浇。而我越说不能越要做,提笔就给萧乾写了几页纸的信,又请说得上话、时任云南省文联副主席的李鉴尧老师写推荐信。正苦于怕信件通过邮局寄出去后石沉大海,又没别的办法送达时,天上掉下来了个捎信人——正在云南采访的工人日报总编室主任王晓龙,他是我丈夫的同事,又是萧乾在咸宁五七干校下放劳动时的邻居儿子,那时他一段时间去干校探父母一次,与长辈的萧伯伯有点交往。凭很多年前这点关系,他愿为我送信当说客。他回京后怎么去送信，怎样说动了已在宅门上贴了"主人年高体弱，请勿谈话太久，请勿要求作序……"告示的萧乾的这一过程，在七年后即萧乾去世之际，他在纪念文章《托起新世纪的朝阳》里一五一十道出。求这个序，我至今歉疚：夺了萧乾与夫人文洁若赶译《尤利西斯》那几年里一小时也不能夺的时间和精力，而萧乾从此给了我师与父一般的关爱。

话说回求序事上来。王晓龙3月带我的信回北京，波折一番后，我收到了萧乾4月18日的来信，开头这样说：

> 谢你托王晓龙同志转来的信。你写了我在青年时代想写而未写的滇缅公路筑路人的《山红谷黑》，我自是非常兴奋。我因年老体弱，一般不大为人写序，但这篇序我责无旁贷。而且我希望写得有点内容。幸好五月二十日左右，我将为中央文史馆事去滇，先在昆明小住，还去西双版纳。我想索性先拜读一下你的大作，就地写来，以便征求你的意见如何？

无名晚辈接到大作家这样的回信，碰上谁谁都感动，我读着信哭了，哭出声来。泪雨过后，心里一片亮堂——不仅完全打消了初涉文坛的无知小辈对鼎鼎大名的作家不可避免的畏惧感，而且人未见，已倍感亲切，还可以随便了。

到预订时间，中央文史馆馆长的萧乾率馆员一行来了，下榻在西山的云南武警部队招待所。当晚萧乾就来电话,让我们翌日接他和夫人文洁若进城,一整天时间都安排给我们。

第二天大清早,我和丈夫从城里驱车到西山,敲开了招待所里的萧乾夫妇房间。记不得谁来开门,忘不了的是圆圆的光脑袋上长着稀拉拉银发、穿件灰布夹克外衣的萧乾手拄拐杖,神情和蔼,一脸乐哈哈地躬身相迎,仿佛来者是老熟人,加上说话幽默又非常朴实,让人顿时忘了他的身份,一见如故。夫人文洁若站在堆满书和文字稿件的桌子边与我们说话,她嘿嘿笑着,边说话边手不停地往书里夹纸条或在纸片上做记号,显得干练利索,精力充沛,她一身花色连衣裙,一点不像六十开外的人,后来我在萧乾文章里读到把文洁若形容为他干事业的火车头时,不住地连连点头。如今也活到八十多岁的文洁若不只是独自一人生活,而且每年都有新书出版,这势头与当年初见她时的光景,相差无几。

萧乾夫妇下榻的这间屋子有一张桌子几把椅子两个单人沙发,砖头样厚的精装本和普通封皮的书籍以及一本本的复印件资料,竟然把椅子和沙发全堆满了,好像随身带来了几箱书。主人让我们坐沙发,人坐下去就在书堆里了——两边扶手上和茶几上都堆着书。桌案上堆着一两沓写好的稿件和铺展着正在进行的文字稿,所用的稿纸都比普通的大几倍,纸边还拼出大大小小的纸条来,仿佛鱼鳍。我第一次见这样大的稿纸,而且每页上都长着"鱼鳍",好奇得俯身去看,见

1992年6月,萧乾(左一)与夫人文洁若(左二)在作者家中。作者丈夫何金武(右一)。

稿纸的格子里和四周都是密密麻麻的字，"鱼鳍"上全是红红蓝蓝的字。字有两种笔迹，一种潦草，长脚长腿；一种清秀规矩，原来前者是萧乾手迹，主要是眉批和边角上的字，后者是文洁若的，整页的格子里都是她写的字。这个早晨，我有生第一回听说世界上有《尤利西斯》这部晦涩难懂如"天书"的小说，知道这部小说是世界现代文学中的小说最高峰，把《尤利西斯》翻译成中文是中国译界迄今为止的巅峰，等等。之后几年《尤利西斯》出版，我从当时全国报纸杂志对这部译著铺天盖地的评论报道中得知，书由文洁若初译，下道工序是萧乾的，难怪我见稿纸上有两种笔迹。

房间里另一件铭刻于心的事，是萧乾的一条裤子。我们彼此见面不多会儿就动身出发了，我刚走到门口，被从门侧卫生间里出来的萧乾给叫住了，他把手里提着的东西往我面前一亮，说提去你家里晾晒。我一瞅，是条洗净后边脚还滴水的灰布长裤。当时我没在意，提到家晾起来完事，下午文洁若抽空提起萧乾肾疾的话题，才明白其中缘故，原来萧乾做过肾摘除手术，身上只有一个肾，而这个仅剩的肾又坏了，肾功能只有常人的四分之一。同时还了解到，只有这个残损的肾，又年过八旬的萧乾，是在文洁若这个"火车头"的带动下，才敢接下出版社的约请，开始向他四十年代在剑桥皇家学院攻读硕士时就研究过的《尤利西斯》重新进军的。

夫妇二人翻译这部小说用了四年时间，译著出版第五年，

90岁的萧乾溘然长逝，直接导致死亡的病，正是这个肾彻底完了。文洁若处理萧乾遗物时，送了两件短袖衫给我们夫妇做纪念，日后睹物，无不想到那条灰色布长裤，不能不感慨萧乾与夫人合译《尤利西斯》是在有冠心病、只有一个衰肾、即将走到人生尽头的残暮之年。

萧、文的《尤利西斯》译本，是这部小说的第一个中文全译本，其难度如攀珠穆朗玛峰，加之时间要求紧，萧乾身上还有馆长的差事，所以翻译《尤利西斯》的几年间，人出差到哪儿，这部书的翻译工作就在那里进行。萧乾曾把他和文洁若木樨地的家，称作"一个车间两个老人"或"一对老人两个车间"，夫妇俩翻译《尤利西斯》的昆明"车间"里，还"生产"了一篇题为《它曾是咱们的命根子》的文章，那就是我处女作的书序。文洁若快人快语，一见面就说："这有多巧，黄豆米要萧乾作序，萧乾就来了。"我实在幸运，不仅像文洁若这句话里说的这番幸运，还意外得到了一位精神和文学上的导师。

我和丈夫几次驱车把萧乾夫妇从西山的住地接进城，当中有一两次路过了北门街口，因为北门街上既有我家老屋，又有萧乾1938年与杨振声和沈从文流亡昆明时共住了大半年的旧居，而且街两边的老房子还完整，所以建议到这条街上转转，让萧乾看看他离开后再没来过的旧地。不想萧乾没采纳，只通过车窗口往北门街扭头瞥了一眼，轻轻说了声：

"不用了。"我至今还在琢磨萧乾朝北门街投去这一瞥时的心思。萧乾到街口也不愿意进去看一眼,可四年后他应邀写回忆昆明的文章写了1600余字的一篇《昆明偶忆》时,忆到的都是他北门街时的生活。这篇文章是萧乾最后一次直接写昆明,我至今珍藏这篇文章的手稿。

与不走北门街不同,萧乾对重走滇缅路显得很激动。给丈夫单位开新闻采访车的驾驶员是位老司机,年轻时过了缅甸野人山到印度,沿史迪威公路打反攻回来的中国远征军,我在《山红谷黑》里写了驾驶员的这段经历,所以萧乾坐这位师傅开的小车重走滇缅公路,简直就是一对"老滇缅"不期而遇,路上他俩一个正驾驶一个副驾驶的并肩而坐,车窗外一山一水都是他俩共同的旧地,一路回忆没完没了。二战时的滇缅路在萧乾的新闻和文学事业中是重笔,作为《大公报》记者,萧乾从滇缅路一路采写到欧洲战场,成为驰名世界的记者,他的二战特写被史学家称为"欧洲发展史的重要见证",可惜的是,他当年拍摄了滇缅路的照片(战争期间他在英国出版的几本英文书里用过后再也找不到),而本人却没有在滇缅路上留下一张照片,这次重踏滇缅路与我在路上的合影,竟然成了他在滇缅路上的唯一留影。

萧乾知道了我家三代住北门街,我还在我外婆寿终正寝的那间老屋里结婚,就提出要去看我父母。这厚爱让我受不住:父母十多年前从北门街的老屋搬到单位新建的宿舍楼,住三楼,是水泥预制块建的粗糙的大板房，没有电梯，拄拐杖又是83岁的萧乾还爬得上去？这还不算什么，主要是我那普普通通的父母和简陋的家，如何接得起萧乾夫妇这样的"大驾"？萧乾坚持要去，也就去了。文洁若爬楼一点没问题，萧乾就吃力了，一手拄杖，一手抓着油漆脱落、脏兮兮的楼梯铁扶手，一步一步爬上三楼，几分钟后又一步一步走下楼，弄

1992年5月21日，萧乾与黄豆米在滇缅公路碧鸡关合影。

得上气不接下气。果然，我父母不知如何待这对突然降临的大人物，主客之间笑脸相对，没话可说，所以萧乾夫妇在客厅沙发上屁股未坐热，见了一眼我父母和住所情形，就被我催着离开了。哪料萧乾夫妇回京后的来信里，每每问候我父母。

萧乾来滇，文学界想拜望他的人很多，但从城里到他下榻的郊区还有几十公里地，交通不便，我家自然成了萧乾在城里的会客厅。我们有次请大家来晚餐时吃了汽锅鸡。来人散尽后，送萧乾夫妇回住地。萧乾走出门来到走廊里，见栏杆边拴着一只白毛凤冠的乌骨鸡，问我汽锅鸡就是用这种鸡做的吗？一两天前正好有朋友送来一对白凤乌鸡，我们把公鸡宰了做云南名菜汽锅鸡招待大家，桌上没来得及相告，听

萧乾这一问，我乐颠颠地回答：是。萧乾听罢，声调忽然变沉，说："吃那样好看的鸡，大煞风景！"他背着走廊的路灯站着，我虽然看不清他脸上表情的突变，从他口中顿时变得异常严肃的声调上就知道，他生气了。我们根本理解不了这变化，当即建议把这孤单者送给萧乾带回北京饲养。

萧乾一行在云南半个月后启程回北京。临行前一天，又请萧乾夫妇来家。萧乾要给北京家里挂电话，我已经知道他此时的家里只有位老人，是与萧乾夫妇相依为命几十年的文洁若的三姐。萧乾拨通电话，告诉三姐回程的事，然后一转身，突然把听筒往我手里一塞，笑嘻嘻地让我接着说电话。我一头露水：电话那边的老人，我没见过也没通过话，连怎么称呼都不知道，说什么呢？我眨巴眼睛望着萧乾，他催促我快给电话那边报喜讯："说呀，说说乌鸡。"萧乾此刻孩子般顽皮的劲头，令我印象太深了，不理解这位大作家怎么眨眼工夫就孩子样了。日后从萧乾的一封封来信中，读出了他的一颗童心。

萧乾夫妇回京后两天就写信来了，萧乾的信说："乌鸡、萧乾与文洁若同机到达。三姐事先在阳台上铺了土，备了窝（竹筐底）和卧具。乌鸡憋了半日，刚到难免抗议了几声。现已完全安顿下来，请释念。它在等待原来主人来探视，并用乌鸡蛋欢迎。"文洁若附言道："带来的两个乌鸡蛋，昨天早点，萧乾吃了一只，今天再吃一只。大概是换了地方，不习惯，还未再下。它有时从筐中出来散散步。"白凤乌鸡到萧家后四个月，萧乾关于这只鸡的信写来了六封，国庆节那天的信上写道："白凤乌鸡安然无恙，只是下了七个蛋之后，就再也不下了。我们一家把她当女儿养，倒不在乎下不下蛋。她一叫，我们就想到你们。"读到这封信，再木的脑袋也该开点窍了，我才开始体味到萧乾身上艺术家的童心。后来读他的每一部书，凡是写动物的地方，尤其是写他八十载人生中与猫狗和其他小动物相处的散文《透过活物看人生》，才让我豁然，才慢慢悟出，为何作家诗人们和漫画家笔下的晚年萧乾，是一副弥勒佛像？

原载2012年6月15日《云南日报》

老马地巷记

老马地巷是在昆明老城改造时被拆除的,巷内一座座明清建筑的四合院最初是谁家建造的已无据可考,只知我生活的年代里这些房子全是公房,每座院落诸姓杂居,四五十年同住一个天井里,不沾亲不带故,隔堵土墙或隔道板壁住在一起,老的老去,新的新生,一代又一代地每天在一个门洞里进出,和睦得仿佛一家人,理论起来,若不是前世缘,今生何以在一个天井里半个世纪几代人共处?因为这条巷最初置地起房的人,名不足以留册,最后安身的平头百姓,又来去如浮萍,不像隔壁的靛花巷有数一数二的中国文化名流在书信文章中留名,以至我查遍史料,唯有老城改造前所修的《五华区志》的地名表格里,填有"老马地巷"四字,同时期修撰、属于内部资料的五华地名志里有不足百字的记载,不禁唏嘘:一旦我们这些因拆迁搬走十余年、淘汰的旧身份证上留着它名儿的老住户死光，它在世上也就彻底了无痕迹，乘记忆犹新之际，为它留下一笔，以示根之所在。

一

老马地巷位于圆通山西南麓翠湖北岸，西南低东北高，下接青云街，拐两道弯儿，一架石阶斜坡而上，通向北门街，长百米，可五马并行。地名志记载这条巷的来历，说这里原是圆通山延伸出来的一个荒山包，清代初期左哨衙门在此盖厩养马，逐渐形成巷子，因衙门养马的地方，巷名叫养马巷。后来不叫养马地，叫老马地，地名志解释为"老"与"养"音近而讹传之故，我从口音上推测，是为叫着顺口。

巷道由青云街这头进入，绕两个弯儿向上伸去到陡立的石阶前，石阶拐道大弯儿上去就是北门街。我一直不明白为何这条巷划归北门街？小时候多么希望归青云街呀，我家住的小四合院西面院墙就是青云街，院门上钉着"老马地巷1号"的铁牌，可是紧邻的靛花巷，却属于青云街，我羡慕死了住这邻巷的人，因为他们每月购买国家定量供应的东西，买煤，煤店就在本巷里，买粮，粮店就在巷斜对面，过街即是，什么都在家门口，生活方便得不行，不像我们这条巷的，要爬上北门街买,每家非得有个能够手提肩扛的劳动力不可,我很不平,老在心里犯嘀咕:民国年间云南第一、第二任都督(省长)的蔡锷、唐继尧皆住北门街,那时老马地巷大小户主们因为自己的巷有一头在那街上,就攀附,使自己的巷归属那条街?也是天意安排,如果我生长的年代不是每月上北门街买口粮柴禾,外婆在北门街居委会工作二十余年不是随时往那上面去,我哪能对整条巷和所属的街道熟稔。

老马地巷总共有五座四合院,灰瓦白墙土红漆的木门。我很喜欢我们的小巷宽敞通达,又有弯弯的道儿和错落的院落:五座小院依地势错落,门庭前突者,突得恰当,不多出一步,不多占一尺地,规规矩矩立于

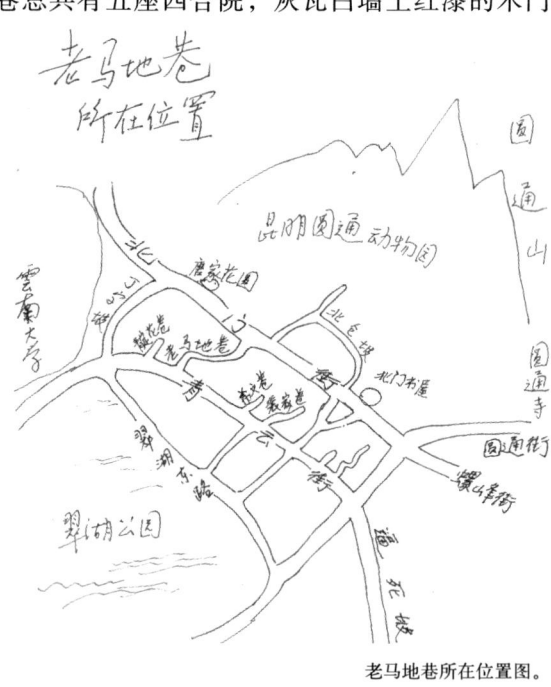

老马地巷所在位置图。

道旁，不碍人行；院门后缩者，门前有空场，不觉地背，各得地势之宜，谁也不夺谁的风水；院门不直对而门不当户不对，好处是邻院人闹隔阂甚至有仇时，不会开门就老脸对老脸，面子避不开，我们现在火柴盒似的单元楼，一层楼两户人家门直冲着门或几户人家门挨门，若邻里不和，每天开门就尴尬，住过这样的楼，才晓得老巷四合院的大门，建得深谙世故，非常细腻的体贴人情，现代所谓人文观怀一词在这样的建筑面前，显得苍白又粗糙。一条巷里几座院落布局得当，表现的是工匠的智慧，房主人的修养，想来这些古人，就算是不识文断字，也耳濡目染儒家仁厚与《易经》顺其自然因地制宜的修为，不然在先来后到的建房者当中，横出个把好处占尽的主儿，次第而成的这条巷，哪有后来的这份和谐，如果不留出余地，不让后来的人感觉宜人宜居，这条巷恐怕建不了那么些院落，尤其是巷道不会宽阔得驮马对过还有余，连现在的卡车都松松的过。

二

巷里五座四合院，北三座，南两座，没深宅大院，只有大户小户之分，往院门上冷眼一瞟，门里家底厚薄，一眼观尽。北面三座院坝的第一道门是小户人家的宅子，里面方方正正一个天井，没有其他回旋地，做为公租房大杂院，住下十一二户人家，我家是其中一户。这一院人家，住几年就搬走的很少，绝大多数是一住生根，末了为小巷"送终"，我家就是这样的住户。父母在解放初期来这里向公家的房管所租房安身时，整座小院空着或者只有一两家人，于是选中相对安全又看得见院门动静的一间——正房靠楼梯口有十多平米的屋子，紧接着外婆来为我母亲带孩子，又租得正房楼上临巷的一间9平米的阁楼，从此，我家三代人住这一小一大的楼上楼下两间屋子，一住四十多年直到房子拆除的最后一天。我出生后，外婆带着我住大屋子，再后来有了弟弟，祖孙三人在这屋里一张床上睡，全家五口在靠门的一张小方桌上吃饭，这样整整齐齐地过了近二十年以后，父亲单位盖宿舍，三代人才既分又合地老家新舍两边住。

外婆带我和弟弟住的这间屋子，仅一扇木格子花窗，窗有人高，窗棂连着门框，是楼梯的墙体，光线因而被整架楼梯和另一面墙给挡了，屋里极暗，屋子山墙脚还起青苔，因为山墙外面是另一座院坝的围墙，两墙之间的夹道只有一人宽，而两面墙头的瓦檐又一上一下重叠着，虽然阳光直照都射不进去，下雨时，两边瓦檐水都往这里直泄，瓦上冲下来的尘土在夹道底终年堆积，又照不着太阳，沤成黑泥，外婆管这里叫阴沟。房管所一段时间来掏一次阴沟，保持排水通畅。有年雨季山墙进水，水从我们睡的大床底下淌出，一直

老马地巷1号原址

淌到门槛前,房管所来修,有的在阴沟里掏泥,有的来我家移床挪柜挖墙脚,挖出个洞后,里外两边的人把头伸在洞口对着讲话。从墙脚拆出来的两块青黑色大砖头,外婆和我都翻不动它,令我印象很深。

我们院坝的大门门柱,是同样的大砖头砌成,被撞出豁口的地方,成了男孩玩物的储存地儿,首先是大门外两边最易撞碰之处的几个豁口,男孩蹲在地上弹玻璃珠儿,玩得没趣了,站起来往门柱大砖的豁口里弹,人站一步之外,乜斜着眼睛,侧身伸出只手臂一弹,嘴里喊声"进"。其次是大门背后,大概为修门框,那里的砖头有的被砸掉半块,有的凿出洞,我弟弟与伙伴弹玻璃珠、玩纸折的豆腐壳,玩得忘了时间,又赢得大把的豆腐壳和子弹壳,不敢带回家,进大门时,先把所赢之物在门背后的大砖里藏匿了,然后若无其事地小跑着进家。弟弟赢到的子弹壳,有的成了外婆装针的针筒。子弹壳是文革武斗时"八派"和"炮派"在云南大学打仗时留下的,四五年后成了小巷男孩子们手上的玩物。小巷拆除后,有次进圆通山上的圆通动物园,走到明代城墙遗址前才注意到,古城墙的砖块与我家老屋房基的大砖和我们院坝大门门柱的砖头,无论大小、薄厚、质地和颜色,一个模子倒出似的,肉眼看那成色,也没明显区别,这下,我对我家老屋和我们巷子的历史,算有了点眉目。

三

我们隔壁的院坝是巷子里最大的,有正院偏院,门脸儿气派,两扇木头门板又宽又厚实,单一扇就快要有我们的两扇院门大。门头的瓦檐两头高翘如展翅,其上有各种飞禽走兽,风吹瓦草摇曳时,这些瓦质的动物仿佛在草中晃动,我小时被吓着几次。这道门不与我们的院门平齐,往前伸出去了两步,门两边有石礅,其上应该蹲着对石狮子,我有记忆时石礅就是空着的。这道门是小孩老人都爱来玩的地方,两扇木门厚得小孩的手握不过来,小伙伴玩躲猫猫时,当老鼠的几人合力把两扇门关紧,当猫的那个人休想推开门,推不动,没人愿当猫了,才修改游戏规则——两扇门关着,当猫在外面推几下推不动,只需在门外一拍门板说:"我逮到你们了!"门背后的老鼠们就算被捉到了。这门的门槛又长又宽,惹得小孩子上去蹬,老人们当长凳坐,早晨就来坐着向太阳,老人一见小孩子来蹬门槛,"咳"一声轰鸟似地叫起来,边骂"滚下去!小死鬼!"我儿时被老人又轰又咒过几回后,晓得凡是门槛不能踏,这是小巷教给我的第一个生活禁忌。

接着这座大院落的第三座院坝,院门往里缩,缩进去十余步之深,形成岔巷,三四级台阶上的大门又往里倾斜,两扇木门大开时,完全靠在门洞两面的墙上,好像没有墙就会倒掉似的,外婆差使我去那道门里做事,若是晚上去,又逢岔巷木头电线杆上的路灯瞎了,必须两手摸着木门往里走,觉得门洞墙要倒,心发毛,这是座依地势建得深藏不露的院落。

四

巷南边的两座院坝一小一大,小的那座让我多少理解了"天井"两字之形象,大的那座使我触摸着了"老马地巷"巷名的丝丝由来。

小的院坝给我一种非常阴的印象:它比我们院坝还小,进门左手两间小耳房,其中一间住着位常年病怏怏的老人,他时常坐在家门口烧风炉烤火,我从没看清过他的模样,只记住他从棉衣袖管里伸出来烤火的双手,干枯得像块柴,我从他面前经过是跳开走的,很怕那双手伸来抓我。经过老人门口往前右拐,进小圆门,里面是又窄又湿的天井,站在天井里抬头望,四边楼头往中间挤,把天空挤得宛如个井口,天井的地上铺着的石板长了青苔,我怕滑,不敢下去走,在这里才真正体验到没有比"天井"两字更能把小四合院之窄、露天之小给囊括尽的。

大的这座院坝却给我留下截然相反的印象。它的门脸挨着小的那座的屁股,门前空出块扇形地,长着一颗树干需两三人才能合抱的杨草果树,这院坝地势比巷道矮,最矮的地方矮下去一人高，雨季巷里的雨水直往这儿灌，也不知排水的奥妙在哪里，不但那片扇形地不见变成泥塘，比扇形地还低下去两级台阶的门里院坝，也不见汪成水塘，反而因为低洼，院里的一口小水井在巷里其他水井干的干、被填埋的填埋之后，唯独它还在，四季有水，只是雨天水浑如泥水，自来水引进各院坝以后，又没人掏洗井，这井的水冬季才清，其他时候水满且浊。我家平时洗鞋洗很脏的东西和过年大扫除，就去挑这井水用。这院落空旷，有三方是临时建盖、歪歪斜斜的砖墙平顶房，只有进大门靠巷道这边有排正儿八经的房子，土木结构，一楼一底，走廊格外宽，任住户在各自的门前置风炉砌灶放杂物都还空，"文革"时期巷里集中跳忠字舞和收听收音机里广播的毛主席和党中央最高指示，多半在这里进行，人们端着小板凳来，把廊沿坎儿坐满，最多顺着两台石阶再坐下去，就都坐下了。跟大人来的孩子们喜欢上楼玩捉人游戏，跑来跑去把楼板跺得山响，震得楼板缝隙间灰尘扬沙一样下来，落得大人们一头一脸，于是下面骂，上面跳，开着的会或跳着的忠字舞不得不停了，等把孩子们撵下楼才得以继续下去。

　　我习惯了四合院没有多余空间的拥挤，对这座房屋少、院心大空地多的大院坝，有种城外的感觉：只有一面正房，其余三面是光秃秃的土堆包，各家在上面私建了几间平顶砖房，这儿一间那儿一间不成样儿，平顶又抹泥，灰突突一片，这些简陋得与小巷原有建筑格格不入的平房，不是储物间，是住人，住里面的人操着昆明人听来怪怪的口音，外婆因居委会的事去他们那里，也不久留，我去挑井水，井就在砖房前面，那些人三五成群地聚集在门口坐着，拿眼睛直瞅人，他们于我一直是陌生人。而那边正房里的人，隔着院心远远地同我搭话，是长辈的都会问几句与我外婆有关的话。

我长大离开小巷后走遍云南，山乡马帮见得多了，就想到自己生长的老巷，为什么会有那样一个村野般的巷名？我和丈夫在外婆寿终正寝的小阁楼里结婚，住了两年多，他老家在中缅边界，他自小养马，解放前马帮来他家打落时他割马草卖给马帮，所以他一来小巷安家就直呼我们的小家为"小马店"。小巷被夷平后我想知道巷名由来，但一直没查到，觉得还是丈夫的直觉对劲，于是就往这方面瞎想。首先想到我们小巷归属的北门街，街上一座接一座的民国时期达官贵人的府第豪宅，权贵们出行少不得马，那时候物资运输主要靠马帮，马帮趋利，少不得常来北门街，落脚的地方会首选宽敞的老马地巷。再往下想去，自然联想到我们巷里这座显得空大无用的院坝，于是自己在心里凭想象还原它最初的面貌。

第一是把那些平房的砖墙拆了，剩几根木柱撑着平顶，恰似马厩，院坝三面数间的"厩"可以容纳二三十马匹，有那么多的骡马，厩前的泥巴地才被踏得那般瓷实。接下去又想，马帮来到后，先在门外扇形空地卸驮子，有马驹跟来的，赶马人先把小马拴在墙边的杨草果树上，如云南花灯调唱的"小马拴在大树上"，把卸下的马驮子抬进院子，怕湿的驮子，放到正房廊檐下，不怕水的放在院心。放妥了驮子，把骡马赶进大门，右首走几步就是那眼小水井，井边饮了马，赶马归厩，如此一来，这座院坝的院子之宽，人马行立时回旋余地之大，大门外扇形空地之开阔，那棵杨草果树挤在角落里，等等，全都有了合理安排，也就不是我小时候看见的大而无用的样子。

由此联想到小水井的用途上，巷里人家只用这井水洗东西，不饮，自有根源。这口井浅，井口石圈也矮，井台周围只铺了两步宽的石头，到处是土，地上晴天都汪水。井水满的时候多，满到井圈那里就停了，老人小孩拿水桶直接舀水，我印象里它总是浑浑的一井水，这样的井饮马用，十分相宜了。此井既然饮马，当初建院落掘这井，也就依用途而行，所以井浅，容易提水；井口小，马匹掉不进去；井台也砌得简单，人能站就行；马蹄在泥地上不打滑，所以周围不铺石头。如此这般倒回去演义，这座我感觉中的城外院落，就是巷中最热闹之处，每天马帮络绎不绝，铃声叮当，马嘶人叫。我去小水井提水，不时看见住正房那位满脸麻子的奶奶，立在廊沿上，嘴里刁根香烟朝平顶小屋那边骂，跟我说话时嘴角冒着烟雾，那时就有种感觉，她是这院坝的管家。如果过去这里真开马栈，难说她是店主的大小姐。

麻脸奶奶高个儿，腰板直直的，穿身阴丹蓝布衣服，经常立在正房廊檐下往水井这边大声呵斥，都因为来提水带洗菜或洗东西的人不自觉，倒水不往沟里倒，遍地倒，有的随地扔菜渣。她家住正房楼下的一间屋子，她白天无事，一个人坐屋里倚着门框抽纸烟，院子里什么响动都逃不出她的眼睛，她又是个爱干净的人，容不得人在水井边不守规矩乱扔乱倒，我头脑中因此深深印下了她嘴角叼根卷烟，立于廊檐的阴凉下往水井边、往对面砖房骂人的印象。她有老伴，还有个年纪比我大几岁的女孩，好像与她没有血缘关系，女孩孤僻，见人腼腆一笑，不大说话，不与同龄人玩耍，我去她家她都躲开。我对这位麻脸奶奶倍感亲切，大概是居民委员会让她负责管理这院坝，平常间，不是她来我家告诉我外婆有什么事了，就是外婆去她家说事。另外，外婆做咸菜，碰上我们院坝其他人家也做，地盘挤不开，往往去借她家的大簸箕，也就在她门口摆开来晒，有时晒做腌菜的青菜，有时晒做茄子鲊的茄子，天晚收回家。

现在联系起巷子历史来演义这位麻脸奶奶，这院坝倒很像是她家祖上建的，她抽烟时尽情享受那一刻的神态，骂人时的架势，主人一样。如果她真是过去的女主人，凭其做事拉得下脸面，性格泼辣，只要人往廊檐台上一站，嘴里叼着烟卷，指东使西，男仆丫鬟和住店人马，谁不听命？可不么，那口四周都是泥地的井，正得力于她呢——如果不是她每天留心，义务看管，人们又怕她那张拉下来变得凶神一样不留情面的麻脸和那张不饶人的嘴，那口井要被糟蹋成什么样儿，不是她，那口井保持不到与巷子同归于尽之时。

最近才读到五华区的地名志，那是不易借到的内部资料，上面解释说我们的巷是三百年前左哨衙门的养马地，想来这个空阔的院坝，是最大的养马地，有一排排马厩。

五

巷里院落因地制宜，没一座雷同，我印象最好的是我们隔壁院子里的小偏院，进大门的右手是这个小院，沿甬道走到底是正院。偏院是座一面照壁三面一楼一底房屋的狭长小院，尽管它仄窄得连女孩子"跳海牌"的空地都没有，可我非常羡慕那一道道窗户——小方格木窗几乎镶着玻璃，打窗前过，方格里有人影动。巷里其他院坝的木花窗一律裱棉纸，不透明，花格上落满了灰尘，相比之下，有玻璃窗的小偏院是整条巷最洁净讲究的了，其实这个印象不完全来自镶嵌玻璃的木格窗，是住户——整条巷的人家，只有这里的两三户人家有书架，有铺着浅色桌布的写字桌，其中一家的女主人是位小学老师，她有个读书入迷与我同龄的女儿，是我最要好的伙伴，我们巷里有点书香气，全在她家，在这个小偏院。

偏院那么狭窄，竟然还有种果树花木的后院，里面一样局促，却长有一棵树干弯弯的枇杷树，树像把巨伞，把整个的后院天空湮没了，白天像黄昏一样暗。我跟外婆来这院子，遇上果实熟时，大人必往我衣服口袋里装枇杷，塞得鼓鼓的，没有现成果子的时候，大人就领我往后门去，打开一扇门板进去，拿起靠墙上的竹竿往树上打，打得叶子噼啪啪响，枇杷啪啦啦直落，我仰头朝竹竿打处望，透过卷着边儿、一面墨绿一面棕黄的密密的树叶和结得一团团的金色果子，隐约见楼上窗牖里，有人伸出手来摘树顶的果儿吃，原来这树弯是弯了，却不矮，长到楼上窗台下呢。那一刻，楼上的人摘树顶的枇杷，慢慢地一颗颗摘，树下的我们，一竿子一竿子打树上的枇杷，猛打几下，树角一片毛茸茸的金黄色果儿，我边拾边擦毛边吃。这枇杷核小，肉多，味极甜，以至于我吃枇杷的最早记忆，完全来自于此，而且觉得那种枇杷已经绝种。

这里的正院也是我常来与小伙伴玩的地方。正院有个后院，后院开了道角门，小时候觉得这角门别有洞天，因为出这道只容一人的小门，竟会走到另一条巷，即巷底是煤店的靛花巷，角门与煤店的门呈直角，就是说，这院坝的正门开在老马地巷，角门已开到其他巷里了。成人后读《红楼梦》，书上写薛宝钗一家在荣国府东南角的梨香院暂住，宝钗的哥哥一开始觉得住着不自由，谁知梨香院别开的街门，让这位公子哥儿很是称意，可以任意与狐朋狗友往来了。读到这儿，会意一笑：大户人家于宅院最隐蔽处别开一小门，隐掉了多少不让人见的事。

我们巷里建得最好的这座正院，天井方正，四面一楼一底，楼底有回廊，楼上的一扇扇木格方窗打开时朝空中挑起，屋里的人时常从窗口伸出头来，大声八气地与楼对面窗里的人或楼下的讲话，那声音从空中传下来，走调一样，后来长大看鬼怪小说，读到无形的妖祟在空中对地上的人说话，耳畔会隐隐响起这天井上空的声音。这院坝天井铺地的石头很讲究，经雨水一冲，显出漂亮的孔雀绿颜色，且光滑细腻，惹得我们这些邻院的女孩子跑来跳海牌，坐地上弹酸角核儿，抓猪拐骨什么的。我们院坝天井小，铺地的青石方砖相对小，大人允许跳海牌的地方只有八块地砖，才跳几步就见输赢，而这里天井的石块不仅大，可以跳的地方有这项游戏标准所需的十八个方块，单一只脚，边跳边踢块瓦片，从起步跳到"下油锅"最后"上天堂"，一步不少，跳得非常尽兴。

这院里有对胖子夫妻在公家肉店卖猪肉，两人的个子一般高，衣着讲究，手腕上的金壳手表亮闪闪的，夫妻俩不大搭理人，在巷道里出出进进神气活现。这院子有次吵架吵了翻天，是我在我们小巷里见过最大的一次，那天我放学回家后找外婆取家门钥匙，找进这院坝来，见天井过道上站满了人，楼上的花窗全都挑开来，窗里的人朝下嚷嚷，然后跑下楼来挤进人堆里，用手直往别人脸上指。

我在吵嚷得滚锅似的人群中找见外婆时，她被几个人单独围在一边，其中有那对卖猪肉的胖夫妻，两人气势汹汹，男的眼睛瞪得像两个牛眼珠，快要蹦出来似的直瞪着我外婆，见状，我气愤了，挤进去，一步站到他面前，朝他一样瞪眼睛。我还不懂得大人吵什么，又是第一次瞧见外婆被人瞪眼睛，指鼻子骂，就去护着。大概我像从地底下突然冒出来的，眼珠子还瞪得吓人，那男的急忙把身子往后缩了缩，指着我道："咦？瞪什么！你人小咪喳的还瞪人？！"

这院坝正房虽然高大，可是楼下的廊檐过道深得太阳照不到底，照到一半就往回退了，从门槛顶到天棚的一扇扇门板即便全部洞开，人站天井里也看不实门里，所以我平时在阳光下的天井玩，见那对卖猪肉的夫妻在门前锅灶边忙碌，总是两团胖胖的黑影在动，那次吵闹之后留意起那男的眼睛，发现并没有牛眼大，很平常的，渐渐地，门前炉子烟雾中晃动的两个胖胖的身影，依旧平和，丝毫不凶。

那次整个院坝人大吵之后不久，院门洞里住下了一家人，女主人带着她的一群儿女，在门洞的两个角落里支了两张木板床，各挂一顶发黑的白布蚊帐，其中正对大门的那张床的床尾，用打补丁的双人床单，从楼板木楞上挂了道布帘，把门洞隔成个过道。这家人在大门背后做饭吃，活动余地宽，如此住下来，这个窝的面积比一般屋子还大。女主人剪短发，用头发夹针从耳朵两边别住头发，她经常上我家送补助申请书，写申请的纸，有时非常薄，有时只是半张，外婆接过后，小心翼翼折起来，放进贴身的花布衣服口袋里，过不了几天，就把钱送去了。在我们小巷里，外婆从居委会领来的救济钱，送得最勤的人家就是她家，她的几个与我年龄相仿的女孩子也就来我家玩，我爱跑去她们的床上坐着，或者好奇地打量她们吃饭的地方，那是用红砖搭起来，上面铺块木箱板子的饭桌，地上摆着锅盘，支个风炉，头上吊着的那盏白炽灯泡，是门洞里公共照明的。她家烧风炉做饭，把门洞几面墙都熏黑了，晚上打开这个灯，如盏豆油灯似的悬在半空，暗得勉强把饭桌照亮，灯光又被她家的蚊帐遮挡去一部分，人走过道，得脚底探路。

我不明白这家人为什么不住到屋子里？听大人议论才知道这家人是下放农村后回城来的，原来住的屋子另有人家住，只得窝在门洞里，外婆被卖猪肉夫妇指着鼻子骂，就为找地儿给这家母女暂住。后来又听大人议论谁也从农村下放回城了，我马上想到，那么这家人也得住门洞，用一道布帘与众人走路的地方隔开。没想几年后，我胸前戴着大红花，背着铺盖行李，与同龄人一起到这些住门洞的人曾经下放的农村，去当知青了。

六

小巷幽曲处伏着的院落是巷北面的第三座,从巷道岔进去一条几十步长、拐个九十度弯的坡路,再拾阶上去三四台才到这院落的门口,进大门,入门洞,再进道门才是天井。巷里的所有四合院,这座的地势最高,四围的屋子,只有东面有楼,天井格外的敞亮,太阳从早晒到晚。这院坝之所以深幽,除了门外的岔道,门洞旁边的一个小露天,还有它的后院,显得山重水复。

小露天长方形,与门一样宽,里面一边墙壁,一边是间屋子,住着一对夫妻和他们的一双儿女。与我母亲同辈的这两口子非常和气,女人随时笑眯眯的,说出的话儿又甜,面颊上两个深深的酒窝里仿佛有蜜汁,难怪这座院坝的事,外婆都与她商量,故而晚上有事了,外婆就使我去她家递话,由于门洞过道两边堆放着木板、装蜂窝煤的竹筐,又黑又窄,我离开时,她总为我这个小孩子家仔细打手电,照出大门,直到路拐弯有电线杆亮灯处才回去。小露天成了这家人的厨房和木工房——男主人摆了个马凳,我几次见他在马凳上刨木头,他家的家具都是新的,轻巧又简单,漆着青光漆,亮堂堂的,相比之下,巷里人家的家具笨重又陈旧,灰不溜秋,在我儿时的眼里很丑。我下乡当知青前,外婆请这位自己打家具的邻居为我打个手提木箱,打得同他家的家具一样

院门墙上刷着大红字"拆"的老家遗照。在这座曾经美丽的"一颗印"四合院里,作者与弟弟张文辉(左)渡过了彼此的少儿时代,1998年6月老房子拆除前夕姐弟俩到院门口拍下的这张照片,也许是这座明清建筑留在世上的唯一影像。

轻，上青光漆，我提着走路，觉得和他家的家具一样漂亮，后来晓得，这男子打的家具和我的木箱，均用木层板，而我家和其他人家那时的家具，全是实木，是些老古董。我就是提着这个装换洗衣和小零什碎的木箱走出老马地巷，雏鸟一样飞出窝，到农村开始了独立生活。

回头来说小后院，它的门是道拱门，非常窄的两扇门板，上方空着，个子高的人伸头就见里面的动静，外婆检查各院坝的卫生，我跟屁股，见这道小门上贴过好几张红纸条，上面用墨写"清洁"两字。这里住着大约两三户人家，其中一家只见有位弓腰驼背的老奶奶，外婆使我给她送暖手的烘笼和其他用具去了几次之后，我隐约知道这位老奶奶无儿无女，是位孤寡老人。这里没有同龄伙伴，大人对我也一般，可是我很小的时候就喜欢这里，那是小院子本身的精致情调对我的胃口：迎门两面有三间屋子，再一面墙是花台，上面的山茶树到季节开得一树大朵大朵的花，把一面墙映得红彤彤的；剩下一面墙的墙角有口小井，井小得放不进大桶，只能用小桶，一年四季水清见底，放桶下去打水，有时会打起比鱼苗大点的小鱼儿；整个小院的地上被石板铺严，不见一点土，这印象是我七八岁以前印下的。

十年后就整个变样了：木匠为我打木箱子那年，有天我按外婆交代的事去后院，那是我最后一次去，花台上早没了花树，随便搭起的杂物间破破烂烂，枯了的水井上支着盘石磨，天井被棚屋和鸡舍占得只剩下条过道，每间屋子的门窗脱尽颜色，糊窗的棉纸旧得发黄还通洞，这最后一眼所见，几乎把我儿时对这里的美好记忆一扫而光，往后竟以为儿时的印象是个梦——平民居住的陋巷里，怎么有如此清幽之所？现在一想就明白了，造这所宅子的主人，一定有个美人胚子的女儿，与之相配的后院才建得这般玲珑。

七

巷北边除了三座院坝之外，是片有树林的陡坡，坡的那一头是道石阶，坡顶有座尼姑庵，正门开在北门街上，侧门在石阶旁，小时候外婆把我带去那里，最记得在悬挂着无数绣幛锦幔、被蜡烛和油灯照得通明的大殿里，老尼拿供桌上的米糕给我吃，我边吃，边踮起脚尖望桌上的米糕和水果糖，想通通吃下肚去，我一定不少日子没吃到大米。"文革"中这里被砸，人们用殿堂里的绸缎布匹拴着那些缺头缺手的铜和石头塑像，一直拖下来巷里，往青云街拖去，我挤在人群中看热闹，经过我们小院对面巷墙上的一道小木窗时，我往窗里一瞥，见有张老脸贴在窗子木条上，那是瞎眼麻子脸的老奶奶，她经常这样听巷内的动静。我们巷两边墙壁上原有的窗户，一概开在楼上接近瓦檐的高处，只有这瞎眼奶奶家，在人腰高的地方打通一道小窗，巷里的孩子们就来窗下淘气，要么往里扔东西，要么突然往里吼一声，老人只得经常关上窗板。这窗户两边的墙上用红色涂料写着标语，每个字有盆大，我记得最牢的是"扫四旧"几字，因为那段时间巷里堆过很多的"四旧"东西，人又多，非常热闹，我对凡是旧东西皆该抛弃的观念，就这期间培养起来的，日后为之付的代价简直没有尽头。不过，对给我吃米糕的老尼、烛光和屋子空中悬挂着的五颜六色的绣品，我不仅没有该"扫除"的想法，反而一段时期就会被什么事给勾起而想到它。我那时四五岁，是新中国三年经济困难时期，我没记住饿肚子，反倒记得那米糕和绣品，说起来有点诡异。

尼姑庵的房舍毁没毁我没有记忆，几年后，这里变成街道小厂，原来的小侧门成了一家住户的门。

八

尼姑庵下面的坡地在我最初记忆里荒着，后来渐渐有人家自己来盖房子，占去空地大半，与石阶之间形成条泄洪排涝的明沟，这沟里一年四季淌水，雨季水大，平时水小。这些顺坡一台台盖上去的房子，全是平顶，每间差不多大小，土基砌墙，抹水泥，因为沿坡而建，房子一间接一间，这家的屋顶成了那家门前

老马地巷巷头直冲着的四川会馆

平台，门各朝一方开，房屋又无所谓结构，形如乱堆在一起的水泥火柴盒。房屋之间留出的过道，七弯八拐得令人晕头转向，又没有院墙和大门，仅在出入巷道的地方留出个一人宽的口子，人直进直出，那时巷里每座院坝天黑后无不关门闭户，常有夜归人一边使劲拍大门一边大声喊开门的叫声，所以这里各自为政的房舍与小巷那些规规矩矩的院落相比，形如两个天地。建筑不同，居住者更加不同，外婆因居委会的工作常来这里，我跟来一两次就不愿来了，转来转去都是硬生生、严丝合缝的水泥抹墙和水泥地，旮旯角儿连颗草都不长，不好玩，有次外婆来解决打架动刀的事，北门派出所的民警都出动了。

  这里二十来户家人，全是一口川音或者近似的外地口音，我那时还没有走出过昆明城，连走到市中心都算是远的了，怎么晓得是川音？因为北门街四川会馆里住着的人家，就这口音，里面有位与我外婆要好的居委会委员，外婆常去那里，我自然熟悉那种口音。现在想来，自己建房子安居的这些人，与四川会馆里的人一定有亲戚关系，不然怎么集体移民似地来四川会馆大门街对面的坡地上，筑屋而居？他们的房子自家建，属于私房，好些年才陆续建成，我常见女人们就地取土，用木桶挑明沟里的水。男人们在巷道边上，手拿锄头，赤脚和泥，把和好的泥填进地上的一排木模子里，压实，表面抹平，取开模具，就地晾干，他们的房子就是用这些土坯一块块砌成的。有好几年巷道边都晒着土基，赤膊赤脚的汉子和小孩子们端碗饭蹲在土基旁吃，斜面对是巷里唯一的公厕，厕所门口是个大粪坑，整条巷的人大早起床上厕所，带便盆去倒，在明沟里涮洗。后来墙根脚很少见他们托土基时，水泥盒房子也建得差不多了，住这里的老人出来靠墙跟脚向太阳，这时候是二十世纪七十年代末，距整条巷拆除只有二十年，所以在此凭自己的双手建起家园的人们，只繁衍一代人又要集体迁移了，或者说，还没有真正融入老马地巷的生活就要离开了，这里的孩子好打架，野得我们不敢挨近，我也没记住他们当中的任何一个人，更不知道他们从哪迁来，又迁往何处。

九

小巷坡地上盖了那些火柴盒房子后，还剩三分之一的空地。这小半空地上有个防空洞，是在毛主席最高指示"深挖洞、广积粮、备战备荒为人民"那年挖的，红砖砌成，铁栅栏门，挖洞那年月我们这些小学生经常跟学校集体出动，男生女生按学校要求一律穿上白衬衣蓝裤子，各自从家里提个小木凳，排队去青年路或东风广场听广播里播放毛主席的最高指示。那时觉得大人们整天恐慌，悄声议论，我最有印象的是说中央哪位元帅准备扛枪上山打游击。

防空洞挖好后总不进去躲警报,我们老想进去玩捉迷藏,左问右问大人哪天去躲?铁栅栏时常锁着,门里地上积起一塘常年不干的浊水。我们女孩子爱几个人约了去铁栅栏门前往里张望,水塘再往里黑乎乎的,就故意说声有鬼,撒腿跑开。男孩子们最爱在防空洞上方陡坡上的树木草丛中"打野仗",防空洞顶部是他们夺取最后"胜利"的高地,谁控制了这里谁就赢。如果遇到洞门正好虚掩着,高地夺不了,就一伙儿冲进洞去,转眼间又一窝蜂喊杀而出,门口的泥水都被孩子们踏溅光了,所以弟弟只要拿着他的弹弓枪回家,裤子上全是稀泥,就知道他去钻哪儿了,免不了挨外婆一顿细棍子。

小巷拆迁前,只有男孩子们打过"野仗"的防空洞,门口早已被人们倒掉的废土烂砖堵塞严实,上面长草,没有人指点,不知里面有洞。

十

一口川音的人们建私房把空地占去大半,最后剩下的坡地挖平了盖四合院,顶多容得下一座,可这点儿地方对整条巷人们生存的贡献,说起来让人感恩。在吃穿靠国家定量供应、物资极度匮乏、家家皆穷的漫长岁月里,空地上的一切天然所出,及时补充了各家生活所缺:缺蔬菜,这里出野菜，缺柴禾，这里两棵杨草果树的枯枝败叶是引火柴，缺钱买药，这里出草药……天不弃人啊。

这片空地是个陡立的坡，坡上灌木杂草丛生，我小时候扯树攀藤地爬上去后下不来，要上到北门街，绕道从石阶上回来。坡脚长着几棵大树，我只记住其中两棵有两三人合抱粗、高得撑天、在巷里哪儿都能望见的杨草果树。

每家人用购煤本买煤，可是点燃煤块的柴禾却没地方可买，柴精贵得什么似的。别的巷子人家用什么燃火，我一点不知，我们小巷人家的引火柴很得力于杨草果树。我长大走上社会才知道这树的正式名字叫桉树，又从沈从文写北门街的文章里读到另一个洋名尤加利树。小巷人都叫这树杨草果树。巷里总共有三棵杨草果树，两棵在空地上，一棵在对面的院坝门口，既然在人家门口，仿佛是那门里的财产，其他院坝的人很自觉，不去那树下拾柴禾。巷里最高之处就是这三棵一般大的杨草果树，枝枝叶叶一大篷地从高处垂悬下来，茂盛得可以在树下躲雨。秋天，一树的绿叶变黄，黄而变红之际，风一起，哗哗飘落一地，把树下铺得满满的，随风落下的杨草果啪啦啪啦砸在枯叶上，细长的枯枝也横飞下来。风再大一些，还把树身上一条条干枯得卷起来的树皮儿给撕扯下来，像把人身上的衣服扒掉一样。脱了皮露出白生生树身的树干光溜溜的，人爬不上去，也不用爬树砍柴，秋风为人送柴，人只管树下拾：那叶子，油亮透明，那果果儿，油得黏手，拾回家存放几天干透了，那叶子划根火柴一点即燃，除了松明子，没有比这叶子更好的引火柴了。那时如果没有三棵杨草果树，我们小巷人家会找什么来笼火做饭？真想象不出来呢。饮水思源，很想知道是谁为小巷人种下这些"柴禾"，可惜连我们住了一辈子的四合院主人是谁都无从得知，何况树。不由得思忖：前人种树一定为提炼桉油，只是树长大得用时，风水转了，没人用它来提炼油，它自身的弃物枯枝败叶，刚好补小巷人日用之缺。

抗战时期流亡昆明的西南联大教授们当中，沈从文和冯至都注意到这种树，沈从文在散文《怀昆明》中写他寄居的北门街蔡锷旧居里——位于我们小巷这片坡地顶上的左边——的尤加利树二十丈高，"摇摇树身，细小叶片在微风中绿浪翻银"，树枝高处"长日可见松鼠三三五五追逐游戏"。冯至当时为躲日本飞机空袭住进城北的山里，在那里写下他著名的《十四行集》诗，其中就有一首《尤加利树》，这种树被诗人奉为"有如一个圣者的身体"，我在这9个字里找到了对杨草果树的感恩之辞：它是我们整条小巷人家的引火柴，少了它，我们每顿饭做起来更难了，它让众人一点不需付出、不间断地去取它身体上的东西，只有圣者能做到。

小巷人家做饭离不开引火的杨草果叶和果儿，是因为每家烧火用的是泥风炉——家家门口过道上置一只风炉煮饭做菜。上大下小、水桶似的风炉，用红白两种泥烧制，红泥炉廉价且易烧裂，一般用来做饭，白泥炉价高而牢实，我家有只小巧的白泥炉子，只舍得隆冬烤火，还有春节那几天烧栗炭，一家人围炉而坐，边向火边烤糍粑吃。风炉笼火时，用得起松明子的人家也还要掺用杨草果叶点火。火点着，加上几匹叶子，添进几根小细柴，一点树皮，再抓一把杨草果儿放上，就可以加煤了。杨草果儿不易燃，燃着后，木柴一样耐烧，不仅能把煤炭烧着，还能烧燃蜂窝煤，所以在杨草果儿可以当木柴使这一点上，不把整棵树叫作杨草果树，不义气了。

风炉的肚子小，原本烧不掉多少柴禾，但巷里毕竟有七十余户二百多人，家家都到杨草果树下拾引火柴，又都人人拾得到，从没有争抢的事发生，现在想想不可思议，三棵树怎样就那么恰好，满足尽了一条巷的柴禾需求？推测不了天的事，往人方面想，想到邻居们大多和外婆一样用柴禾节省到了极点。我每次从杨果树下拾回柴禾，放在风炉旁一只竹提篮里，如果这天外婆算好了她做完居委会的工作在我之后回家，要我先笼火煮饭，她会把提篮里的杨草果叶分出几匹来，交代我放学后笼火，只烧这几匹就够了，有时烧的煤是好燃的柴煤，外婆再交代说，杨草果只放半把，放一把就浪费了。别家人笼火同我家一样节俭，不是这样，再来三棵杨草果树也不够用。

煽风炉的火扇，跟夏天扇子一般大，竹篾骨架，糊棉纸，这纸火扇轻，煽起来风又大，只是易破，脾气爆的人煽几下煽不着火,或者与家人正在吵架,吵得鬼火绿拿它出气,砸到地上,纸就开口了。还有竹篾编的火扇,笨重得要使劲煽,风却小,好处是任人拿它出气,把它摔到天井那头去都摔不坏。纸火扇在街上的杂货店里有买,我家竹篾火扇是乡下亲戚自己编的。

做顿饭,煽火从头煽到做完饭菜才摆手。我大表姐从个旧考大学考来云南大学,学校大门距我家几十步路,她来家吃饭不习惯我们烧风炉,因为她家所在的小城都烧灶,柴是大块地烧,做饭是大锅大灶,哪像昆明人小炉小锅的,加之她读的是外语系,接受西洋文化,更觉得昆明人土,我家土,以致后来每忆及老马地巷,别的没印象,只记住我家做饭时的情景,取笑说:"家门口石磴上支个小风炉,用那点儿小火扇煽个不停,做顿饭,一直扇个'非了非了'。"煽火煽出昆明方言"非了非了"的那种邋遢声音,大多是扇骨断了的纸火扇发出的声音,新火扇煽出有节奏的呜呜声,风声一样好听。每天煽火声伴随炉子上方烟云淡去和锅碗声响起,一家人围坐吃饭的温馨时刻就到了。

十一

春季的菜是一年中最丰富的,除了菜店定量供给的一两种菜,还有小巷空地上长得一片片的灰条菜和小米菜,不知是长得太快还是别的，我每次去采，就像去拾杨草果树下的柴禾，边玩边采，没人与你争，也采不完。

臭灵当是巷边墙脚哪儿都长的一种草药，大叶片，杆毛茸茸的粘手，谁感冒或嘴巴生泡，就近采片叶子用开水烫吃，叶子摘下来时还有股臭味，水一烫就没了，一入口，满嘴清凉。这药是老天送给穷人的，一年四季常绿，隆冬时节也只枯死几片老叶子。

夏季的青蒿成片成片疯长，别的草都见不着一根似的。端午节前，家里有小孩身子长痱子的，都采青蒿来洗。吃粽子那几天，青蒿长得密不透风，小孩子钻进去捉虫子就没影儿。这段时间的晚上我和弟弟可以不用糊纸盒（外婆去街道上的纸盒社领来做的手工活儿，计件领工钱），伙伴们来邀约去捉铁豆虫，外婆高高兴兴让我们姐弟俩拿手电筒去，在大人分配给的活儿当中，捉铁豆虫回来喂鸡是最有乐趣的。天黑后，铁豆虫爬在蒿枝头，如小鸟歇在高枝上，巷里电线杆上挂着的一个白炽灯昏昏地，根本照不亮草丛，捉虫得打手电筒。手电筒朝蒿枝上照去，铁豆虫像颗炒煳的蚕豆样一动不动趴着睡觉，放出幽幽绿色荧光的翅膀紧紧收拢，像两半铁壳似的把身子合闭住。虫子对光没有反应，凭人去捉，只需伸出两个指头，往铁壳两边一夹，就捉住了，放进有盖的瓶子里。捉这虫子不能用劲，不然惹得它伸出长倒勾刺的四脚乱蹬，碰到手上，勾得生疼。捉虫子喂鸡是"文革"中后期大家开始圈养鸡以后的事，那时每座院坝里过道、各家门口和能放东西的空地，都见木条钉的鸡舍，笼子里，母鸡蹲着下蛋，公鸡不分早晚的打鸣。

我们捉铁豆虫不只在巷里，还到云南大学和翠湖，这些地方路边的青蒿很少有人采，长得肥，虫子也多。现在，青蒿这草已成了我们街坊的共同记忆，我有个家住湖畔省文联大院的小学同学杨可，父母都是有名的作家，他自己的笔名，爱用"蒿枝"两字。

十二

老马地巷令我刻骨铭心的地方是那架弯弯的石阶，我自二十三年前发表第一篇作品《忆外婆》的千字散文，到如今写作发表与此相关的文章中，无不专门写到它，尽管如此，仍然写不出它的灵魂来，犹如写不出最亲爱的人一样让我惆怅。现在下笔，明知不会好到哪去却还想写它。

我在它上面走了三十年都没注意过它有多少台阶，估计不会少于三四十台，每台铺着大石条，我出生它就是一架被走得十分光滑的石阶，凹的地方，有的形似人脚掌，有的像马蹄，多数看不出个样儿，不管什么形状，皆没有一点点棱角，光溜溜如石臼一般，我年少时上下，还专门朝里面使劲

老马地巷的石阶

踩，脚像棒槌一样在里面磨，也是儿时一种乐趣。我观察过大人们走石阶，为省力，也爱照脚迹窝走。我们那时的人大多穿自家缝的布鞋，以布磨石，越磨越亮，而之前的民国时代，百姓穷得多数人穿草鞋或是打赤脚，有皮肤和汗迹的浸润，很是养石，能够伤石的只有往来马帮的马蹄，不过，马匹不日日走，人得天天上下，走它百年，石头哪有不被细细研磨平滑的道理！石头平时是一种脂白色，一场雨后，白中飘出青绿和青灰色，像中国的玉。雨中我最爱玩的地方就是这里了，戴上小竹篾帽跑来石阶上，光脚板在上面滑来滑去，然后试探着下石阶一侧的水沟里玩，沟里的水一年四季有，下大雨时洪水一样大。

石阶可三人并行，驮马过的话，赶马人要同负重的驮马并排走，以防马蹄打滑。坡道设计很巧，不直上直下，拐道大弯儿，缓缓地上下，走起来不费劲，所以巷里人家的老妇们尽管大多缠过脚，上下石阶毋须人扶，雨天也照样走，我那小脚的外婆，老来也没拄拐杖，去世前三四天还自个儿爬石阶。老人如此，孩子们走石阶简直玩耍一样了，上的时候跑上去，下的时候展开双臂飞奔而下，犹如空中滑翔下来的鸟儿，还不大摔跤，也不知这石阶的奥妙何在。外婆在居委会的同事唐奶奶住北仓坡，一道门里就住她一家人，院坝有半边空着，种满了玫瑰，每到初夏花开，外婆就带我去她家采玫瑰花瓣，回家来做玫瑰饴糖。

采满一提篮花瓣后，我不愿等外婆一起走，嫌她小脚走路慢，自己提篮子先走，出门沿石板道直下到北门街，过街，走到我们巷子的石阶坡头，然后飞跑而下，提篮里的玫瑰花瓣撒得一坡都是，到家里，只剩半篮。外婆往往罚我一个人再去采半篮回来补上。

老马地巷归属北门街，不只是户籍意义上的，还有国家每月定量供应居民的粮油和煤，也必须上北门街粮店煤店去买。上北门街买蜂窝煤还好，只要用购煤簿去记个购煤的数量，在上面盖个章，付了钱，就有煤店工人用三轮车绕道大兴坡，把煤送到家门口。到粮店买粮油，完全靠自家搬运。外婆小脚，手里顶多能提几斤东西，她一手提装有两三斤面粉、半斤菜油的篮子，一手提装了杂粮的布口袋，走走停停到石阶面前，邻居路遇，主动帮她把东西提下石阶，不遇人时，她自己也能提下石坡。我是家里劳力，负责扛回祖孙仨一个月的大米，肩上扛着实砣砣的米袋下坡，心想飞，脚却不听使唤，这才低头望路，照着石阶上的脚窝儿下脚，尤其冬季结冰，腿僵石头滑，不这样老实走，根本下不去，所以我小时候唯一能够规规矩矩走石阶下坡，只有这样负重的时候。空身走时，哪里需要借助什么脚迹窝儿，脚下只管见凸处就落，有高处就踏，借势造力，脚底如飞，没有不好走的。

负重上下石阶，除了每月买米，还有到北门街上的布鞋社交接外婆纳的布鞋底，到纸盒社交我和弟弟糊的纸盒，鞋底和纸盒都用布包裹好,一人臂上挎一包,外婆和弟弟拿小包,我拿大包,这东西比扛口粮轻多了,下石阶又小跑起来,可见,负重之人才会低头认路,注意起别人走出的脚印,尽量踩现成的道走。

北门居委会在石阶顶一侧北门街上,外婆在居委会工作二十余年每天上下石阶几趟,我印象中,外婆不曾在石阶摔过跤,也没见过其他的小脚老妇在上面仰翻天过,我至今想象不出她们是怎样爬上走下这道石阶的,很是佩服她们的平衡力和脚下的功夫,同时想到,是什么高人,设计出这么稳妥好走的一架石阶?

思索后觉得没什么高人。小巷五百年前还是湖湾的一片荒坡,不足百米远处有贡院,贡院坡下有码头,水上篷船往来,小巷最初或许就是修建贡院的匠人、赶考的书生和船家在这片荒坡上下所踩出的一条羊肠小道?两百年后水退,人们来择地建房居住,把小道踏成一条大路,然后贡院前面左哨街即现在的青云街上的左哨衙门来此养马,请石匠铺路。所以几百年间一代代人走出来走定型的一条坡道,蹩脚处和隐患处早被修正,也就没一步不妥帖不科学的,想到这里突然发现,我们这些石阶上走过的最后的人,不仅没见外婆一代的小脚女人们石阶上摔跤,小时候也不见大人嘱咐我们"坡上小心",这样老幼皆宜的石阶,不经众人脚下长时期无意识修正,恐怕不能如此妥善。

从有文字记载的左哨衙门来此养马的时间算起，这架石阶不少于三百年。只是石阶被人们走出灵性与文化意味，达到了极致时，老马地巷已风烛残年，于1998年秋全部拆除夷平。原地上另起高楼住宅后，有形的小巷算是从地上干净彻底的灭了，只是小巷数百年间沉淀的无形文化，一时半会儿散不了，还在最后一代活着的居民身上延续，是什么我不清楚，但我敬畏，作为给小巷送终的人，我有义务为它记下一笔。

原载《滇池》2012年7期

小巷流水

由于失去而记起它的存在，因而不再失去它，小巷流水。
可是我在享受它时，多么一无所知。

溪 流

一天晚饭后，我和金武下楼出巷散步到翠湖，见平如镜的湖面倒映着的橘红色晚霞被岸边暝暗的垂柳映衬得非常妖艳，不想走了，伏在石栏杆上呆望。默望了一阵，金武忽然问我："湖水从哪里来？"。他做小巷人不久，所以好奇。我们在小巷住的两年间他又当闲地问过，我都说不知道。

我们搬走后几年老房子拆除，老马地巷消失。有次黄昏路过翠湖，本来回新居路远要忙着赶路，还是忍不住停下来，依旧像住小巷时一样的湖边漫步。金武冷不丁又冒出湖水从何来的话题。我不会问这样的问题,如同我不会问自己为何生长在老马地巷一样。不过这次触动了我,忆起了小巷还在时就早已断流的溪水和一口口干枯的水井。

老马地巷背靠圆通山,面向翠湖,是条弯曲的坡道,坡头是架宽绰的石阶,铺着漂亮的青石。石阶一侧是水沟,一样青石镶嵌。水沟在石阶上是明沟,流进巷道就变成暗沟,上面盖石板。沟里四季流水,暴雨天水大,沿沟滚滚而下,还满溢到石阶上,有时石阶上都浪花翻卷。水沟只有一人宽,我们小时候把它当作小河,热天放学了不归家,先去沟里玩水,雨大时去赤手空拳打水仗。大人们每天清晨在沟里涮尿盆。沟里没有鱼虾只有泥沙,我没见水清过。

遥想这条沟在几百年前,应是坡上一道溪流,马帮出入北门时,在溪边饮马,淘米做锣锅饭。那时的螺峰山即现在的圆通山上,遍地溪流,一一流入山下的翠湖,其中一条是我们巷的前身,人们沿这条溪流建房,南面洼地建得少,北面临水地势高,房屋一座挨一座,形成老马地巷。巷道上接北门街的一头是陡坡,下到青云街一端平坦,弯曲成个S型,恰似溪水曲折,所以最初的巷子,应是门前溪水潺潺,杨柳依依。后来巷里人家多了,溪水小了,干脆砌沟盖石板,让水从地下过,只有陡坡石阶旁的一段水流急,盖了不安全,才得在天光下流淌,这大概距我之前很遥远的事了,远得我外婆这一代人也不一定听说。

平常时间里，溪流顺从地走水沟，遇到大雨天，明沟的一段冲到石阶上，暗沟一段冒出石头盖板，把整条巷变成河道，淹进我们院坝。由此推想老马地巷形成之初的这条溪流，可不是我们那时一步跨过的沟水，还真是条小河。不过水沟里的流水是一年比一年少，到了巷道的石板下雨天不再冒水，我们院门外不需要筑堤防洪，我放学后不再背书包直奔水沟玩水后，猛然发现沟干了，从此的水沟，下雨才有水。

小井大井

巷里每座院坝都有水井，我们院子的井在我刚记事时就没了，大概是青云街扩路，院子退街给退没的。那时吃水虽然买自来水吃，生活用水还是用不出钱的井水。我们没有自己的井，全靠用其他院坝的水井。最难忘一口四季水浑的小井，在我们院子上方斜对面的院落里，我们都到这口井边洗东西，洗鞋子一类的脏东西。挑小井水回家，只用作洗菜和漂洗衣服的头道水，年底大扫除也用这口井的水。每年大扫除，家家要用石灰刷墙，把能搬动的家具搬到院子里清洗，需要不少的水。我家那道一人高的木格花窗，一年取下来清洗一回，把每个花格里一年积下的尘垢冲洗干净，非常费水，用这口井的水，谁也不心疼。另外这口井，小是小，水却多得白天汲去多少，夜

即将消失的老家和逝水的年华

里又冒出多少,只要人挑得动,水丰盈得别的井不能比,直到小巷拆除之时,它还有满满一井。

小井的这座院坝里住着位麻脸奶奶,巷里总听得见她骂人的声音,她有个抱养的女儿,年纪比我大几岁,长得壮实,麻脸奶奶每见我从井里提水提不动时,会轻声唤养女来帮我。她心好,但嘴巴不饶人得让我不愿接近她,也嫌弃她家院里这口水浑而简陋的小井。毕竟这口井的水用得最多,什么脏东西都用它洗,待它不存在后,怪想念的,觉得这口最丑的井与我的亲近程度,没有哪一口井能比。

我们的衣服铺盖都拿到大井那里去洗。大井不在我们巷,出巷沿青云街往北几十步走到头,与翠湖北路和翠湖东路交汇的三岔口处即是。如果说四合院里的水井有主人,去人家院子里用水感觉受限制,那么用这口大井就像用自家的了,它敞开在街边,谁用谁汲。井台宽得容得下十多人一起洗东西,地上铺着洁白的大条石。井口大,五六人同时汲水都不挤。井水清澈见底,一年四季水不枯,有时盈满到井口。这是口很老的井了,白色石头的井圈上,被汲水的桶绳子磨出了无数道的槽,我们打水时,桶绳依然沿着这些槽子一点点往上提,又稳又省力。一条街上半生不熟的人们来大井洗菜洗衣担水时,借机打起招呼,女人们张家长李家短说个没完,男人们话少行动多,见老弱者会伸手帮一把,或用自己的桶帮对方打水,或把对方手中的水桶从井里提上来,大井成了街坊上一个很温馨的地方。

我家挑水全靠我,弟弟出生正值昆明"文革"闹"武斗",大井隔街对着的云南大学里,时常枪声四起,那年我每天都要去挑大井水。弟弟盛夏出世,洗尿布洗澡的水,水都从大井挑,11岁的我用小桶挑水,每担挑不了多少,白天挑了不够用,晚上又去挑。天黑后的井水比白天多,夏季的水满到井口,来打水的人又少,就在这个整座城"武斗"打得不可开交的炎炎夏日夜晚,我从这口井里第一次赏起水中月来。大井直对大学大门左侧的围墙,墙里正对大门的那座最高的会泽楼上架着高音喇叭,晚上播放的内容多是那首"抬头望见北斗星,心中想念毛泽东"的战斗歌曲,大井边只有我一个人汲水时,听这首歌听得我入迷,觉得旋律优美极了,这种时刻,我左手扶住光润清凉的井台——石头的细腻至今还能在手心上感觉出来,右手握着桶绳,轻轻晃动水面上的空桶,把水中的月亮给摇碎。桶汲满水,月亮又在桶中晃动。有时挑水顺带洗东西,盆里一样有月亮,一洗,月亮碎得一盆都是。

那年的红色铺天盖地,我向外婆要了几分钱,到染料店里买了包红色染料,回家用洗脸盆架在风炉上煮染我的白衬衣,染好抬去大井漂洗。那晚的大井边只有我一人,夜深月暗,在盆里漂洗衬衣洗了几盆水都看不清染色效果。天亮一看,衣服染得深一块浅一块,变成粉红色的花衣服。这件染得花里胡哨的衬衣,标志着我幼稚的心灵里,萌动起了美的意识。

哲人说"我思故我在"。如果这"第一眼的美"晚一天意识到,月亮之美于我,自然晚一天存在,这些美在之前,于我不存在,如牛羊眼中的花。所以大井是我心灵历程上的一个重要驿站。

弟弟长大到能提只小桶跟我到大井汲水时,我早已用两只大桶挑水。我担一大挑水,他提一小桶水跟后面的这些年,大井的水折缩得厉害，每次汲水需要加长绳子，还够不着时，要借别人绳子更长的桶打水，井水也有浑浊的时候了。记得高中毕业到农村下乡插队，要离开家前一天到大井挑水，水浅见底，井壁整个儿露着，每块石头上的青苔枯焦得黑乎乎一片。

十多年后我又住回老屋，在小阁楼上与金武安下我们的小家。这时候的大井已经井底朝天，望下去只见厚厚一层淤泥，井台遍地污垢。我们晚上翠湖散步都要经过大井边，感觉整口井像行将就木的老人脸上的一只瞎眼，不免想到大井过去水盈盈的样子，感慨中指着黑洞洞的井口对金武道："我小时候都来挑它的水，停机器水时，靠它吃水呢。"

从没听人说大井的名字，就叫它大井吧。如今翻阅民国年间昆明掌故一类的书，提到了这口大井一句，说它在贡院前距腾蛟坊不远，井名仍是我们叫的"大井"。至于腾蛟坊，已在云大围墙内。

机器水

我们巷口斜对面的街那边，有条死胡同，我至今不知其巷名。这条巷的巷口有个卖自来水的水站，供附近上百户人家吃水。水站其实是个自来水笼头，人腰高的铁箱子把水管和开关罩住，笼头露在外面，守水人每天一大早打开铁箱子上的锁，露出开关,开始卖水,天黑后锁上铁箱。我们都叫这水"机器水"。我不知自己几岁开始挑这自来水,只记住我离开家当知青前去挑水,水价是一分还是两分钱一挑。大井的水渐渐不怎么出,水也变浑后,我们洗菜洗衣全靠买"机器水"。

守水站的是位身材瘦小,目光如鹰一般犀利的老奶奶,她家临街,是间小铺面,取下铺台上的铺板就是道窗子,她天天坐在屋子里的窗口前守水。水龙头在街对面,正对着她的窗子,她可以坐在家里成天盯住街对面的"机器水",把水看得特别牢。装水钱的四方铁盒子就放在窗口的铺台上,亦即放在她眼面前。人来挑水先付钱,钱多是镍币,有一分、两分和五分,我记得水价都是一分钱一挑水,两分钱两挑半水,五分钱有若干挑水,够洗全家人的铺盖蚊帐。给水钱时,把镍币往盒子扔,不老实的人钻空子,扔进去一分说是两分,不过几次下来都老实了,这位守水人虽然年纪大,但眼睛尖,耳朵灵,她眼睛盯着挑水人扔钱,耳朵竖起听镍币在铁盒子里发出的不同声响,以防看走眼,所以很少有人蒙混得了,我听大人都议论她是尖耳朵。她视力极佳,坐窗口盯街对面的"机器水",谁也别想从她眼皮底下多挑半桶水。她的记性特好,我们院坝几个孩子捉弄她,一起去挑水,你来我往的想弄花她的眼,哪知她竟然记下谁给了几文钱,该挑几挑水,已经挑了多少水。她总在抽纸烟,老是咳嗽,她那张铁青的脸,都在烟雾里,显得阴沉郁闷。没见她笑过,她说的话,我记住得只有她纠挑水人赖皮的,言辞刻薄,但不骂街。

家家户户每天吃水用水,全靠一条勾担两只桶的挑,不挑"机器水"也要挑井水,每家门口无一例外挂条两头系铁链铁钩子的勾担。我们院坝因为退街退没了水井,也退没了一架楼梯,上楼只有一把楼梯,就在我家门口,楼上人家的勾担白天都挂我家门边的墙上。木楼梯窄得只容一人上下,又是折叠成V字型的两台,住楼上的人挑水回来,先在我家门口放下勾担,再把水一桶桶提上楼。气力小的人提水上楼,在拐弯处就得停下歇手,那里宽,两三个人可以打转错开身,抬重物上楼也在这儿站着喘口气,再上第二台楼梯。

我家勾担都是乡下亲戚送的,又长又重,竖起来比我高,是乡村汉子挑担子用的,结实得我一辈子也挑不断。我们院坝的勾担,公认最好使的是楼上与我同龄的"卷毛"家的,又宽又薄又短,担在肩上一闪一闪,十分省力。于是大家都去借,我那时理想的东西,是有一根卷毛家的勾担。

现在去边疆见识了傣家女挑水,人家的水井在寨子边竹林里,风光优美,人家担水的姿势简直是舞蹈动作。对比起我们每天挑"机器水"的场景,实在狼狈:守水奶奶的利眼尖耳,买水的镍币扔进铁盒子里的叮当声,我们挑水过街心时为让开驶来的公共汽车而洒泼的水,还有我家那根我排直了双手才抓得着铁链的勾担……不过回味起来,还是我们那大俗的挑水场面让人眷念。

一个院坝里,有男劳力的人家经常帮别家挑大井水或送"机器水"。挑井水,有力气挑来就是。挑自来水花钱又出力,所以挑"机器水"送人,算是一种礼了。我家平时只有祖孙三人,就我挑水,缺劳力,邻居们时不时挑担水送来,见我家两只水缸还满才挑走。楼上为人客气的几位挑水挑到我家门口,准备提上楼时,大多会朝屋里问我外婆要不要水?

我家装自来水的容器是一大一小两只瓦缸,放在与门窗同为一面墙的墙角,缸上是张高脚桌。桌子上下几台,全被油盐酱醋锅碗瓢盆之类的东西塞满,屋里只有一扇裱棉纸的木格花窗,就在这张桌子上方,窗光被桌子一挡,桌下面的水缸终年不见天光,成了屋子里最暗的角落。这里却是弟弟幼童时期的乐园和我们的"菜地",那时我上学,外婆在居委会工作很忙,弟弟6岁前时常被锁在家里,又没什么玩具,他自己找乐把水缸变玩具。大缸装新水,小缸装陈水,他用葫芦瓢把大缸里的水,打进小缸,又把小缸的水打到大缸里,我和外婆回家见水缸前水汪汪一片,就知道大缸小缸的水被混到一起了。

水缸四周潮湿,我把家里吃葱扔掉的葱头捡起来,栽进几个破口缸里放在水缸边,弟弟玩水泼洒的水自然给浇水了。葱因此长得快长得高,只是葱叶却没一点绿色,茎一样白,根本吃不了。弟弟有生第一次种花,就是学我在水缸边栽葱。

瓦沟水

小时候的雨真大啊。一年中的天气,就下雨让人难忘,因为胆大的男孩子可以在巷头的水沟里疯玩打水仗,胆小的也能在水流哗哗的巷道里玩过河,比赛开纸船,我还可以不用挑水,落进天井里的雨水足够洗菜洗衣,吃的水只是煮饭做菜汤,用不了多少,实在没水了,临时拿葫芦瓢到邻居家要一瓢水就够做顿饭。

天井四面都是瓦房,雨水沿瓦沟一点不剩流入天井,瓦沟水最大的一股在正房与厢房相交的一角,下小雨,这一角能淌手指粗的一股水,下大雨,淌下来的水像一管很粗的自来水。我家是正房靠右的一间,与厢房成直角,所以门口的瓦沟水是近水楼台,一下雨我就把盆盆桶桶拿到门外廊道的台基下接水,哪用得完,雨小时接的水都用不完要分给邻居用,何况大雨天。邻居们家家来此接雨水,有的边接边用,廊檐坎有水桶高,人蹲石坎上往接满雨水的桶里洗东西,感觉在小河里洗一样,而且空中还有自来水一样的雨水一股股淌下来。

雨天孩子乐,大人愁——没有哪家的瓦顶不漏雨,没有不急着找房管所来补瓦的。有次例外,当时不知什么原因让大们人对雨水喜出望外,都站来廊檐过道里瞧天井里下得白花花一片的雨,你一言我一语地说话,其中有句大人们反复说到的话我从没听过的,也不知是哪几个字,但声音响亮得刻进脑海,如今了解了我们院坝和巷里所有的四合院就是昆明古老的"一颗印"民居建筑，才明白那时大人们在说好雨"四水归堂"。

我家老屋楼上楼下各有一间，我们祖孙仨住的楼下这间不存在漏雨问题，父母住的小阁楼，雨漏得厉害，我直到成家与金武住进这间小屋，才第一次尝到漏雨的滋味。小阁楼位于院门头上，房管所每年雨季前检查我们院坝的瓦顶和晴天补瓦，无不从小阁楼的屋顶上下，瓦片再好也被踩坏，以至于整个院坝的瓦顶补好，我家还在漏，所以金武在小阁楼住的两个雨季，都是房管所人员从屋顶上补瓦之后，他从屋里自己再补。

通过小阁楼开向天井的这道窗子，楼下屋顶换新瓦的情景一目了然。可惜的是，照片上的一幕不是往常的修屋换新瓦，是老房子开始消失的一幕——从拆瓦开始的拆屋子。1998年6月拍摄。

小阁楼9平米大，瓦漏却七八处，雨天的床上桌子上都有盆子口缸接水，其他地方还好补，人往桌子板凳上一站就够着瓦，最漏的两个地方，恰恰要躺倒身才能补。我们冬季安新家，打整小屋时，在屋角搭了个距房顶一尺多高的楼阁储放杂物，主要堆放外婆生前舍不得用，遗产似留下来的栗木柴,我们留着这些柴,以备日后烧风炉做饭用。不料一进雨季就这儿首先漏水,这才晓得补瓦人架竹梯子上我们院坝的房顶,第一二脚就踏在这上面,瓦不烂才怪。房管所派人来补瓦时,金武朝他们要了水泥,等他们把整座院坝的屋顶补结束撤走后,金武才爬到栗木柴堆上从里面再补一道。柴禾堆与瓦顶的距离不足一尺,人只能躺上去,金武仰躺着赤手抓拌和好的水泥,往瓦上一片片的抹,干活时没什么,只是泥水滴得一脸一身的难受,到了晚上背脊开始痛,疼得不敢挨床,只能趴下睡。小屋瓦顶被房管所和金武里外一补之后,下暴雨也只有栗木柴堆上漏水了,而隔壁家的屋顶在暴雨中到处漏,蚊帐顶上都有两三个盆接水。《春城晚报》1988年元旦刊登题为《雨夜》的小诗,是我发表的第一首诗,写小阁楼漏雨,前6行这样写:

　　一阵风,一阵雨
　　小屋漏水了
　　情绪不易晴开
　　紧闭的门窗里
　　沉睡着一段往事

这年冬天我和金武入住小屋,哪想诗句成谶,只过了十年,下雨成溪的小巷,月光流淌的大井,瓦缸边姐弟俩所栽的葱,邻居们说的四水归堂的天井,都在拆除中成为往事。

原载《翠湖春晓》,杨林森主编,云南民族出版社2000年11月版

小巷炊烟

望着田园乡间蓝天绿野如诗如画的袅袅炊烟,想起了都市里我曾经的小巷炊烟。我的炊烟笼罩在井底似的院坝上空,弥漫在塞满炉灶的过道里,平庸而猥琐,但它同美丽的前者一样属于上苍所赐,同是母亲召唤远方儿女们回家的书信。

风炉·柴禾

我从在小巷出生到小巷被拆除的三十余年里,无忧无虑得像院坝廊檐下春来秋去的燕子,只是没少流泪,这眼泪不为什么流,只为炊烟。

我出生时我们那座院坝住着两三户人家,宽宽大大,天井里还有棵石榴树，树西面有口井，烧火做饭时，各家把风炉提来在树下生火，烟子直上天空，不会进屋子。我长到能帮外婆把燃好的风炉从树下搬进廊道里家门前的石墩上，冬天直接搬进屋里，在炉边烤生冻疮的双手边看外婆做饭时，石榴树被砍掉，拆掉树西面临街的两层木楼，填平水井，院坝变成半个，后来长树的地方盖起几间平顶砖瓦房，与拆剩的原来半个院坝合成一个。院坝变小，住户增多，到弟弟出生时，院子里同时降生了四个孩子，整座院坝住满人，有十来户，每间屋子都住下两代人，各家做饭的风炉只能置于自家门口的过道上。垫风炉的东西，有像我家一样用自家废弃的大石臼，多数用砖头砌台，讲究的是用过去大门门墩石，也不知从哪弄到。风炉被固定在屋檐下，又没有排烟子烟囱，火烟都往房子里跑，每天做饭时，家家一起生火，十多只风炉一起冒烟，浓烟滚滚，晴天有风还好，火烟往屋子里跑一圈就往外散开了，阴雨天的火烟跑进房子长时间雾着不出来，所以每天生炉子，没有不把眼泪给呛出来的。

烧风炉用柴和煤。燃柴得有引火柴，我们巷子里有几棵杨草果树，树下常年有落下的果、枯枝和脱落的树皮，孩子们拾回家做引火柴，比松树明子还好燃，火柴一点即着，还没烟子，外婆为居委会的事不能回家吃饭，我怕烧煤，专烧杨草果做油炒饭吃，火大得油锅里起火苗。外婆回家，见专门放引火柴的竹篮里杨草果不见了大半篮，一顿痛骂，说这样浪费，要被雷劈。那时大人们不单节俭用钱买来的柴禾，拾来的树枝树叶，一样节省，所以孩子们烧火费柴，被大人用雷劈来吓唬。

　　煤店只卖煤炭，别家燃煤的柴从哪里买我不知道，我家的柴都是乡下亲戚用背篓背来，有年送来一背篓栗柴。栗木比煤炭还耐烧，只是硬如石头，亲戚怕我们破不了这柴，已在乡下锯短成一拃长一截，结果我们家没一个人破得开这栗柴，最后每烧一次都请邻居中的青年人给破开。外婆非常精贵这背栗柴，每年下雪天和年三十前熬腊肉骨头煮长菜，才舍得烧，昆明一年不下几场雪，煮长菜只煮一锅，结果好多年也没烧完，到她过世时，竹筐里还整整齐齐有半筐。我在老屋安自己的小家时，曾打算买风炉烧这些可爱的栗木，只因临时过渡住，一直下不了决心买风炉，结果住了两年，外婆遗留下的栗柴一块未烧，全部送给隔壁家。隔壁三奶奶家在她家门口的走廊上打了两眼灶做饭，风炉只用作冷天烤火。栗柴用灶来烧，比风炉还烧得干净，年前见三奶奶家两眼灶都用栗木，整天又煮又蒸的火不断，火烟也小。过年后，她家也舍不得用栗木了，不知几年后小巷拆除，栗木烧完了没有。

煤店女工

　　居民烧煤由国家计划供应，每人每月有定量，我们的供应点在隔壁的靛花巷煤店，十多年后移到北门街煤店直到小巷拆除。靛花巷煤店卖的煤是各种生煤，大块大块的，烧时要敲成小块，还要不少柴禾引燃，是我们所烧的煤当中烟子最大的。其实谁也没把煤烟当回事，做饭不烧煤烧什么，大人担心的是买不上煤，小孩子们怕的是被大人使去连夜排队买煤。

北门煤店供应的是蜂窝煤，一种机器把煤灰做成蜂窝状、用炉灶烧的煤块，省柴火，烟子小，烧起来干净，不像煤块烧得满地是煤灰，只是非常呛。买蜂窝煤一样排队，凌晨就有人排了，而我们院坝的人家自从烧蜂窝煤就给解放了，不用像在靛花巷煤店买煤那样长年累月排队，原因是我们院坝有位在北门煤店的王妈妈。我们每月去买煤，都见王妈妈身系长及小腿的蓝布围腰，袖子上扎着袖套，戴帆布手套的手中握着大铁铲，有时把煤灰铲进打煤机的输送履带上，有时去煤灰堆前铲煤粉。王妈妈单身，长得瘦弱，性格孤僻，说话轻声轻气，没事不串门子，也不与人说闲话，总是一个人静静的坐在家里抽纸烟。她家就住我家楼上，一上一下的，我外婆靠了隔壁在百货大楼工作的郑伯伯的关系，用她节衣缩食的钱买了院坝里的第一台电视机（黑白），邻居们晚上都来我家看电视，大人小孩先到的把屋内坐满，后到的站在门外看，热闹得很，王妈妈回家上下楼必经我家门口，她却一次也没来看电视过，白天有事找我外婆，也不进门，立在门口说话。可就是这位王妈妈，成了我们院坝的依靠，一到时候，煤店就把每家每月定量供应的蜂窝煤用三轮车，一车车送到院坝门口。

燃煤供应计划取消，全部敞开后，北门煤店的生意一样好，我们一样烧蜂窝煤，而且需要多少就能买到多少，煤店还主动送货上门。这时候王妈妈病故了，如果她提早几年走，我们院坝的人家又得每月凌晨去排队买煤，为这个，邻居们在她身后一直叨念她的好。王妈妈有个年龄比我大的女孩，我们之间玩得很好，我读到的第一本手抄本艳情小说，还是这位玩伴偷偷给我看的，限制我只能看一个白天，天黑收走。院坝里我们这辈人中，这女孩第一个成家，离开小巷。

生炉子之精细

外婆勤俭持家，事事节约，生炉子精打细算在常理之中，只是细致周密之处让人很是回味。

烧煤炭年代的事，记得最牢的有两桩，一是连夜排队购煤，还有外婆生风炉。外婆每次生火，都会在风炉旁的一只提篮里放上一定数量的柴禾，摆放整齐才开始生火，每次生火都计划好了用多大点明子点火，点燃后加多少匹杨草果叶子助燃，接下来加几块柴，柴上放几块煤，等等，烧起火来有条有理，一双手干干净净。我照着外婆做下来，弄得黑手花脸不说，火几次才生得着。

烧蜂窝煤时我已上高中，体会得了外婆烧蜂窝煤的那种极致。中午，她把别家烧尽要扔的蜂窝煤挟来放进自家风炉，加上一块，对好窝眼，让其慢慢燃，下午四五点钟正好燃着做饭，省去了一顿柴禾。做好晚饭，蜂窝煤只燃去一半，外婆用铁盖盖上，从炉子里铲几铲灰烬把铁盖捂严实。火焐到第二天早晨，揭开盖子来是一堂红红的火，见了就心情好。也有焐瞎的时候，打开一堂黑，这天早点油炒饭就炒不成了，只能白糖拌炒面，干吞几口。焐瞎的蜂窝煤再不能整个儿烧，外婆就掰开来，把未烧过的部分掰成小块的煤再烧。煤粉质量不好的蜂窝煤易散，外婆把散了的煤灰攒到一盆时，用水和，做成煤球，放天井里晒干。煤球不易燃，外婆不会费柴禾直接烧，还是利用别家烧得只有余火的蜂窝煤来助燃。邻居主妇们都学外婆节约柴禾，可惜一学就弄得一顿饭做不顺畅，被家人抱怨，结果谁也没有学到她这套本领。

院坝独一把楼梯就在我家门口，楼梯两台成V字型，下面形成个有张单人床大的空间，这空间归我家使用，还不用出租金。只是楼梯挡了我家窗户的光线。父母是院坝里最早来租房子住的人家，那时看中的可能是这个不出钱的空间，也顾不上屋里暗不暗了。我们祖孙住这间屋子时，楼梯下的空间专门放木柴煤炭和养鸡的鸡圈，我家因此成了院坝里唯一有"储物间"的，而别家生火的燃料只能放床铺底下。"储物间"里随时满满的，留出三四步宽的地方让人进去取东西，入口处支风炉做饭。风炉右边是厢房的一道门，住着另一家人，是外婆的远房亲戚。风炉左边即楼梯，无风时，风炉的烟子直上楼梯，把整个楼梯雾住，人们上下楼时被我家的火烟熏得边抹眼睛边抓着扶梯走。刮风时，我家的烟子径直进我家，也不知什么奥妙，屋里的门窗在一排，根本没有对流风，那道高大的木格窗只有过年大扫除取下来洗时打开，平时紧闭，可是烟子进屋子走一圈就出来了，不会总雾在屋里。反而父母在楼上住的那间小阁楼，有对流风，烟子却在屋里雾着老半天不散。

烟熏的文明火种

我在小阁楼里安家后，因临巷那道安了玻璃的木格窗老有火烟飘进屋，才注意到邻院和对面院坝总有那么几家人把风炉提到各自大门外的巷道里生火，每次都见的是我小时候最要好的伙伴妹妹的母亲。妹妹是她的小名，她比我大一两岁，我也只能叫她妹妹。她有个非常护她的哥哥，母亲是位小学老师，她的父亲我从没见过，她家住在我们隔壁院坝一进大门右手的小偏院里。这座小偏院只有我们院坝一半大，逼仄拥挤，但楼上楼下人家在我印象里无不窗明几净，家里有书籍，所以小偏院里的人习惯到巷道里生火，我以为是爱干净，没什么不好。

不过，我在自己小家的窗口望妹妹的母亲在巷道里生火，心情与过去是两回事了，见一次不好受一次，暗暗惦记妹妹她现在怎样了？念是念，从不登门，偶尔遇见了，心是放了，只是人的模样变得令我不寒而栗，低头就溜。

我们整条巷里，没有谁念书有妹妹和她哥哥这对兄妹用功的。我们院坝有个大学生，神经了，他家人看管不住，把他成天锁在屋子里，放出门都得有人跟着，所以我小时候眼中的读书人，只有邻院这对兄妹。妹妹上学只比我高一年级，懂得知识之多，像念大学的，性格又非常的温存，把我吸引得一塌糊涂。她把她最爱读的书统统让我看，让我带回家，可惜我一点看不懂，没兴趣，很快把书还回去，后来才知道她读的书大多是中外哲学名著，还有全套的鲁迅著作。我人生接触哲学和鲁迅原著，正是从她这里开始，其中读《朝花拾夕》的情景还历历在目。那天我到她家玩，她让我坐在铺着花边桌布、上面压着玻璃板的书桌前，打开《朝花拾夕》，指着她喜爱的句子一字一顿地念给我听，最后自己捧着书朗读起来。她让我读的书我没好好读，往我心里去的是她家有桌布的书桌，白布帘子后面堆满书的屋角，以及整间洁净的屋子。我离开小巷下乡当知青那年"文化大革命"结束，几年没见妹妹后，听到她的第一个消息震惊得我一直不相信。后来的一次见面是巷口附近遇上的，她隐约还认得我，但她那副样子和朝我做的怪动作把我吓坏了。她果真神经了，得的是桃花疯。

妹妹疯了后所出的事导致她家灾难重重。她哥哥见我就远远避开。她母亲半神经了，在巷道里生火时自语自言，病重时火生好后不知道把炉子提回家做饭，呆呆看一炉火烧尽，灭了又开始生，还往风炉里乱塞东西，烧得巷子里的空气难闻又呛人，路人走过要小跑。好在这样的情形只一两天，巷里好几天不见这只风炉，等到再次出现时，生火的人变得正常了一些。

金武新来乍到最受不了这位疯癫老妇在窗下生火——风炉距我们院坝大门四五步，我们的小阁楼在大门楼头，从窗口望下去，风炉近得如在窗下。他每天上班出门下班归来时，都遇不上各家生火，一到星期天休息必然遇上，院里院外的火烟齐往屋子里灌，闭门关窗更不行，火烟只有进来的没有出去的。灌进家的烟子，正常的只是烧生煤和蜂窝煤的，我是闻着这烟子长大的，虽然离开小巷十年没闻了，重新闻起来又习惯了，只有妹妹母亲生炉子的火烟，我也闻不了。巷里一刮风，在巷道里生火的烟子准往我们小屋的窗口里灌进，也不知妹妹母亲烧什么东西，烟子飘进窗来刺得我眼泪鼻涕的，有时候在屋里根本待不下去。金武开初不知情，让我下楼去请老妇把风炉提开点，后来明白了，唯一的办法是自己开着窗子锁上门——逃。

雾里"小马店"

我们的小屋只有9平米,为院门头上的一间小阁楼,南墙临巷,有道小木窗,北墙临天井,有两扇木格花窗。这间小阁楼最早是父母住,住了二十多年后,父亲单位建宿舍楼才搬走。外婆不愿搬,新房子和老屋两处轮着在,楼下我们奶孙仨住的那间大屋,外婆让她的嫡孙一家来住,自己住上小阁楼直至在里面去世。之后第四年,我和金武在此结婚安家。因我们的小巷叫老马地巷,我们住的屋子非常小,金武为新家取名"小马店",我听来蛮亲切。

给金武开新闻采访车的倪师傅十分手巧,经他设计和亲自动手,与金武两人竟然把9平米的一间屋子变成三间:小屋位于楼道底,门前有一平米空地,这里变成了厨房,在栏杆平台上搭块厚实的木板做煮饭的地方。原有的9平米隔成了里外两间,进门是餐厅兼洗漱处,一两平米大;里间是卧室兼书房。餐厅上空用纤维板搭了点儿楼子,堆放外婆遗留的栗木柴,如果我们烧风炉,没有比这堆柴更好的燃料了,我们也准备有朝一日烧它。后来我们半年数月往外跑,在家时间没几天,用煤油炉做饭已对付得了,一直没有买风炉也没砌灶,也就没有机会享受外婆的这堆柴。

院坝里用煤油炉的只有我们夫妇,与烧煤相比,煤油炉近乎无烟,但小阁楼腹背受煤烟,裱棉纸的木格子门窗和安玻璃

小阁楼临巷的木窗，木格花窗已被取走，留下防盗的木栏。

的木格花窗关起来，大缝小缝压根儿关不严，每天邻居们一生火，煤烟直往小屋里灌。为堵烟子，把朝天井开的木格子窗用纤维板封死，这样一来，院坝里的火烟只有木格子门可入，而朝巷道开的那扇窗户就没辙了，只能洞开着，任凭在巷道里飘来的火烟自由进入。

有个星期天上午风大，各家先后生炉子时，天井里有风压着，火烟散不开，一股脑往楼上涌，楼道雾得伸手不见五指。我关上门，烟雾受阻后来势更猛，从门缝往屋里直喷，顿时把屋子淹没。临巷的窗子本是洞开的，窗外的风吹来，反而堵住屋里的烟子。不一会儿，巷道里几家人生炉子的火烟也风卷云涌着灌进窗来，我和金武被熏得泪如雨下，呛咳得要窒息一般。小阁楼成了空中云宫，一秒钟都待不住了，我们在雾里一步一探的出门下了楼，夺院门而逃，三步并两步一口气逃到翠湖边。

水边空气新鲜清洌，一派明媚阳光，我们大口大口猛吸一阵才缓过气来。眼前的湖面上空，初冬湛蓝的天里飘着朵朵白云，湖面停满红嘴海鸥，白得雪片一样。大人小孩们站在石栏杆前用面包喂海鸥。"云宫"一个上午都别想回去了，金武原本要赶写一篇新闻稿也不写了，干脆晒太阳喂海鸥。在鸥粮摊上花一元钱买袋面包提着进翠湖公园,水边石凳上一坐,把面包掰小了往空中扔,引来鸥群上下飞舞着争食。喂了海鸥,我们也饿了,又买人吃的面包,几只胆大的海鸥飞来跟前等着人喂,人与鸥鸟无须相识,遇见了就一块儿愉快相处。一个上午如此这般下来,金武忽来灵感,疾步回家。小屋已烟消云散,在窗下三屉桌上展纸提笔,很快把两页纸的格子写满,一则《春城又见红嘴鸥》的新闻特写出笼。金武放下笔,提起相机又直奔翠湖。配上红嘴鸥照片的这篇文章很快见报,还获得当年"全国新闻现场实录比赛"三等奖。他把获奖证书带回家时,我说你这个奖,火烟熏出来的呢。

我们夫妻在"小马店"所写的东西,没有一篇不像《春城又见红嘴鸥》那样被小巷火烟给熏过,屋子里挤下的那个两手一排长的小书柜里,每本书的书脊都被熏黄,放在桌子抽屉里的稿纸也被熏得像过去大街上"代写文书"摊上的白胡子老人用的信笺。小书柜背靠的纤维板,就是"餐厅"与"卧室书房"之间的隔墙,上面有道挂布帘的门,因天天火烟熏,我的门帘用不上邻院妹妹家那样洁白的布帘。

小巷人家都烧蜂窝煤,每天生炉子一般都是上午,烧好了可以用一天,正午以后没多少烟子。摸到这规律后,"小马店"里的客人几乎没被烟熏火燎过。

远方来客

金武工作单位在北京,同事们来昆明必登"小马店",加之他职业的关系,客人多是从远方来云南采访的同行,他们造访时无不诧异又兴奋,仿佛回到了从前。我从他们的反应中回望我习以为常的环境,这才有生以来第一回切肤意识到,自己土生土长地方,是一条地地道道的平民小巷。

远方来客们多半是身高马大的北方人,没有一个的个头不高过我们院门的,他(她)低头躬身跨门槛进门,沿着有三四个炉灶的廊道一直走到楼梯口时,先是一愣,然后迟疑地抬起一只脚,左手抓住栏杆,右手扶墙,摸索着一级级往上爬。楼梯仅容一人走,木栏杆被火烟熏黑,又被人上下手扶给摩亮,梯子上,白天也要睁大眼睛才看得清脚下的楼梯,外人没有院坝里的人在前引路,可能不敢贸然上这架老朽得叽叽嘎嘎作响的楼梯。我们的来客一步一摸索着上了楼,踩着同样叽嘎作响的楼板,穿过栏杆边砌着两眼灶、摆满杂物的楼道走到底,又开始低头进门,第一道是纤维板门,那是我们新安上的厨房门,进去走两步又进第二道木格子门,那是"小马店"原有的房门。迷宫一样穿行后终于到了目的地,里面低矮得伸手就碰天花板。有次金武的上司刘副总编带了三员大将一起来,加上开车的倪师傅,各自在床沿凳子上找地儿落下屁股后,已不能随便起身,全挤挨一块了。如今想象不了多年前的那天中午,我一个人怎样用两只煤油炉变出七个人的饭菜来。没记住那顿饭做了什么菜,也许只是炒火腿炒花生之类三下两下就上桌的下酒东西,忘不了的是除司机以外的人,个个兴高采烈"促膝"喝酒,主客全喝醉,最后是司机一人收拾残局,把来客一一弄下楼,塞进停靠在巷口街边的小车。我们夫妇在车门前与客人告别后,摇摇晃晃走回小阁楼。

中国大陆对台湾新闻界开放第一年,台湾《联合报》年轻的著名记者杨渡从北京来云南,金武陪他去边疆采访完回到昆明,他同样要求到"小马店"做客。哪想他一点没觉得不适,在屋子里高兴得手舞足蹈,自在得像在自己的住所一样,说小阁楼让他回到了念大学的时光。他回台湾后接连来的几封信里,一次次把"小马店"与他的大学时代交织着谈,说那是找不回来的"单纯快乐又贫困的时期"。

来　信

金武第一次离开"小马店"回单位开会,七天后来信。邮递员送信来时,是院坝里没有一丝火烟,一天中最宁静的下午。邮递员还在院门外就高声叫着我的名字来收信,话音刚落,楼下廊檐里做针线讲白话的老人们也随之高声叫唤我的乳名,叫我下楼来接信,好像一桩大事似的。我跑下楼,疾步走过老人们身边来到院门口。我知道信里写的内容,不过报归期,金武走前就说好了的事,可我接信时,还是接喜讯一样无比欣喜,因为这是我有生以来头一回在自己生长的院坝里接到书信,还是一封家书。我家三代在老屋共同生活的二十多年里,印象中没有一封信来。我们的小院与外界少有书信往来,生活平淡,几年也没有一个邮递员的影子。虽然有了电视,也只十多年时间小巷就拆除了,至于电话和煤气,小巷没赶上这时代就终结了。

在这样一座小院里接到来自首都北京的信,反差之大让我的感觉顿时异样起来,从邮递员手中接过信的刹那间,忽然注意起横在我和邮递员之间的院门:木门槛被踏出两个大凹槽,一年上一次红土漆的两扇木门板,朽烂变形,夜里关门上门扣后,中间一道门缝宽得能伸进只手来拨门插销。

金武怕信送不到,几天后拍了电报来。邮递员骑自行车送电报来时,正是各家生炉子之际。我在屋里听见窗下的院门口有人停自行车,咔嗒一声上锁,接着边叫我的名字边走进院子。我穿过烟雾缭绕的楼道下楼,见邮递员在火烟少的天井里站着,一只手拿着封电报,一只手抬着个有纸夹板的登记簿。在台基上生火的邻居一边使劲用火扇朝风炉头上扇烟子,不让火烟往天井里去熏邮递员,一边叫走到面前的我赶紧去接电报。

这一幕之后第二年"小马店"就空了,我们有了一套新住宅，厨房就有5平米大，烧的是没火烟的煤气。

某一天，空了八年的"小马店"终于不再有一丝火烟了，小巷人家的风炉，也永远熄灭了，几百年的小巷活到了大限之日，小巷的人间烟火彻底寂灭。

原载《翠湖春晓》，云南民族出版社2000年11月版

在北门街居委会的外婆

新中国建立后政治运动一波接一波的那三四十年间,城市街道居民委员会给人留下一个深刻印象:好厉害的老太太老大爷们!那时的居委会上令下达到城市的每一个细胞,所有家庭无一遗漏,如同现在每家人的电视机,上面说什么你一看电视就直接告诉给你了,效率之高难以想象。更难想象的是,使工作高效率运转的不是年轻人,而是老人,其中六七十岁的是主力军,我外婆在昆明的北门街居委会干了二十多年,她们全体委员1976年合影留念的照片,是那个年代城市居委会人员结构的典型影像:

照片上前排就座的老人们是居委会的委员,正中那位唯一的男性,是居委会里唯一能摇笔写字的,他的上衣口袋里也就别着两支自来水笔,这位有点文化的老人当副主任,他右手

1976年5月13日，昆明北门街居委会全体合影。前排左二为作者外婆。

边的那位才是主任，我小时候记忆中，主任奶奶好像识几个字，但手没有捏过笔，而其他委员奶奶们全都大字不识。身穿对襟衣的老奶奶们清末出生，都缠了脚，辛亥革命后又放掉，成了比三寸金莲大一号的半大脚，当中脚最小，有一双形如粽子、脚尖尖的，那是我外婆，脚上的布底鞋是她自己缝的，我没少洗过。委员们在家无一例外都是管家的，都要操持家务和为女儿们带孩子，工作时身后都有个"尾巴"，这张合影上的"尾巴"还算少,只有个穿时尚"军装"的孩童。后排站着的7人中,有三位(右二到右四)是北门街户籍警察,我见他们经常与居委会的奶奶们一块工作;中间一位(左三)是居委会的顶头上司,其余三位青年男女在居委会干杂活,也在街道小厂里做写写记记的工作,印象中他们都听委员们吩咐,那位斜肩的男青年腿有残疾,人很斯文礼貌,从他口里听不到一句街坊上的粗话,我每次到居委会找外婆取家门钥匙,总见他为大家读报纸,要不在搞记录,显然是居委会最有文化的人,但又不像委员们每月盖章领工作补贴,他这样年纪的城里人当时都要上山下乡当知青,有特殊理由的才能留在城市,我就在外婆她们到照相馆拍这张照片的当年9月,高中毕业下乡当知青去了。

民国时代的北门街赫赫有名,蔡锷安过他的新家,唐继尧建公馆,权贵们随之兴建宅邸。抗战爆发后,西南联大教授中很多名人都来此落脚,战火中的八年里,这条街上到处是中国文化学术巨子和社会名流的身影,他们中最后连性命都留下来的有李公朴和闻一多,李公朴被国民党暗杀在这条街的一道坡巷里,他开的北门书屋在解放后成了保护文物,所以他们当时写下的文章和后来的回忆录里,少不了在北门街上的足迹。

时代变迁后的北门街就是另一副模样了,显赫褪尽,文化蒸发,变成一条平民街,也寂寞成了一条背街。我家住这条街上的老马地巷,我们那座大杂院同整条街上所有的四合院一样，都是解放后没收私人房产后变成的公房。我们院坝十余户人家全是解放后新搬来的，妇女几乎文盲，男人没几人念过书，我在这里出生长大的几十年里，既没听说过北门街的风光历史，也不知每座四合院的来历，同样不知我们所住院坝原来的主人是谁。

史料记载，昆明1953年开始建街道居委会，第一批居委会有25个，北门街为其中之一。为弄清已过世二三十年的外婆哪年开始进北门居委会，我到相关档案馆查找历届委员名单，结果一无所获，这才晓得，居委会从成立之初到九十年代末都没建档案，建档的只有政府在城市最基层的组织机构——街道办事处这一级，它之下的具体执行者——那些曾经把党中央和政府的指示政策落实到城市每个家庭的居委会委员们，历史的档案袋里没有这些人的蛛丝马迹。又找到一位我儿时叫他曹叔叔，20世纪80年代初做过北门街道办事处主任的询问，他只清楚我外婆是位老居委了，在居委会二十多年，都是街道上年年选她，她一年年干下来，虽然连选连任时间长，因为她们这些委员每月领补贴而不是政府发工资，没有编制，也就没有什么档案。

我幼时听大人们称呼外婆有的叫"萧委员"，有的叫"李伯母"，闹不清怎么回事。长大后才分清两种叫法的不同，人们普遍用"萧委员"这个称呼，隔壁邻居和往来密切的叫"李伯母"。外婆本姓萧，夫家姓李，尽管我外公不在人世十六七年后外婆才从外乡来昆明落脚,叫"李伯母"的人谁也没见过我那位姓李的外公,却都愿意这样亲切地称呼她。

外婆做居委会工作给我留下深刻印象的,首先是"文革"期间跳"忠字舞"。外婆负责我们那条巷,有时每天一早把人召集起来跳,男女老少一个都不能少。巷子里没有一块空地可以活动,只能在院子里,每座院坝又宽不到可以同时容纳整条巷的人一起跳,外婆只得在各院坝之间奔出奔进,身后带着"尾巴"——我两三岁的弟弟。有一次弟弟跟外婆到邻院,与小伙伴们贪玩起来就不走,外婆只好自己去其他院坝忙工作。正忙着就出人命了,弟弟和伙伴们玩翻了天,竟然去玩院门背后的电闸,被电触翻,倒在地上昏迷过去。跳舞的人们吓坏了,赶忙卸下又厚又大的门板,把孩子平放上去,外婆赶到一看,以为外孙活不转来了,一屁股瘫坐地上呼天喊地哭起来。

每个院坝跳"忠字舞"都向着一面墙跳。这面的墙正中贴一个红纸剪成、有人头大的"忠"字,忠字下方围绕着半圈黄纸做的向日葵。那时小学停课,院坝里与我同龄的女孩们被外婆安排做向日葵,就在我家做,我们围坐在我家那张吃饭的小方桌前,有的做花心,即用硬纸板剪出花心,糊上金纸,再把红纸裁成细条,在金纸上糊出方格。有的用黄色皱纹纸剪花瓣,用支筷子把纸裹出花唇样的皱折,然后一瓣瓣贴到花心上,一朵真花样大小的向日葵就成了。想让纸花再

作者外婆摄于1981年前后

逼真点,就在花背后贴两片绿纸剪成的叶子。我们做花上隐后,给大人讨蜡,熬了做蜡梅,捡枯树枝来做梅枝,冬天家里插上几枝,还有点乱真。

外婆里里外外乱一团,没有一刻闲下来与我和弟弟说话的时候。我从小同外婆睡,小我十一岁的弟弟出世后,祖孙三人又共睡一张床有七八年之久(因为房间小得再容不下第二张床),那年月里我每天清晨醒来,所见都是同样一幕:外婆坐在距床四五步远的饭桌前,双腿夹住纳布鞋底的木头夹板一针一线地纳鞋,冬春季节就着桌上的一盏煤油灯,夏秋季节就着门外天光,粗棉线在布鞋底上被用力拖过发出的唰唰声,至今犹在耳畔。每天我上学的时间,外婆也出门去干居委会的工作了,她多半把我弟弟带上,到其他地方开会就把弟弟反锁在屋子里,锁门后告诉我放学以后去哪里找她拿钥匙。放学时外婆一般还没回家,我不是跑到北门街上的某座院坝、某条巷子,就是跑到居委会去找外婆取钥匙,回家放下书包,把支放在门口过道边的风炉烧起,饭煮好,等外婆回来做菜,那时没什么菜,多是咸菜下饭。晚饭后,外婆又坐到纳鞋的夹板前埋头干活,让我和弟弟在小饭桌上糊纸盒子。缝好的鞋底和糊好的纸盒要送去交货,外婆把鞋底和纸盒打成两个大包袱,让我和弟弟背着,祖孙三人一块送去街道的纸盒社和布鞋社交货,再领回待加工的硬纸片和鞋底。纸盒社布鞋社在北门居委会的右侧,从我家那条小巷上到那里，一路的坡，最陡处是架大拐弯的石阶，居委会就在石阶尽头，外婆每天都要上下这道石阶，她那双小脚爬上爬下走得多困难，只有她知道了。

那时每座四合院有具体的户主，那些每月向住户收各种费用的人员，不对一家一户，只对户主，是向户主

外婆在街坊组织开会时，身边常带着这个胸前挂毛主席像章的小外孙。

收。外婆的名字是我们院坝的户主名，收费员中性急的，一只脚才跨进大门门槛，就高声喊道："交费啦，萧凤珍！"连声叫着穿过道走到天井边的廊檐下，然后从挎包里掏出一叠记账簿，翻出户名为"萧凤珍"、地址为"老马地巷1号"的一页，看上个月的记录，收上月的费用，临走时又从电表或水表上抄下当月的用数，写在纸条上交给户主，作为下次来收费的依据。收费的时间是固定的，一般在月末某天的午饭或晚饭时，碰上外婆不在家的时候，邻居都会出来应声，一边跑到我家，把早已向各户收齐放在我家饭桌上的那一叠钱和上次留下的字条，拿给收费员如数交割。

院坝每月例行的共同之事，有向每户收取水、电和卫生费三桩，最后一项有标准，最好收，电费有总表和每家的分

表，有数字管着也好收，只有水费有弹性，老有矛盾最难收。我很小时，院子里那口水井就被填埋，后来安上自来水。自来水只有一根管子一个龙头和一个水表，每月表上的用水量要按人头均分到各家各户。外婆按抄表员抄下的上月用水量，在心里一算，算出分摊的数目，公告给大家，然后一家家地收钱。上门收钱时，有的说自己哪一天不在家没用水，交一样的钱吃亏；有的抱怨说哪家洗菜洗衣多用水，可交的钱一样多。外婆有时忙事去了，让我替她收钱，刁的人家故意拖着不给，只有等外婆再去收，才收得齐。那时我年纪小，不理解为什么外婆一见哪家洗菜，就让那家人不要倒掉第二道洗菜水，让我接着去洗自家的菜？同样不理解外婆为什么一见哪家大盆大盆洗衣服时，一定让我把自家洗衣服的大铁盆抬到天井里，去装人家洗衣服准备倒丢的水，并让我用这样的脏水去洗自家的鞋子和其他东西？现在才明白外婆就这样一点一滴克己服人。

外婆管街坊上的事，我记得最多就是劝架调解矛盾。有时正吃饭，有人一把鼻涕一把眼泪的哭诉着来了，外婆揣着饭碗边走边吃跟来人走了。有时深更半夜，有人把我家门板捶得嘣嘣响，说某某两口子打架要死要活，外婆立即一轱辘翻身下床，拨开门销就走，还不忘把门反锁上，怕我和弟弟跟去。

父母在远郊工厂上班，一个星期不能保证回来一天，我和弟弟与外婆相伴，外婆也就离不开家，有次意外地让我们姐弟俩生活了几天，给我印象深极了，几十年后的今天想起来如同昨天的事。那是街上贴着大字报，常见红卫兵们押着戴纸高帽子的人游街的年月，有天外婆把我们姐弟叫来面前，一字一句慎重地说，北门街那头院坝里有个五保户得了猩红热，睡在家里，要去管病人几天，那种病会传染给娃娃，在病人家的几天里都不回来，怕把病带回来。最后再三交代我，把弟弟带好，不准去五保户家找她。外婆离开后，邻居都来照看我们姐弟，该吃饭的时候大人会来叫我在自己家风炉上烧火煮饭，或者去某家的蜂窝煤炉上热冷饭，有时还往我们碗里夹几筷子菜。该上学的时候，大人会来叫去上学。天黑后我们还在巷子里玩，大人就来叫回家去，让我们上床睡觉，叮嘱把门销子销紧。一天，外婆终于回家了，邻居们围来我家门口你一言我一语，说我外婆一去几天，太不顾自己，万一被传染上怎么办？外婆低头听大家说，一边不住地点头，语气温和道："是了，是了。"其他也不说什么。

外婆活着的时候我从没问她守传染病人这件事，那时的我还不可能知道其中的要命处。今天的我虽然懂得外婆在这事上的无畏，但像她那样没有任何防护条件去守护患传染病的老人，听天由命地去做分内的工作，我根本做不到。我不记得当时北门街和附近街上有什么吃食店，人们吃的用的都是凭每月发给的票定量供应，可卖的东西都有限，我暗自思忖那时外婆所面临的问题：外婆本身已六十开外，上年纪了，她给五保户病人喂水喂饭、端大小便的护理中，怎么就没被传染？身体怎么就没被拖垮？她每天在哪里吃饭睡觉？那时每家的住房都很挤，外婆除了回家没地方可以睡，她一定是坐着打盹来熬过几个夜晚的吧？外婆做了世人难做之事后，面对邻居的关心和责怪，只以"是了"作答，揣摩她这句简单到底的话，是心智又是无奈，因为邻居支持她工作为她照看外孙们，又为她捏把汗，怕她传染上把病带来自己的院坝，传染上自家的孩子。她不住地说"是了"，表示领了大家的情，也在请大家理解这是没有办法的事，自己的工作就是管街上的五保户，管这些人的生老病死，这个病人送医院送不进去，街道上不管不行，所以只好向担惊受怕的邻居们赔罪。

外婆不再担任委员，大约是居委会集体拍照后一两年，她拍照时已年届七旬，八年后故去。外婆去世前，她护理过的那位五保户所住的院坝门口，树起一块粗糙的水泥牌子，上写"李公朴北门书屋旧址"，街对面的缝纫社门口仅一人宽的人行道上，也树起一块同样的水泥牌子，用红漆写着"北门出版社旧址"。外婆一点不懂上面所写的意思，她连自己大名的三个字都不识，她经手的事又多，院子里的居委会的，每次都需要画押，她身上随时带着个人图章，画押时掀起对襟衣的一角，从贴身衣服的口袋里掏出个小铅筒，拿出里面的印章，在该签字的地方盖上自己的图章。尽管不懂水泥牌子上所写的，但对牌子标志的院坝，她却熟稔里面每一家人的生活尤其是那位五保户的情况。

想到那时候居委会多是老太太,识字的又很少,可是她们管理起来却得心应手,如同长者管理一个支系庞杂的大家族似的,我分析之所以如此,跟那时的社会体制密不可分吧?那是个一切公有、参加工作的人被称为"公家人"、人人皆是社会主义大家庭一员的时代,委员们与自己辖区内的住户,朝夕相处,大家一年三百六十天都在那么大的范围内生活,很少超出,彼此都住公房,住在紧邻的四合院大杂院里,一家人住一间至多两间屋子,几代人同屋,支炉灶做饭的地方是在各家门口的过道上,每家每顿吃什么,众人皆知;天井里的晒衣绳子上,你家晾衣服我家晒尿布他家晒被子,大家穿用都凭票购买,相差无几;几家人共用一个自来水龙头,一口水井,几个院落的人共用一个公共厕所;每户人家每月要到同一个粮店去购买固定供应的相同的粮油,到同一个菜店去买定量供应给的相同的蔬菜和肉,不允许一点私有存在,大家也就生活得没区别,公开而透明,使得居委会的老人们管理起邻居来,像管自己家一样熟门熟路。再说居委会的老太太们几乎出生贫苦,新社会让她们翻身得以溶入整个社会受人尊重,工作起来的忘我劲头和奉献的热忱,足以忘掉自己的年纪,所以那时一位年迈委员所管的事,特别是十多几十户人家共居的大杂院里每天发生的那些鸡毛蒜皮的琐碎事,现在论起来,真有些不可思议。

伴随中国每座城市古老民居四合院的灭迹,新中国城市自治组织居民委员会的第一代委员——身穿阴丹蓝布对襟衣裳,一双缠了又放的小脚整天东家出西家进,古道热肠的老奶奶们,这些大杂院里的"管家"们,已作古成泥土,而且雁过不留痕地消失了。

原载2011年2月《老照片》第七十五辑,
刊文标题为《当街道干部的外婆》

布鞋底上的市井人生

耄耋之年的舅母闲话我外婆生前领着舅母和女邻们"打军鞋"纳鞋底,见谁的鞋底少纳几针或大针大针地纳,她劈手夺去自己补针,让你看她怎么缝,还要被她狠狠责骂,骂得你不敢回嘴,不是怕她凶,是不服不行,她纳的鞋底结实耐磨得石头一样,打仗人穿这样鞋底的鞋,跑几山几坳把仗打下来,鞋帮烂成布条鞋底也不通洞。舅母又说,就为这个我们跟着吃亏,婆婆她缝得密实,当然好,就费工费时费料不出活儿,人家缝的针脚又大又稀,出活儿多,军鞋厂不问好坏只讲多少,前方打仗急等用,鞋的好坏管不了。可婆婆她就要那样缝,熬夜是经常事,有时头埋在纳鞋底的木头夹板上就睡着,醒来接着缝,这也算是睡觉了。我边听舅母说边算账:这些市井家庭妇女在各自居住的大杂院里"打军

外婆、我和弟弟每月一两次进出北门街上的布鞋社大约有五年时间。我背个大包袱，外婆手臂上挽个小包袱，包里装着交布鞋社的纳好的鞋底或领回家做的活计。回家路上，弟弟总能得到个纸风车。

鞋"，供应的不是一两支部队，是去抗美援朝的整整一支军队呢，国家要组织多少妇女天天做鞋才供给得上？这可是个庞大数字。

外婆"打军鞋"那一两年，我母亲的头两个孩子先后夭折，之后四五年有了我，怕又短命，外婆就一心一意地带我。我知事后外婆一直都纳鞋底，除了给家人做鞋，主要交布鞋社领工钱，我家那条街上有个布鞋社，外婆就从那里领活计回家做。领来的鞋底是大小规格不同的光底，厚得像块木头，拿在手里缝根本缝不动，非要夹在纳鞋底的工具——木夹板上才缝得了。纳这样的鞋底，先用锥子锥洞，再穿针引线。纳鞋底时，人坐小矮凳上，两脚踩在夹板底座的踏脚板上，两腿夹住夹板，大腿腘窝骑在圆木楔子上，右手使锥子，左手捏颗大底针，在夹板顶端夹住的鞋底上，这边锥孔眼过去，那边从孔眼中穿针引线过来，棉线又粗又长，两手不停地左右拉，如同拉锯，手臂就像个随时张开的弓。夹板呈八字型，上端夹鞋底，外侧拦腰处是两个调节夹子松紧的木锲子，下端由两块小木板固定在一块木板的中间，正好形成个口朝上开的盒子，盒子两边即是踏脚处。盒子装工具，人干活时往盒子里一伸手，工具随用随取，有锥子，针线荷包，白色的底线团，给线打蜡的蜡团，小剪刀，顶针，无指的皮手套，手指套，等等。夹板由五块两厘米左右厚的实木板组成，不用一颗铁钉，均为木板穿斗，榫头咬住，简单得如搭积木，轻便得可以提着走，这工具最巧的是人纳鞋底时，整个身子的力气都使得到手指上，送到锥子和针上。我小时候几乎生活在这样一幅巷景里：每座院坝就是一个纳鞋和做其他针线的作坊，妇人们在天井里廊檐下，有的坐在夹板前纳鞋底，有的缝衣物，我们院子里的主角是外婆，她身边少不了一起做活计的人，有的是新来跟学，学完一直跟着做活计，几个月或半年才离开，颇像学徒期满。这一代用夹板纳鞋底的中国女人，绝大多数归于尘土，还活着的行将就木，她们使用的纳鞋工具随之灭迹，连影像或图片中都没留下影子，不由得让人追怀起来，想到了它的来龙去脉。我没追究过它是何朝何代的故物，从哪里传来，还是本地发明？只知它在我家何时消亡。外婆上世纪八十年代中期过世后，她的夹板就没人用了，送人送不掉，其他人家的七八年前就拆卸或当板子用或当柴烧，那时商店卖的鞋全是机械化生产，手工制作的布鞋已被淘汰出局，变得无人问津，街道布鞋社也改成了个什么小厂。外婆纳鞋的夹板平时有大小两个，我最后一次见外婆的夹板，是大的那个，堆在烧火做饭的风炉旁的柴禾堆上。夹板的木质非常硬，要用斧子才劈得开，外婆一定请年轻人劈掉的。再没见过夹板这种工具几年后，外婆也到另一个世界去了。

外婆从布鞋社领活计做的时间，伴随布鞋社的兴起到转改，不少于十多年，高中毕业下乡之前我是她的主要帮手，以后由上小学的弟弟接替,帮她做的活儿除了把一支支的鞋底线绕成团,再就是到布鞋社领货交货。我家到布鞋社还得爬一架长长的石阶,外婆小脚,负不了重,每次都用方巾把鞋底打成大小两包,她手臂上挎小包,我背上驮大包,进出布鞋社的人们都像我们祖孙一样大包小包的手提肩背。

布鞋社里人来人往,一进大门,外婆非让我把大人们这个王奶奶那个张妈妈地叫遍不可。天井里的空中拉满铁丝,上面挂一支支纳鞋底用的白色棉底线,下面是过路人钻来钻去的身影。社里的工人不论男女都系长及小腿的生白布大围腰,收货台在轩阔的瓦顶屋檐下,我最有印象的是长条大桌子,一扇巨大的门板搭在两条长凳上就是张长桌,几张连成一排,我有好几年时间要踮起脚尖才看得见桌子上面。一排长桌上堆满了鞋底,有的已纳好,有的待发出去,一双双的捆成一捆,一捆捆摞起来小山似的。交货时,我使劲把包袱咕咚咚摆上桌子,外婆解开布包结,摊平,把白生生的鞋底一双双放在布上,怕放在台面上粘灰,然后笑着请人家验货。这种时候,验货人不论是男是女都会隔着桌子,从鞋底的小山间探出大半个身子来,微笑着对我外婆说:"李伯母,你家最客气啦。不消一双双验,我们还要按你家的鞋底来打级呢。"这句话我听得熟稔,以至布鞋社不存,其旧址上高楼耸立,我一路过,时隔了三四十年的这句话仍然清晰可闻,偶尔一阵风似的飘过耳畔。街坊大多不呼我外婆的姓氏，是亲切地叫"李伯母"，因为我那早逝的外公姓李。如果验货员中有人以外婆姓氏和外婆在居委会的角度叫她"萧委员"，那人一定新来的青年人。

年少时常听大人说外婆的鞋底纳得像绣花，那时还不懂得欣赏，但会比较美丑，也就喜欢看外婆纳的：一双双白布鞋底上，白棉线缝的针脚均匀得像机器缝，密密麻麻又不让人眼花，一针是一针，每针饱满得像粒白米，一粒粒齐刷刷地镶在白布上，底线上过蜡，每一针泛出米油般的光泽，可以像米粒拾起来似的，那个时代缺吃的，白白的米粒儿让人觉得那是世上最好看，百看不厌的东西，连看见形似的东西都让人发馋。

外婆年轻时靠给大户人家绣花，独自养大一双失怙儿女，中年与我们为一家，还得靠纳鞋底的钱供养远在家乡的老母和接济亲人中困难的，针线手艺是她的衣食，自然养成她一生不敢对针线有丝毫懈怠的品性，纳鞋与绣花相比，是女红中最粗的活，力气活，还非常枯燥，女红当中没有比这个更乏味的了，可外婆一二十年天天埋头在夹板上纳着，纳出了我幼时眼中的那点样子，如今这一幕还时时撞动我心扉的，不是别的，正是它的乏味，随岁月冲刷，其他都淡去，唯有此味不乏，反而生出一股百折不挠之力，足以让我的心清凉。

原载2012年12月3日《工人日报》

天伦之鞋

中国人脚上的鞋全靠家人一针一线手工缝制的那些岁月，推算起来还觉得很近，也就我们奶奶母亲的时代，我这一代人基本还是穿家人缝的鞋长大，毕竟是最后一代了，而且告别这样的鞋已三四十年之久，实际上说起来，有些男耕女织般遥远而无比温馨的感觉。

我家过去老老少少穿自家缝的鞋，缝布鞋的人却只有一个，外婆。不细想也觉着这事平常，到上世纪六七十年代的城市普通人家不都这样，一人缝鞋全家穿。而今全倒过来了，商店里出售的手工布鞋，哪怕非常粗糙都当艺术品，价格高得不属于大众消费。我每见都市时髦女郎穿双大红大绿的布底绣花鞋招摇过市，引得路人频频回头瞧那双鞋，立刻想到自己从小到大的脚上，不都是享受外婆缝的"艺术

在楼梯口这间老屋生活的十八年间，
每天清早醒来睁眼所见一幕，往往是刘婆坐
门槛里迎晨光纳鞋底的背影。 2015.5.5.黄豆米

外婆纳鞋底

品"。某日心血来潮，算起外婆给家人做的鞋总共多少双？一算吓一跳：穿外婆缝的鞋的亲人，我眼见的就是上下五代，一二十口人！外婆为如此多的人缝鞋，不是什么一人一双，是每人日常穿，穿烂一双，外婆又缝给一双，其数量之多，外婆本人都未必能算得了。

外婆年轻时做女红养家糊口，所做的针线活中，最粗的活儿就是给家人缝鞋，她母亲和她本人的小脚，始终依赖自家缝的鞋，她的儿女们中年以后才随大流穿起工厂生产的鞋子。我中学毕业之前所穿的鞋，都靠外婆缝，我下面的第四代，婴儿时期还赶上穿曾祖母缝的鞋。外婆几乎把身边所有亲人穿的鞋，做完缝尽了，她太能干，后代女子中却没一个会针线，结果是，家族的针线活既在她手上鼎盛，也自她断代。

我从小到大与外婆一起生活的十几年里，几乎没有一天不见她做针线的，主要是缝鞋，一是从街道布鞋社领计件纳鞋底，做了好多年做到布鞋社解散。再就是不间断的给家人缝鞋，这活儿从头到尾都自己来，开初几道工序我做外婆的帮手。首先是打袼褙，外婆用平时攒得的新碎布和还可用的旧布头掺杂着打袼褙时，我搅面浆刷面浆，刷一层，外婆拼粘一层布，打成一块数层厚，可裁两三双鞋底的袼褙，拿去天井晾晒，干了收回家，拿到棉絮床垫下，靠人睡觉时压铁。最后把压好的袼褙卷起来，放进外婆装碎布的大木柜里待用。

做鞋要铰鞋样，那时我家的废纸只有我们用完的作业本，外婆就用这纸铰鞋帮样。铰鞋底样，外婆只舍得用笋壳。翠湖有竹篷，每到笋壳脱落季节我们都要去拾，边拾边把笋壳背面一层戳人的绒毛给擦掉，拾一回，身上痒几天。做大人鞋子的鞋样都固定了，所以笋壳的鞋底样被反复使用得发亮，外婆不识字，为区别谁的鞋用哪个鞋样，用刀在笋壳上刻符号，大概仓颉造字之前的原始人用贝叶、笋壳记事，就这样子。

小孩的脚年年长，鞋样一年一个样。铰这类鞋样非常考人，一双新鞋缝好放到过年穿，那时孩子的脚又长大一截，新鞋尺码估量不准，到时候要么小了穿不进去，要么大得趿拉穿，所以邻居没有不来请我外婆铰鞋样的。

袼褙和鞋样备齐后，外婆把鞋样用针固定在袼褙上裁，把裁好的袼褙一层层叠起来成只厚鞋底，再用铁锤反复锤打，使之铁如石，然后在一面上裱层新白帆布，一只光鞋底就成了。接下来是纳底。纳鞋的线叫底线，一般是纺纱厂纺的白色纯棉线，还有粗麻线。我的活计是把一支支的底线绕成团——坐小板凳上，把线往两个膝盖头上一绷紧，就绕线团了。绕线团急不得，一急线就乱，打死结解不开，只能剪断，这时候不挨大人两巴掌也要挨骂，因为纳鞋底最怕线头多，多个线头就影响鞋底的牢实程度。比棉线牢实又廉价的底线，有农村人手纺的麻线，最牢的是轮胎上的线。从废轮胎上拆线是力气活，又容易把手划拉开口子，弟弟上小学后外婆都让他拆线。尽管使力的几个手指都戴皮指套，拆完线，弟弟一双粘满黑乎乎橡胶粉的小手，总有几道血痕。用轮胎线纳鞋底，更加伤手，外婆的手掌手指都带皮套，手上露在外面的地方一样血迹斑斑，伤得重时，一两天纳不成鞋底。可能为赶活儿时间急，外婆手受伤后，让小外孙坐到木夹板上，换上小儿鞋的薄鞋底，教这个十多岁的男孩用白棉线纳，所以弟弟记忆里自己只用白线纳过鞋，不过他脑海里铭刻下的是轮胎线，因为用轮胎线所纳的鞋底，结实得铁板一块，他怎么穿都磨不烂。

说了鞋底，来说鞋帮。鞋帮也用袼褙裁成，里子用层新的生白布，面子用层新的黑灯芯绒布或黑绒布，用黑棉布沿口包边。鞋子的常见样式，男鞋有剪子口、小圆口和扣襻的，女鞋有方口和圆口，这些鞋做起来，最考究的是剪子口男鞋，样子看似简单，实际上没有一定功夫，很难把剪子口缝得剪子一样尖。外婆的儿媳是破落大户人家姑娘，很见过些世面，非常羡慕婆婆做的剪子口鞋，说缝尖尖口的那点针法，自己一辈子都学不了。我格外喜欢外婆做的剪子口鞋，不是懂得其中的明堂，是因为父亲爱穿，上班回家换上一双旧的，到省外出差带上双新的，在上海、苏州与当地同行合影照片上，也穿着外婆做的这种鞋。那时候我们大杂院甚至整条巷子，能够因工作出差到北京上海的只有一二人，父亲是其中之一。另外，家族中的男性大多穿那种便于行走和干力气活的扣襻鞋，只有父亲总穿剪子口鞋，我由此发生联

2006年2月，作者母亲（前排左）回故乡黑井小镇，在绣花鞋摊上触景生情，对陪同的女儿和儿媳回忆起自己童年。

想，认为外婆做的剪子鞋，"洋"气。

对上小学四五年级穿过的一双布鞋印象最深。那时学校停课闹革命排练革命样板戏，我们班演《白毛女》。演白毛女的女生穿舞鞋在教室排练时，由我们唱"北风那个吹，雪花那个飘"的歌为她伴奏，她没穿过舞鞋，手扶黑板支撑身子踮脚尖，手一放人就倒，弄得我们为她一遍遍重头唱。她几试不灵后，我们扔下她不唱了，比赛时踮脚尖来。比赛结果是我踮脚尖站立的时间最长，还可以轻松比画几下"北风那个吹"的单腿凌空动作。其实不是我脚尖有功夫，是我脚上的白毛边黑灯芯绒帮的布底鞋，又厚又硬，比舞鞋还稳。老师当场叫我把鞋脱给演"白毛女"的女生练舞。

上初中有年春节，我穿红衣红鞋一身新地跟外婆和母亲乘火车到她们老家的亲戚那里过年。上衣布料是水红色灯芯绒，外婆拿到裁缝铺请人缝，剩下的布外婆用来为我缝了双方口鞋,鞋底用白布绲边,我穿这双颜色艳丽的鞋,舍不得踩地上。亲戚家的门外就是铁轨,有天我们一大群人沿铁轨去一个村庄吃婚宴。外婆小脚,靠人左右搀扶走木枕。我跑最前面,两脚在一根钢轨上走,走单杠一样不稳,我又乘势把脚抬高,炫耀脚上被晨光照得红彤彤的鞋子,走得左摇右晃。外婆眼睛尖,她被众人簇拥着,又要低头看脚下的木枕,还是几次发现我那样走路,见一次斥责一声:"小萍,你人面前疯,小心崴着脚!"几年后我看一部讲穿红舞鞋跳芭蕾的女演员的外国电影,才晓得曾经自以为天下最美的这双水红色布鞋,有多土。可如今这双鞋在我心里,又恢复到我穿它时的美妙,世上再漂亮昂贵的鞋也不能与之相比。

我到上初中都以为自己脚上的布底鞋比女同学们的漂亮而得意。上高中变了,外婆尽管变法子给我做鞋,时兴什么马上做什么,比方时兴塑料底鞋就做塑料底的,我可不管这个,眼见同学们一天天多的穿上商店买的胶鞋或皮鞋,失落了,怕人笑"老土",在学校里,一双脚别别扭扭地伸不出去。

以外婆做的布鞋为美的岁月,街巷皆是被世世代代人走得光溜溜的青石板路,雨天的路上,石板光亮得照出人影儿。巷道变成水泥路,大街铺成柏油路以后,除老人之外,人们都穿商店里买的鞋了。我是高中同学们当中最后几个穿布鞋毕业的,下乡当知青后自由了,与外婆缝的鞋来个彻底告别。

穿外婆缝的鞋至命终的有两个,一个是她远在家乡的瞎眼老母，每年要缝双鞋托人捎回去，以至老人临终时，木柜里还存有几双新崭崭的三寸大的鞋。外婆带我回去服丧，我见大人给停在灵柩旁门板上的外曾祖母穿鞋时，穿了双黑色新布鞋，就想起曾祖母木柜里有新的缎面绣花鞋，小圆口薄底，于是问大人为什么不让外曾祖母穿漂亮的鞋走？回答说穿缎面鞋，来生变蚕虫。另一个就是外婆自己，她的脚缠过又放开，是双半大小脚，一辈子只能穿自己缝的鞋。她的鞋缝得都简单，既没有我外曾祖母那样讲究的，也比不上家里其他人的，做给我们的鞋，针脚细，布料好，样子翻新入时，她的鞋双双一个模样——毛布底的单襻鞋，鞋帮用布是黑粗布，最好的用黑灯芯绒，我小时候眼里，外婆所缝的鞋，最丑的是她缝给自己的。我长到能洗鞋袜的年纪，家人的鞋都让我洗，洗布鞋很费水，不能用出钱买的自来水，要积上几双脏鞋，用拿去邻院的小水井那里提水洗。鞋不论是谁的，均为外婆一手缝，可我一盆水洗起全家人的鞋来，洗到最后一双才是外婆的，不是这鞋特别脏或难洗，是我嫌它丑。布底鞋吸泥土，穿穿就粘得鞋底样厚的一层，磕打后也洗不净，加之这口井，水浑的时候多，一盆水要把几双鞋洗遍，洗到最后一双已成泥水。外婆就这么一直穿我洗的鞋到我高中毕业离开家，丝毫不觉。

外婆去世多年后，我在父母衣柜里找东西，从角落里翻出两双鞋帮和底子全黑的布鞋，一双剪子口男鞋，一双方口女鞋，尺码比平时大一两号，原来是外婆生前为我父母准备下的寿鞋。两双鞋提在手里石砣砣地沉，心里纳闷起来：活人穿这样牢的鞋都不易穿烂，在冥界能"穿"得坏？看外婆的心思，到哪个地方都在呵护子女们。外婆过世二十年后我父亲溘然长逝，因是在家里寿终正寝，得以从容准备善后事。父亲临终前让我找他的剪子口寿鞋，几天后我才翻箱倒柜的找出来时父亲已说不出话，我掸去寿鞋上的灰尘拿给父亲过目，他一动不动躺在床上抬眼皮看了一眼，下巴点了点表示可以了。父亲断气后给他穿寿鞋，一双脚全僵硬了，鞋却大小正合适。我们感叹起外婆来，她几十年前千针万线缝这双鞋时，怎么估量得那么准。父亡后两年母亲也走了，这期间因旧居拆迁和过渡居住了几个地方而搬来搬去，把家当扔的扔，送的送，混乱中，母亲的寿鞋不知下落。母亲猝然离世时，我们从冥品店里买了双价格不低的寿鞋给她穿上，那鞋劣质得让人看不下去。外婆地下若有知，该怎样的数落我们？

外婆为家里所有人缝鞋，缝到眼睛还看得见缝，手已捏不了针的生命最后一两年，如果让她途中停下，等于剥夺了她人生的最后乐趣似的。在这最后时间里，她专门缝软底的婴儿布鞋，这是她缝的最后的鞋。那时我已当知青回城工作，有天家里只有我和外婆两人在，我在桌子上埋头读书，坐床旁缝针线的外婆在那里有句没句的自言自语，"能绣朵花骨朵就好了"这句话，我听进了耳朵，但没接茬。好一阵又听外婆叹气道："人不济事喽！"我听得心里有点凉，就扭头瞧，见外婆迎着门外照进来的光线举起一只手，手掌上托着一对丁点儿大的婴儿鞋，两眼对着小鞋左瞅右瞅，眸子闪着光亮，眼角深深的皱纹舒展着。鞋子小巧玲珑得可人，而托着这样一双小鞋子的手，指关节变形得像树疙瘩，这一幕铭刻进我脑海里再也忘不了。

我历来对针线活不感兴趣，外婆缝得再好我只是多看几眼而已，眼下她缝婴儿鞋，我一样不在意。没想这天，外婆喊着我的乳名把我从书本上叫起来，指着床沿一字排开的四双婴儿鞋对我说："留给你和你弟弟的，一人两双。"我一听，脸红到耳朵根，那时我还没有论婚嫁，弟弟才读初一，外婆这话让我在心里嗔怪起来。

十多年后弟弟有了儿子，当我亲眼见这小人儿来到人世穿上的第一双鞋，就是那天外婆可可地放在她手心上的那对小丁点的软底布鞋时，眼眶湿了，心里默默道："外婆，你重孙辈中最后一个出世的，都穿上你生前预备缝下的鞋，我为你看到今天了。"

自给自足时代为妻为母的女人们一辈子手不停地为自己上下几代亲骨肉缝鞋，为他们老而死，生而长，大而老，无一挂漏地缝鞋，她们的体温气味和母爱，也自然而然缝进了鞋里，如密码般在每个亲人的脚上传递着，这是农耕时代才有的天伦之鞋。

一生化成一句叹息

我在外婆身边长大，印象中的外婆总是埋头针线，少有停下来闲一闲的时候，自然也就不大说话，说也短，一句是一句的，落在地上能压出个坑儿。她生前对我说过的话如今差不多忘光，唯有她偶尔对别人说，一说总令四座缄默，与我无关的一句话，却被死死记住了，这样说："我是戳手指头哎！"她说这话儿时声调缓缓的，淡淡的，奇怪的是我听这句话，还在年幼不谙世故的时候，心里就过电一样烙印下来，年岁渐长后听起来，听得起了恻隐之心，外婆离世快三十年了，这句话成了她在我耳畔萦回不去的喃喃私语，我一直闹不明白为什么。直到我有机会接触外婆生活了半辈子的老家——黑井小镇这座全国历史文化名镇的历史，又几次到小镇那座大名鼎鼎的节孝石牌坊下体味，终有所悟。

黑井虽是座小镇，现在看来更是袖珍得可以，不过是两座大山相夹的一条小河即黑井大河岸边狭长地带里的镇子，但它在元明清至民国的五百年间里，却是云南的盐都，因为这几百年间它所纳的盐税，占云南全省税赋的一半。清光绪二十七年，小镇树起一座铭刻当地历朝历代87位节妇烈女姓氏的石牌坊，皇帝御书"节孝总坊"匾额加以旌表。光绪三十二年（1907）农历八月十四，外婆在这座小镇锦绣坊一户姓萧、做豆腐的人家出世，身为长女的外婆从小学绣，为街坊做针线，萧家豆腐没做出名，萧家姑娘的绣花倒是红杏出墙。外婆小姑子我叫她"胖奶"的，曾对我母亲这样描述我外婆："我嫂子，是人尖尖，非巧百巧的。她做姑娘时，就把黑井一街的花都绣过来了，花朵儿绣的摘得下来，鸟儿绣到飞得走，童子帽上的小人，绣的细苗苗走得出来。"外婆那时候的小镇有六七条街，六坊，十七八条巷，不到千户人家，给绣尽"一街的花"的话打个折扣，为五六百户坊邻绣过花，理儿差不到哪去。

我外公李家在小镇商业中心的利润坊中段，是座店铺面街、后花园临黑井大河的三进院，外婆嫁来时，李家人在此已居住了四五代。外公是长子，学过西医，在家里开了个可以做外科手术的医馆，黑井盐缺碘，生大脖子的人多，外公做得多的手术是切除肿瘤。中国工农红军过云南楚雄州那年，外乡来请我外公去做外科手术，那里瘟疫流行，外公还是去了，结果染病倒下，高烧昏迷的几天里，国民党军追剿红军路过外公去治病的那个地方，当地人能逃的都跑了。外公尸骸被抬回家时，家人见尸体的腋下还紧紧夹着个体温表。外公是李家梁柱，暴病殁后，不仅家族从此没落，还遗下5岁的儿子、2岁的女儿和25岁的妻子。

此际的黑井因官盐产地转移到了几个驿站以外的地方，结束了盐都的霸主地位，加之常年战火，小镇在这双重打击下很快破产。李家人让长子学医本是应变之策，不料家族传统的经济支柱随时代迅速瓦解时，外公这个新梁柱，刹那折断，家族中又无以为继，没人可支撑。外婆不识字，担当不了亡夫的事业，原本的生活来路彻底断了，接着又雪上加霜，被家族逼着分家，只给一格铺面和一间小屋让孤儿寡母自谋生路去。一而再降临的灾难让外婆几番寻死，在我外公墓碑上撞昏死后又被救活，脑部由此落下的病，伴随了她终身，还是晚年致死的直接原因。

黑井小镇毕竟大富了几百年，衰落之初十余年间，镇上对绣品需求不至于一落千丈，还保持不小的势头，比如嫁姑娘的人家再穷，起码要备两对绣花枕头一床绣花被面，富人家单是绣花鞋就要备二三十双。外婆做闺女时还绣花卖钱帮助家里，嫁进李家后自然不用，只是一家老小穿戴日用全靠她来缝，针线仍旧离不了手，丈夫命毙后没别的活路，正好靠做针线糊娘儿仨的口。柴米人家出身的外婆受得苦，以绣花为衣食后不仅养自己的两个儿女，供孩子上学，妹妹病故后，还抚养起其独子直到成人，自己儿子到娶亲年龄时，按规矩完了儿子的幼时订婚。这期间的李家却一天天坐吃山空而衰败下去，外婆看着不忍，把年纪只大自己女儿四五岁的最小一个姑子，叫来跟前，教她绣花，让她日后好招姑爷上门。

胖奶是我外婆绣艺炉火纯青的时候整天跟在面前学绣的，她老来忆起还历历在目，说得有眉有眼："我嫂子绣富人家新娘的一双'踩堂鞋'，单是在鞋帮上描图案就非常讲究，用毛笔蘸白泥画，兑稀白泥，要用人奶水兑，不能用别的，只用人奶兑。鞋子两边绣龙凤抢宝，外边绣一条龙，里边绣一只凤，鞋头绣一株福映花，鞋尖尖绣一颗龙珠。"她描述嫂子绣的菜叶帽说："上面绣个小娃娃细苗苗让人爱不说，还用各种颜色的绸缎，缝些瓜菜，一轱辘团转缀上去，那小滴滴的白菜，茄子，豇豆，掐下来吃一样，缝得那个像，我咋个学都学不了！"小镇人家孩子满周岁要戴六瓣童子帽，帽子上缀一圈布做的四时瓜菜，得名"菜叶帽"。

我外婆一门的手艺，本应传给唯一的女儿，可惜我母亲自小眼睛就半盲学不了。外婆让家道中落的小姑子学绣，既让小姑子有个生存之本，也是传手艺给自家人。但我这位胖奶吃不了那个苦，因为我外婆要求她每天鸡叫头遍起床绣花，夜半三更吹灯睡觉，小姐出身的她受不了，以至于事过六十多年的今日，她对我母亲忆起这个来，言语中还隐隐犯难："嫂嫂早起绣花,天黑蒙蒙,舍不得点油灯,端小板凳坐天井里,借天光绣花。黑井秋冬风大,嫂嫂坐廊檐下,风在耳边呜呜叫。"受不了的还有绣花必需的洁净,胖奶继续说:"嫂嫂绣花前,一双手是洗了又洗,干干净净才配线、擗线,拿起针来。衣裳也要换干净,样事事齐整干净了,才坐下来绣花。我手指甲缝有点脏污,嫂嫂都不准我拿绣花针。"这位胖奶学到末了只学到些粗针线,缝点自己穿的。

  清末民初的黑井,李武是两大姓,李姓多为官,武姓多是盐商,小镇首富就是武姓中的下武家,这两大姓几代联姻,形成"李武一家"。外婆的儿媳与下武家一个家族,是外公堂妹嫁进下武家所生的女儿,这位嫁回李家、有世家身份的武姓媳妇,活到老都没说婆婆一句其他的好,唯独在针线活上佩服得了不得,她爱跟人说自己的婆婆:"我妈年轻时候绣花,黑井只有一人及她。那人还只是绣,我妈不只是绣,还自己画,花样翻新,有时候连花样都不需要画,想想就下针。那人照花样绣出来的,还不及我妈随意绣出来的灵秀,单是她做的那顶'菜叶帽',上面一圈的瓜瓜菜菜,谁缝得来!我娘家的娃娃哪个不戴我妈缝的菜叶帽!富人家的针线,有几家不是我妈做的!"这位儿媳不服做豆腐人家出生的婆婆也不行,婆婆独自一人硬靠绣花把日子熬出头,按"李武一家"传统,用不薄的聘礼把她娶进家,她也只能承认婆婆是"节孝总坊"楹联上刻写的那种"完人"。

外婆变尘土后很多年，胖奶在我母亲面前这样评价说："我哥哥死后，嫂嫂她贞正，就守着一双儿女过。"这句评语，是族人赠我外婆的贞节牌坊。外婆身边人尽知她绣艺之高，但能道出每件绣品背后的凄楚与惨淡，还是贞节牌坊上的"苦节"两字，所以外婆任自己的绣花怎样被人交口称赞，她内心的滋味，不过是"戳手指头"讨生活而已。正因为如此，外婆唯一可以寄寓梦想，表达内心情感世界的针线绣品，一针一线里，怎不自然天成，怎不巧夺天工而众所不及呢？可惜外婆对自己绣品的认识，仅仅是实用，一旦无用也就不再做——她是在四十余岁绣艺达到佳境时不得不放下绣花针的，用胖奶的话来解释是："解放了，黑井人一夜之间爬起来就不穿头天还穿的绣花鞋，要穿解放鞋，我嫂嫂说生活讨不走，上昆明去帮人。"移居昆明后的外婆，后半辈子里虽然也是针线不离手，但只做鞋了，偶尔绣对枕头套之类的，是留给后代结婚做个纪念，没人需要她绣花，她的绣艺后继乏人，盐都五百年传承下来的这点儿绣艺，就这样在外婆这代绣女身上终结。外婆绣花一世，可在我这里没留下一点绣品，只留下她咀嚼自己命运的那句叹息——"我是戳手指头哎！"

原载2011年9月30日《工人日报》

零碎境界

最近美国驻北京大使馆举办21世纪美国25位拼布制作者《化零为整：The Sum of Many Parts》中国巡回展到了昆明，《大公报》驻地记者莲子前去采访，邀我一起去看展览，说女人对拼布有天然兴趣。我觉得没看头，不过中国人穿衣靠自家手工缝制时代的老太太布头线脑之流。转念又想，当今世界消耗资源第一的美国人，怎么变得像节俭惯了的中国人似的怜惜起这点零碎什子来了？倒要去看看。狭长的展厅里观众寥寥，可我才看开头几块挂墙上的拼布，脑袋顿时发懵，忘了身置何处，一一指着上面的图案对莲子说，瞧，这花样是我老家座垫上的，这是我家背被上的……几乎是我外婆几十年前一点点拼缝起来，花样差不多的东西啊。小我一辈人的莲子也很诧异，说她小时候家里也用过这类东西。

展出的拼布俨然一幅作品的神态，但那些图案，尤其是开头几件主要作品上的黑底布上由深浅不同的红布和黄布点缀拼出的八角花，六七种颜色拼出的小方块，五色布拼出的四瓣花等等我所熟稔的图案一个个猛然出现眼前时，我没觉得是作品，是我幼年时的生活用品，一下子分不清拼布者，是我那作古已久的外婆，还是作品说明书上介绍的那些与我年龄相仿的外国人？作者中有出了几本拼布书的航天工程师，有医生，有教拼布二十余年的教师，有创立"拼缝生活之被"艺术的专家等等，我无法相信这些隔着大洋，隔了两代人，又是专业人士的美国人，会与我外婆这样的大字不识，以针线为衣食的中国低层妇女，竟然有大致的审美情趣，拼出相差无几的图案。由外婆一样每天油盐柴米的家庭妇女们拼缝，随老昆明白墙灰瓦大杂院民居建筑消失而灭迹的拼布，又在美国冒出来并成为一种时尚，不禁想到，外婆们为节俭过日子而把缝衣做鞋剩下的线头布脑拼缝成的东西，怎样就挨上艺术了呢？如此平庸琐碎的生活，怎样就成了艺术土壤了呢？

如今布料应有尽有，丰富得让年轻人想不出上几辈人缺布少衣的日子是什么个样子，对拼布艺术的理解以为是一种别出心裁，把不同布料剪碎拼起来，拼成这样那样好看的图案，像现在都市角落里的涂鸦艺术。我是经历过新中国那段缺吃少穿岁月的一代人，《化零为整：The Sum of Many Parts》

的展览尽管来自大洋彼岸，还是一眼就看出拼布这门艺术的中国式源头。

我自出生长大的二十多年里，中国人凭布票购布，每年每人只有几尺棉布票，国家领袖穿衣都是"缝缝补补又三年"，百姓没有不穿补丁衣的，不会节省的人家，一年到头都穿不上套新衣服。我家外婆当家，她的身世养成了事事节俭到极点的习惯，家里所有铺盖被单蚊帐，她补了又补，我们的衣服穿到补丁缀补丁，所以我家每年都节余得出布票来接济乡下孩子多的穷亲戚。外婆离开人世时，取消布票仅三年，她的遗物中不单有很多拼布的家居用品，还有一木柜积攒一生的新碎布，用来补家人的衣物和拼布成各种用品，每一片碎布都是她的宝贝。外婆去世前把碎布按颜色、花口甚至面料的不同，分类整理成一卷卷，有上百卷之多，那意思是留给后人用一辈子。这段经历使得拼布这种东西在我脑海里打上这样的烙印：是平头百姓节省度日的招数，生活一富就没人瞧得上眼，扔掉它扔了穷困一般，既然是长达三十多年物质匮乏所致的民间生活用品，怎么也不会与艺术联系起来。

是眼前的展览我告诉，拼布是一门艺术。从这样的视角反观外婆迫于生计所做的拼布，感觉还真是那么回事。

外婆们的年代，布料品种少得只有数得出的几种，要把有限的几种碎布组合拼成不同花口的图案，已经考人，再上个层次，拼成更复杂的图案，没有艺术创造力就不可能了。

外婆的针线活中，拼布只是偶尔做，缝的最多是木凳子的坐垫，可能是将就现有碎布拼图案，也就拼得一个与一个不同，比如拼花朵的图案，花瓣少到三瓣多到八瓣，拼三角形的图案，从单个的到连环相套，图形变化无穷得像我们那代人小时候都玩的万花筒。外婆拼布做的婴幼儿用品，有披风、屁股围裙和背娃娃的背被。

在外婆所有拼布当中，我一想起来仿佛还拿在手上、留着亲人气味的，是父母和外婆背了我，后来又背大弟弟的背被。这是个分里层和面子双层的背被，里子是一块完整的黑棉布，面子就是碎布拼缝的拼布，用了白、黑、咖啡、红、蓝五种净色布和一两种花布，拼出的图案格外巧妙，一晃眼看是一行行的四瓣花，细看花瓣儿，又是个外圆内方的铜钱，又放眼看，是这里一朵那一里朵的鱼尾形的菱形花，感觉变魔术似的。这个拼布的布片形状不一，大大小小有上千块之多，拼缝起来后，硬得像工人穿的帆布劳动服。有次我背着一两岁的弟弟跟外婆到常去的一家布店用布票买布，有位新来的年轻女售货员直奔我身后盯着背被左瞧右瞧，啧啧的赞叹着要我外婆教她拼这花样。柜台后面用木尺子给顾客量布的老员工们笑了，七嘴八舌道："你莫学，拼这花口，人眼睛要拼瞎的。"当中熟悉我外婆的说："这点针线，几人能学？人家独自一人养大两个娃娃，就靠拈针绣花绣朵！"外婆指着我对那位年轻售货员说："背被十多年前就缝了，背她的。那时眼力及，拼缝这种花还不会瞎眼。现在只拼得大瓣花了。"

外婆去世头年还拼出一对方形坐垫，但是背被上那样复杂得令人眼花的图案，我没亲眼见她拼过，那是她在我没出世前的中年时期的手艺。外婆拼布全是自家用，不值什么，拼得再漂亮也不值钱。我至今都不清楚拼这样讲究的背被要有怎样的功夫，揣测外婆不怕伤眼睛拼缝如此高难度的图案，其中一定有良苦用心，联想到她年轻时的苦命和我母亲生我之前接连夭折两个孩子所受的打击，她在这个背被上花的心思，肯定非同寻常，也许有祷告。

记得布店售货员依葫芦画瓢裁好布料，到了拼缝一环时，怎么缝都不成功，周围没一个能缝，又请我外婆。外婆拼缝几块后爪手爪脚，也缝不成功，最后就将着布片缝了个简单的图案。尽管背大了我和弟弟的这床背被如此稀奇，外婆自己和家人都没把它当回事，把自家娃娃们背大后，家族中或邻居们哪家生孩子给要去了。想象得出它的结局，背孩子背烂成一团破布后给扔掉。

距这事四十多年后来到昆明的《化零为整：The Sum of Many Parts》展览，让我着实目睹了过去中国人对付穷日子的拼布，今日在美国如何升华为一门带着不远的记忆的新兴艺术，不禁嘘唏：外婆和邻里们手缝的所有拼布，要么用烂成垃圾，要么随老城四合院建筑消失而被弃，尸骸片甲不存，与此同时，拼布却在世界头号强国那里一派生机。沮丧之际又惊喜：人类在现代文明进步以大量消耗资源为代价的不安中，以"化零为整"的形式来表达惜天物的诉求，不论是富日子里的这种返璞情感，还是穷日子里拼布以补日用的匮乏，根本上都指向人心深处的一种快乐——物尽其用，这何尝不是人类的自身拯救？

原载2012年12月10日《工人日报》

一只旧木柜

近来总是无端地想起外婆遗物中一只大木柜和里面的东西，那是二十多年前被视为无用的东西给遗弃掉的，如今心头一泛起这事，对自己嘲笑不已。

外婆要到另一个世界去之前，早早地把自己节衣缩食攒下的一点钱和用过的几样值钱物，各有所属地安排给了后代们，只有一大一小两个木柜和里面的东西，没安排给谁，后代中也没谁愿意要它，所以拖了两年都没有指名归谁，又舍不得送人，到闭眼时这两个柜子都没有可归之处，原地放着，听其自然，身后让儿孙们处置。

大小木柜用得很有年头了，边角磨秃，漆脱落，露着木头的花纹，也不知是什么木材做的，扎实是扎实了，就是沉得像石头，尤其是大柜子，小时候外婆让我取放东西，我得一手抓住铁扣，一手使劲，才把柜盖掀开来。

小柜子里外婆放些七古八杂的旧东西，大柜子是她的针线柜，我自小见里面放着的东西总有大半柜子，整整齐齐一点不乱，我对这些东西不感兴趣，但柜子里随时有的一种淡淡的新布气味，却令我印象很深，在今日标着百分之百的纯棉布上都闻不到那种味道后，才明白那是新摘棉花织出的布上独有的芳香。

外婆去世，家人打开外婆床脚的大木柜，看里面是否遗漏下什么值钱的东西。翻遍了，只有针头线脑和数不清的碎布，这些东西把柜子装得铁铁实实，上百的碎布卷和一个大针线包占去大半柜子，最上面是一大卷做鞋垫和鞋子用的袼褙。大针线包里有很多小包，分门别类地装着针和线，一点不掺杂。碎布头全是新布，是外婆做针线一生的积攒，有缝全家三四代人衣服剩下的平常棉布，有街道裁缝铺给的各种花布，还有解放前富人家给的绸缎，外婆把碎布以花口、颜色、质地、大小不同分类卷成一卷卷，叠摆放得一件是一件，连个折角都没有，四四齐齐得好像要封存起来。

大木柜本身够沉，一柜子的东西又压实得没一丝空隙，重得两个壮劳力才抬得动，所以处理这件遗物时，家人当中不仅没人要柜里的东西，更嫌木柜笨重占地方，谁都不要，要拿去当废品处理，没地方收旧家具，要扔掉还没个地方可扔，要劈掉，一时还找不着斧头。一道板壁之隔的邻居三奶奶闻讯后急忙赶来，不单要木柜，更要里面的东西，说缝缝补补什么都用得着。我们院坝十来户人家，当时还有老人在世的只有我家和三奶奶家，外婆一走，就剩隔壁家，所以整个院子里只有三奶奶乐意接收外婆的这份遗产，让儿孙们当宝贝似的一样不少抬进她的屋子。

我当时年轻不谙世事，但毕竟是外婆带大的，见外婆一走，大人们把她用过的东西一样样清理出门，最后剩下难以处理的大木柜也被邻居抬走，心里倏地想抓住点什么做纪念，这才叫来抬木柜的邻居停下来，让我留几样东西。打开大木柜的盖子，从针线包里顺头上的东西一样拾了一点，又顺手把我非常眼熟的外婆每天做针线使用的顶针、锥子、挑针眼的小剪刀和给线打蜡的蜡团，也捡起来，最后又挑出一个草编的小针线盒给装满了。几年后我成家，哪想这盒遗物竟然成了我生活中的必备工具，从那时至今二十多年里，我无须买一根针一根线，每要缝补什么，抬出盒子来一找，要什么就有什么，好像不是我临时临尾随意留下来，而是外婆冥冥中为我备下的，我未来生活所需，她样样为我备齐了似的。如果是这样的话，外婆为我着想得就太遥远了，因为这盒针线里的大多数东西一直没用，或许下一世都用不上，单说那些针，多数一包包原封未动，而且型号多得我不知道怎样使用它；用子弹壳和小药瓶做的针筒里的针，是外婆不常用的，里面放了小儿爽身粉，没一根针生锈；外婆每天必用的针插在针包里，针包是外婆自己做的，花布的面里，芯子是头发，从线缝里露出的灰白发丝看，是外婆的，为此庆幸不已——无意间竟然把外婆的头发给留下来了，这小小的布针包里插着的大小七八颗针，完全够我用了，最小的一颗我的手指捏起来只剩个针尖，没法用，最大的我用来绗被子，其他的用来钉个衣服扣子，补个裤子洞，缝块布什么的。我留下的两个顶针也让我庆幸无比，被外婆戴得滑光光铮铮的两顶针，上面都缠了点布，可能为了不磨破手指的缘故，这点布污迹斑斑，不是外婆手指上的汗迹，也是血迹，尽管顶针缠了这点布，可无论拿哪个戴上我的中指，无不恰好，可见我的中指跟外婆的中指一样粗细，单单这点丝丝入扣的吻合，让我内心充满了一种来自于血统的神秘感，很给我安慰。我留下的线有丝线，棉线，麻线，缝纫机线，细线，粗线，单色线，颜色线，没想到我随手一留就那么丰富，这些线使用起来，粗到绗被子的中粗线，细到补家人各色衣物所需的细线以及各色线，没一样缺过。这些针线我一用二十五六年，终于意识到，我从大木柜里拾出来留下的这盒针线，就像从大水缸里舀出一瓢水，而就这么少的一点东西，我用了若干年仅用去很少一点，可见外婆一生养家糊口所用过的针线，于我是汪洋，在我有限的见识里，一个人一生使用的针线像外婆这般海量，工具又庞杂到这份上，该是极致了。

可悲的是，我用了那么长的岁月才醒悟到那只被我们弃之如履的大木柜，里面装着的是一批精神财富！回头体味起外婆垂暮之际整理自己从十一二岁拿起就没放下过的针线和几十年间一块块攒起来的碎布头，多么孤独而伤感，当明白了后代都不要她这些伴随自己一辈子、养活了两代人的东西时，一定不止一次在心里嘟喃："这些针头线脑虽说不值几个钱，它可是谋生的家当。自己一个寡妇家全靠缝针线，才把儿女们拉扯长大，给他们成家。可是自己活到有曾孙时，后代中没有一个吃自己这碗饭的不说，连要下这些东西为自己和家小们缝缝补补的人都没有了啊。"我揣摩外婆无奈之下，把想说又没人听的话儿，一股脑地放在一木柜的针线布头里，转而为自己整理起一生的脚印来，所以才把一柜子亲人都不要的东西，整理得为封存一样有条有理，以此告别人生。

外婆身后十多年，她终老的老屋，老屋所在的老四合院，老四合院所在的古老小巷，在老城改造中拆得没一点痕迹，老邻居们各择居所，茫茫不知去向。曾把旧木柜视为宝的那位老人，也许不在世了，她的后人一样不会需要木柜里的针头线脑，木柜也不大可能留在世上了，如果在，我也不会去寻，我宁愿相信是外婆用这种方式对她的后人，继续说着生前说了却没一个能听进耳朵里的话。

原载2011年3月18日《工人日报》

过年见山茶

昆明过年时开的花儿，没有一种像山茶花那样准时开在整个年节里，也没有一种的颜色比得上山茶花火红，纯粹是过年的花，所以只要可能，昆明人过年要去赏茶花，见了山茶花，年味中的自然春色就不缺了。

近一两年，改造一新的昆明老城从公园到主要街区开遍了山茶花，其中花事最特别，人气最旺是翠湖，这个公园由里而外直至周边街道整个儿变成座偌大的山茶花园：花树夹道的马路上，川流不息的小车的车窗，被茶花映得个红红绿绿；摩肩接踵的行人在花枝招展的石板道上迂回，花朵不挂腮边就在眼前闪现，要不就在腰际探头探脑，路上有山茶戏人，湖面有海鸥飞起飞落逗人，一幅何等淋漓酣畅的山茶海鸥闹春图。

三十多载的昆明老城里,西伯利亚红嘴鸥年年飞来翠湖越冬,每年都停白了湖面,而原本在传统民居四合院里都有的滇地名木红山茶,却难见一株,因为老房子没了,家花一样的山茶无处生。岁月更迭,人世往返,现在的昆明老城每到岁末,经年不见的山茶花,又一夜开红。

老昆明人过年不见茶花不成年。三四十年前出门乘车不方便,雅兴大的人家扶老携幼老挤公共汽车到高峣,爬西山上华亭寺,赏那棵支撑了无数木棍还觉得撑不住一树繁花的古茶花,次些的爬金殿公园,那里有一山的茶花林,两处茶花皆是名满天下的滇茶,花朵有碗大,红艳如火炭。远处去不了的就近逛翠湖公园,里面全是名茶花,因是盆景,样子又长得像其他花,觉得与看牡丹月季没太大不同,所以我尽管把课文里杨朔写的翠湖童子面茶花自小记到现在,盆景茶花老让人找不着赏茶花的感觉。难道我有过赏茶花的经验?张岱赏逍遥楼滇茶的文章让我方知,自己没有这份雅致,仅仅是普通昆明人过年不能不吃饵块粑粑一样地不能没有茶花,是种过年的习俗。

茶花本土本地,昆明的山上没有不长的,在如今农村破旧小庙里撞见株一二百年的山茶树也不为奇,城里过去的民居粉墙灰瓦,墙内多少都有棵山茶,最不愁是茶花。等到四合院由一姓一户的院落变成诸姓杂居的大杂院,一间屋子挤下几口人,不得不把院中山茶挖了腾地方,盖棚搭偏厦住人,过年要见茶花，自然一年比一年不易了。

茶花树没了，过年就买花插，一家人在挤得只够打转身的屋子里，年三十那天桌上不插一瓶红山茶，地上不铺绿松毛，这个年会冷清得过不起来。山茶花都是乡下人背进城来卖，腊月小年一过直到年三十大早，大街小巷就有了头戴蓝布巾或公鸡帽，着蓝布对襟衣，穿绣花布鞋，用额头顶着一背篮山茶，手臂里还挎一蓝布包茶花的村妇乡姑身影，她们上山采花，几枝一把用棕树叶捆了，天未亮就赶进城卖，花枝还湿漉漉的。卖山茶花不用吆喝，边走就卖完了，那油绿绿的叶子红艳艳的花儿，人老远就望见，路过的妇人们见一个买一个，那条路上都是手举茶花的行人了。乡下人拿进城卖的山茶花是野山茶中最普遍，适应性最强的一类，花瓣虽然单调，花朵最多拳头大，颜色不能与人工培植的比，但五六枝十几枝地插一瓶，就一屋子的热闹，不亚于在山野里的劲头，而且可以在花瓶里慢慢地开，开个把月，过到元宵节开得正盛。

我住在翠湖北岸一条老巷的大杂院里那几十年，买山茶都是外婆的事，我管插花。家里唯一的花瓶是外婆从她老家黑井带来的一只没了瓶耳、边口磨易而颜色不褪的朱红色瓷瓶，上有描金的兰草和颂兰诗，这只花瓶秀气得插枝蜡梅或一朵牡丹还可以，插野山茶，就像插在仕女头上一样不相配，但家里每年都用它插山茶，没添过第二只。有个霜雪天外婆出门买山茶花,回来时手里没有花,倒带来了卖花人,跟来的妇人赤脚穿草鞋,身上单衣,冷得打抖,连头顶着的背篮都放不下。左邻右舍围拢来买花时,全傻了眼,原来背篮里卖剩的几把山茶,叶子好好的在枝上,花朵都掉了,铺红了篮子底,明摆着是被买花人翻狠了,最后几把花无法卖。外婆把卖花人留在过道的屋檐下,自己进屋来把我和弟弟烤着火的白泥小风炉里的栗炭火拨旺,架上铁丝架,放两个糍粑让我烤着,转身去床底找鞋子。我不记得卖花人是否脱下草鞋换上我外婆送的旧布底鞋,留下很深印象的是卖花人冻僵的双手捂着泡得小气球似的烫手糍粑,边嘘嘘吹边大口咬糍粑的样子。

这年我家花瓶插着的一把山茶,枝头的花只有一朵,但花比往年的好看,是重瓣的,爱得我把花瓶这放放那放放,最后选了个可透进晨光但易碰倒的位置摆放——木格窗下。屋子里只有这道一人高、与门相连的木窗,窗外紧挨着一把邻居们每天上下的木楼梯,窗户因此不能打开,使得窗户所在的这面墙除窗口以外的其他地方永远背光,就因为背,七杂八杂的东西从梁上一直挂下来,挂得上半截墙满满当当;下半截墙是烧火做饭的地方,放风炉、装厨具的桌子和木架,桌下塞水缸,望去黑乎乎一片,所以从不放花瓶。我说服大人往木窗下放花瓶,也只敢在清晨时暂时放一下。这面背墙自从放了这瓶花后,当晨光从新裱了白棉纸的窗牖透进来,首先照着绿叶丛中一朵红时,墙上其他东西都黯然如夜影,只有枝头这朵花又红又亮,燃烧的火炭一样,可以伸手去暖和一下。

昆明四季如春也有隆冬,最冷是山茶花开时的过年前后,所以昆明人过年,不能不见红山茶。

原载2013年2月25日《工人日报》,收入《昆明的表情》,王蓉主编,云南人民出版社2015年6月版

七月圆通寺

一

对圆通寺的熟习，如街坊门面不能再熟了。从我家走到这座昆明市井中最大的寺院，只十来分钟，所以是我儿时与邻居小伙伴们的游戏地之一，大人们反而不怎么去。大人常去的是我们那条巷石阶上的尼姑庵，外婆像串门子一样带我去。庵小却香火旺，在四壁的佛龛佛像和房梁上垂下来的绸带布幔当中，在整天亮着的油灯和烛光照耀下，供桌上染得红红绿绿的米糕，馋得我直流口水，大人叫作"斋奶"的尼姑每次都会把高高的供桌上的米糕拿一块下来让我吃，小时候吃过些用粮票到商店里买的饼子，后来也吃过凭购粮簿从粮店里限购的油炸兰花根之类的简单糕点，这些都比尼姑庵里的米糕讲究，可至今回想起来嘴巴里还咂巴得出味儿的糕点,还让人馋的,唯有这座小庵里的——再也不可能有那样的米糕了。尼姑庵毁于"文革",后来上面建起座街道小工厂。改朝换代的战火兵燹之后,紧接着是新中国大跃进的大炼钢铁和随后而至的文革"破四旧",短短半个世纪的时间里,昆明城里不要说小庵小庙一个个没了,许多有名古刹灭迹后只剩下依寺而叫的街名,只有圆通寺衰而不灭,今日香火愈盛。

书上记载圆通寺初建于唐代的南诏国时期,名叫补陀罗寺,后焚于战火。元代大德五年重建,先后建了十八年,取名圆通寺。自此以后,圆通寺基本没有遭到毁灭性的劫难。"圆通"是佛家修行获得的一种智慧觉悟的妙果,即"人人本具圆通,如十方击鼓,一时并闻,是圆也;隔墙听音,远近能悉,是通也。"

圆通寺背靠圆通山,紧贴悬崖峭壁,岩崖顶上是圆通动物园。千年前出家人在此面壁修行时,崖上虎啸,岩洞蛟腾,在这样人间烟火不到的地方建寺,只有得道之人才有的胆识。如今这里历时千年,变成了喧嚣的闹市,圆通寺岿然。其他寺院不靠山,一建就建在人烟处,百姓只认寺庙是风水地,无不来围绕起屋建房,逐渐形成小巷,继而变成通衢街市,反客为主,被围在里面的寺庙由主变客,挡了道的被请走,没多少年就被挤开了。而圆通寺任你把它围个水泄不通也奈何不了,因它就岩崖而建占尽了地利。这还不算真利。圆通寺占地不大，只比五进院的民居宽大些，建了常规必有的殿堂，已很难挤出点空地，没空地就滋生不了野心，总之，这座寺院建得适度。寺门前的街为拓宽道路拆老建筑，整条街的房子拆除得差不多了，都没动寺庙的一片瓦。现在，寺院前面和左右两边新建的高楼是昆明城最漂亮的建筑，豪华的云南卷烟交易市场紧邻寺院，交易期间，定音槌敲下的让富豪们揪心的一响，能与寺里的钟鼓声齐鸣。寺院几年前新增了一尊金佛，报纸上说是东南亚哪个国家所赠的饰金铜佛像，不知此尊新来的金佛，是否隔墙听到了邻居那里交易时的定音槌声？那可是"金"音。

二

我幼时与小伙伴在家附近的玩耍地，除了圆通动物园就是圆通寺，在我们那时的心目中，这座寺院只是街坊上一个好玩的院坝，因为可以随便到又大又高的房子里玩躲猫猫游戏，在龇牙咧嘴、长手长腿的塑像下模仿着做怪脸，吓唬同伴，还能偷吃供桌上的东西。玩够了，又从这里爬石阶石洞上动物园继续接着玩。尽管如此，我没有亲情的引领，可能至今也不会正眼好好看它，去认知它。不会的，长大成家后生活工作紧张忙碌，哪有闲心对一个瞎摸也能摸到路的寺庙盘根究底？就像那座我吃了不少米糕的尼姑庵,我还没有想过要了解它时,已被毁得一干二净,没有存在过似的。

今年清明节我和丈夫在遥远的旅途上,不可能如往年一样同亲人们一起去上外婆的坟,心里很是难受,格外地思念起故人来。外婆八年前独自一人病死在老屋的前一夜,声声叫唤着我母亲的名字。第二天大早,隔着板壁听我外婆叫了一夜的邻居急忙把我父母找来,打开门一看,外婆气若游丝。当时我们谁也没在她身边,现在我又不能去扫墓,一天比一天愧疚的心里,不时响起外婆那夜的叫唤声,而且声音日甚一日清晰,仿佛在昨晚,自己亲耳听到一样,令人心颤。外婆过世后,我从没有像现在这样强烈的思念她。今年又属鸡,是外婆的也是我的本命年,多想好好做个梦,在梦里见个面,说上句我们在一起生活时她天天说的话,哪怕她生气骂我一句也好。什么也梦不见。

老屋久没人住已封尘,只有桌子玻璃板下压着唯一的一张照片上,外婆还像活着的时候一样生动。那是我初学照相在圆通寺拍摄的,是黑白照片,不会褪色,所以十多年前照片上外婆的开心笑容和身旁一株盛开的樱花,依然两相辉映,永不凋谢。以前我每次回老屋都会冲着照片上的外婆一笑,进门说声我回来了,出门说声我走了,你一个人在家。现在因思念,我既不能那么轻松地对照片说话,甚至觉得照片上的外婆在空空的老屋里有点寂寞了,准备取走照片,拿到我自己的家里悬挂。

有个大白天我回老屋,见隔壁家两位老人在做冥界用的锞子,装满了元宝一样的金锞子银锞子的几只篮子和两大个簸箕,从她家屋里摆放到门外的走廊上,亮晃晃的耀眼。前几年各家做这些东西都还躲在家里晚上做,当晚就烧了,外婆也是黑夜里在家里现做,在门背后就烧了,而且做锞子的纸都是草纸,不分什么金的银的。现在见邻居这样公开做,而且做得那么多那么像金锭银锭,纸又漂亮,让我有些吃惊。老人怕我们这些年轻人说她们老封建迷信,边移开篮子给我让路——其实根本没挡道——边说,阴界与阳界一样,有个礼数的,圆通寺和尚从阴历七月初一到十五念经超度亡灵,搞了几年了,她家都去寺里给亡灵树牌位。

我取了外婆照片直接去父母家,路经圆通寺时,果然见寺门外贴着很大一张的盂兰盆会告示,这才晓得盂兰盆会是佛家节典,又是民间的鬼节,谁都可以去盂兰盆会上祭祀自家的祖先和亡灵。一读告示便动心了,非得为外婆树个牌位不可。寺里摆放几张桌子挂牌位,但每处都排起长队,我排到时,牌位号编到了三千多号。距初一还有好几天就这么多人来,初十五那天的牌位号要编到多少号啊。于是想到元代圆通寺的盂兰盆会上,香客也像现在排队等待挂牌位吗?进寺庙为做佛事,这在我人生中是头一次,小时候玩熟了的圆通寺，因此变得陌生，也变得神圣起来，隐隐觉得在这里，比在梦里和在老屋还能与外婆交流。

三

初一晨曦微明我们赶到圆通寺时，寺门外遍地花瓣，全是荷花和菊花的，一看便知是无数担鲜花被卖光后的零乱残局。据说五更抢烧头炷香的香客们早已进寺。寺庙两边的路上，香客继续潮水般涌来，花农刚挑来的一担担粉荷和黄菊转眼又要卖完，我们忙不及买门票，先掏钱把鲜花抢到手。

带着露水的花朵香气扑鼻，香客还没跨进寺门，就被四处弥漫的荷香和菊香熏得一身香味。我忽然想到，端庄高贵的荷花和高雅素洁的菊花为何一起开在初秋，开在一个季节？不是佛选了这个季节让人们来寺院祭祀亡灵，便是荷菊本是佛界之花。唐诗宋词里被吟咏的花儿，有哪一种比得上荷花和菊花的尊贵？释迦牟尼是乘坐莲花到中国的，中国这个擅于吸收改造的古老国度也没有把佛陀的坐骑调换成龙或大象。想来是因为游龙在云里高高在上，大象在地上但又太稀少，不如出于污泥的莲花到处都有，佛菩萨以莲花为座，才好接近普通人，度众生。

一担担的荷花全是包得紧紧的肥嘟嘟的花骨朵，卖花人拿一支在手上，在花头上轻轻一拍，然后把花瓣从外到里一层层地翻开，几秒钟内就绽开成一朵佛座莲花，所以人人手举莲花进寺，如同举着佛座似的。看着荷花被卖花人转眼变成个佛座，花瓣的柔软和韧度让我立刻想到了黄金。

我们同所有香客一样，一手抱菊一手握莲花和香柱跨进寺门，跟着人流向前缓缓移步。道两边的地上全是人们供奉的一束束鲜花。殿堂里，每只花瓶被插得再也别想塞下一枝，供案上摆放着的鲜花多得淹没了供品不说，案前堆积起来的鲜花几乎把桌子都埋了，气得守殿人把鲜花抱出门外顺墙脚扔掉，很快堆成一个个花丘。香客们趁守殿人转身扔花之际，迅速拥上前献花，我们也朝有空的地方献，不管所献的花是否被立即扔开，是否被踩踏。我第一次见人们这样不顾一切献鲜花——整座寺庙可献的地方献满后，往空处献，最后变成到处献，遍地鲜花，天上掉下来一样，花又都是新摘下带露水，还只是粉红的荷与黄的菊，那阵势不见奢侈和气派，只见虔诚，很是慑服人。

佛陀爱花，爱普通的花，其中最爱的还是污泥浊水里长的莲花，不然为何罗汉们不得莲花座，非要修到最高境界修成佛，才得在莲花之上端坐？要说明大彻大悟本是起于普通，归于普通的道理？

四

人们一路进香,最后汇聚于大雄宝殿前。殿前院子中央的两只巨大鼎炉里,火焰呼呼地升腾。院子四周竖着的幡旗在晨风中微微摆动。大殿里里外外黑压压一片,里面插筷一样全是穿黄色袈裟的僧侣,门外过道站满穿黑袍的居士,后面是站得里三层外三层的双手合十的香客。随着大殿里传出的木鱼、碰铃和锣鼓声,僧侣和居士齐声诵经唱念,香客们有的跟着轻轻唱诵,有的不出声地口中喃喃,虽然一片人海,却不嘈杂,大殿上空梵音袅袅。

当梵呗声变成念唱阿弥陀佛时,人海中浪一样往两边退开,让出条道路,路的那一头出现排成单行的绕佛队伍,僧侣在前开道,后面跟着居士,队伍顺时针绕到哪里,那里的香客便纷纷跟进,无序的人海逐渐变成一支朝同一方向缓慢前进的队伍。队伍太长了,长得像蛇一样弯来弯去地围绕整座寺庙迂回前进。

我跟着队伍绕行,跟着众人念阿弥陀佛,不知不觉间忘了身外世界。四周景象渐渐隐退之际,外婆出现了,飘立在她那白云缭绕的坟头,一支开满粉红色小花的长长花枝在她身旁摇曳——那是去年就开在外婆坟上的一大篷野花,长得一丛小树似的茂盛,家人上坟回来说,坟头的花枝今年被人采得只剩下一枝,算手下留情。这无比明媚的幻景使我身轻若无，可以飘起来。我想过去拉一拉外婆的手，说一说对她的思念已随岁月拉长。可是走不过去，双腿由不得我，急得我直想哭。云端的外婆在那里叫着我的乳名安慰我，她的面容和声音是那样真切，而自己却变得在梦里一般不听自己使唤，好在我随队伍移步向前，外婆在我前方不弃不离。

印象中外婆从没来圆通寺烧香拜佛。我长大知事就开始闹"文化大革命"，"文革"结束没几年外婆去世，这二十余年间外婆给死去的亲人烧纸，都是躲在自家门背后悄悄地烧，火小得像每天做饭烧风炉时点引火柴，每次都是她一个人对着门角旯旮烧，我只看得见她的背脊。哪料冥冥中外婆却把我引领到盂兰盆会上来。

刚从"文革"浩劫的灰烬和瓦砾下恢复起来的圆通寺香火鼎盛，兴旺的景象是我幼年不曾见过的，是这个触动心灵，让我不由自主地加入绕佛队伍？是众人念佛祈祷使我得见最思念的亡人？我仿佛看见古老民族的幽灵在后代血脉里作祟。民族文化根基被"文革"飓风横扫掀翻后，大多被席卷一空，唯有这个幽灵像地心引力一样卷不走。我的思念亦如根，日久越长，越长越深，深至与遥远祖先的幽灵相接。

原载1993年9月25日、26日香港《大公报》，收入《南柯南巴葱》，百花文艺出版社1994年9月版

父亲的"公有制"记忆

父亲有生以来第一张照片,是中苏友好协会会员证上的5寸免冠照。那时刚解放,新中国一切学社会主义苏联"老大哥",什么都按"老大哥"的模式来,中苏友好协会也成为遍及全国的群众性组织,政府机关的工作人员几乎都是这个协会的会员。父亲当时还不是公职人员,不过在某机关服务社理发室当理发员,也被扩大进去,1951年11月12日正式成为一名会员(图1)。中苏友好协会这个曾经轰轰烈烈又很快过时,如今只有那代人晓得,在史书上留不下几个字的群众组织,却在我父亲人生道路上留下决定命运的一笔。

照片上的父亲,身着中山装,左胸前的衣兜里别支自来水笔,像个断文识字之人。其实他在这之前从没进过学堂,也没有人教他识字。那么,衣服口袋里的这支笔是用来装样

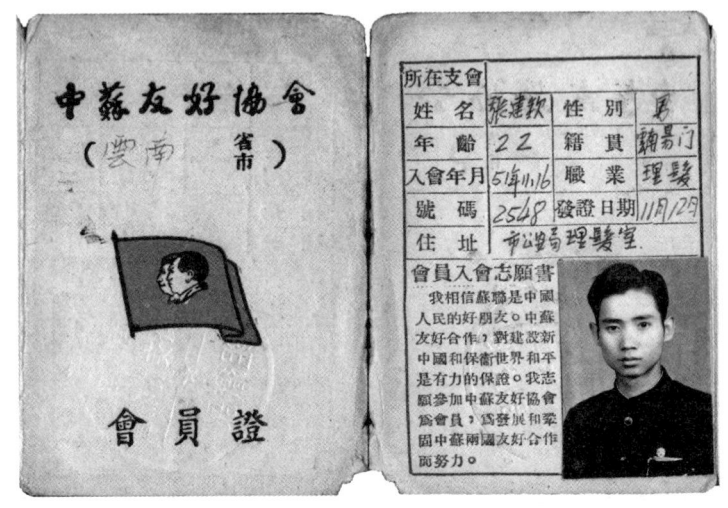

图1　父亲1951年11月获颁的中苏友好协会会员证

子？父亲入会后一个多月，又到相馆拍下第二张照片，照片背后注明"一九五一年十二月二十六日毕业注册纪念"，是父亲当时的笔迹，不仅笔画生硬得像火柴棍拼起来的，连年月日的书写格式都还没学会，"年"字写漏，注册的"注"是错别字，明摆着是破蒙识字人所写，幼稚得像学童。写一句话就错两处，证明22岁的父亲开始学文化了。从父亲以后的发展轨迹上看，此时他像个文化人似的上衣兜里别支自来水笔，完全不是摆设，是对文化的渴望和让自己肚里也有

"墨水"的决心,是他人生发生重大转折的一个标志。

中苏友好协会会员证上有入会志愿书,核心内容是这样两句话:"我相信苏联是中国人民的好朋友。中苏友好合作,对建设新中国和保卫世界和平是有力的保证。"这是国家大政方针,从中找不到与父亲学文化直接相关的东西。再找,一直找到最后,在会员的权利与义务当中有了蛛丝马迹,其中一条里写道:"有参加本会所组织的讲演、集会和学习的权利。有选举权和被选举权。有依照优待价格订购本会出版品的权利。有按期交纳会费的义务。有承担本会一定的工作的义务。"这样的内容在今天司空见惯,没人稀罕,但对于那些从民国时代黑暗的"旧社会"过来的一无所有的年轻人而言,无疑是新生活开始前的一道曙光——从此有了参加社会政治活动和学习的权利,成了一个社会的人。

父亲这样一个从小孤苦无依,一人在社会最底层挣扎了十余年的穷苦青年,除了中苏友好协会提供给的学习机会,不再有其他。他幼时丧父,帮人度日的寡母根本养不活一群嗷嗷待哺的孩子,只得把独一个女儿送人做童养媳,四个儿子只留下幺儿即我父亲,其余的赶出门自己去找食糊口,结果死的死,失散的失散,连寡母自己没几年也撒手走了,家也不存在。我父亲在族人中胡乱长到上学年龄,虽然家住易门县城,城里有学费低廉的新式学堂,无人供,他一天书都没念过,11岁那年被族人送进街上的理发店当学徒。父亲11岁时，瘦小得还没有理发椅子的靠背那么高，脚下垫个小马扎站着，双手才够得着给顾客剪头剃须。父亲人生中的这个细节，我是听着长大的，姑母和我父亲这对苦命姐弟对后代讲起来虽是笑着讲，我的印象中，姑母笑里有明显的苦涩味，语调重得像从牙缝里挤出来，更像是她本人而不是她弟弟经历的苦难，也难怪，她做童养媳的经历更惨。相比之下，父亲讲得要轻松些，我们都当书里故事来听。

话归正题。父亲站在小马扎上学手艺四年后，学徒期满。第五年直接上省城昆明的理发店再当学徒，那时叫"倡师学徒"，一年后出师，辗转在昆明各大理发店当剃头匠，这期间昆明到了和平解放前夕，兵荒马乱，有钱人举家逃离，店肆关门闭户。父亲失业又患病，贫病交加数月后得一位好心师傅照顾，随师傅一家人到云南昔日盐都黑井小镇开理发铺。小镇距省城二百多公里，自明清到民国最初一二十年的五百多年间，这座小镇所出产的盐，一直占云南全省财政收入的半壁江山，解放前夕，小镇的盐业霸主地位正被其他地方的替代而迅速衰败凋敝，大户和财富流水一样很快地哗哗流走，镇上人口锐减，师徒在小镇的理发店，仅维持一年就散伙。

往哪谋生？父亲回老家吧，那里没有一个亲人，原本的家，房子早属于别人；做童养媳的姐姐已带着襁褓中的女儿从夫家出逃，躲到昆明。昆明毕竟有躲难中自身不保的姐

图2　1951年12月为办扫盲学习班的毕业证，父亲在照相馆拍下了平生以来的第二张照片。

姐，还有同行熟人，而且已经和平解放几个月，不打仗了，店铺已开门营业。父亲重返昆明后得一位以前的师傅引荐，进了市公安局的利群服务社当理发员，一年后被中苏友好协会吸收入会。父亲从此转运，会员证被他珍藏了一辈子。

加入中苏友好协会后的父亲，精神面貌焕然一新，这种突变活灵活现地出现在他的第二张照片——与第一张照片相隔23天，同样是照相馆拍的5寸免冠照上。为贴会员证拍摄的第一张照片，上面的父亲目光咄咄又神情黯然，整齐的衣着掩盖不住对前途未卜的担忧。紧接着拍下的第二张标准头像，就是上面提到的他在照片背后写下说明的照片，是为去中苏友好协会举办的文化扫盲班学习，需要学员每人交一张佩戴协会会徽的5寸照片，做注册用。这张照片上的面孔与前一张的对比，判若两人（图2）：胸前别枚协会会徽——有斯大林和毛泽东两位领袖侧面像的一面招展红旗，旁边别着协会夜校学生证的布条，中山装上衣兜插支钢笔，由里而外泛着新人气象，目光已变得平和，一脸的无忧无虑，简直换了个人。

父亲在中苏友好协会办的业余学习班学习期间，全国开始"反贪污、反浪费、反官僚主义"的"三反"，这场在党政机关工作人员中展开的运动仅进行了一个月零几天，紧接着在私营工商业者中开始了"反行贿、反偷税漏税、反盗取国家财产、反偷工减料、反盗窃国家经济情报"的"五反"运动。谁曾料到，还是理发员的父亲学文化两三个月后，转身一变，成了脱产的"五反"工作队员，他自11岁开始进理发铺到22岁，像这样不需要做工只搞政治运动，不需要每天剃头就拿薪酬，开天辟地的事。

昆明的"三反""五反"运动1952年1月开始，8月7日结束，父亲他们"五反"工作队小组的人员5月就迫不及待到照相馆合影留念（图3），每人穿中山装上衣，胸前缝块"五反"工作人员标志的布条，我父亲胸膛上比别人多戴一枚"中苏友好协会"会徽。父亲这位一直是店主手下的伙计、吃私营这碗饭长大的无产者，当"五反"工作队员后，变成了私营资本主义的掘墓人。"五反"结束，父亲被

图3 1952年5月，父亲（前排左一）与昆明市"五反"工作队同事合影。

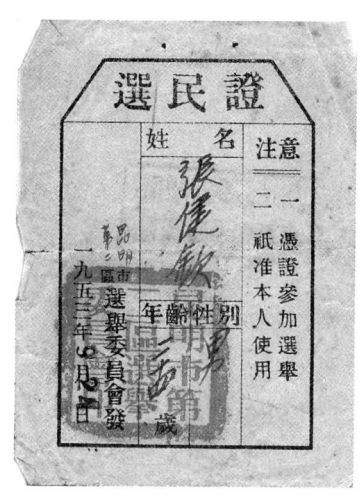

图4 1953年9月，昆明市第二区选举委员会发给父亲的选民证。

分配到第二区人民委员会（昆明市五华区前身）工作，成了对私营工商业进行社会主义改造的马前卒。

父亲由一名私营店铺的伙计，变成了新中国社会主义公有制下的"公家人"，这身份的彻底转换在1953年初步完成。这年9月，昆明市首次进行人民代表普选，父亲参加了"第二区选举委员会青云街下段选区"，并保留下了自己有生以来第一回当选民、有参政权的《选民证》（图4）。这时候区政府职员的工薪很特别，昆明市《五华区志》记载，那时的待遇不是工资制，而是实物供给制，即按每人日需要实物的定量来计算的"月代金"，每个的含量为：中白米6市两，三级粉2市两，熟菜籽油5市两，元永井盐2市两，芦雁白布2市寸，松柴2市斤。这一年昆明的市场仍然是私营的自由市场，商人唯利是图，物价只涨不跌，政府职员每月报酬不是货币，是月代金，用代金券到公家的代销点直接支取生活所需的油盐柴米，所以每月领到的报酬，是实打实过日子的必需品。这类人的生活不受市场物价波

241

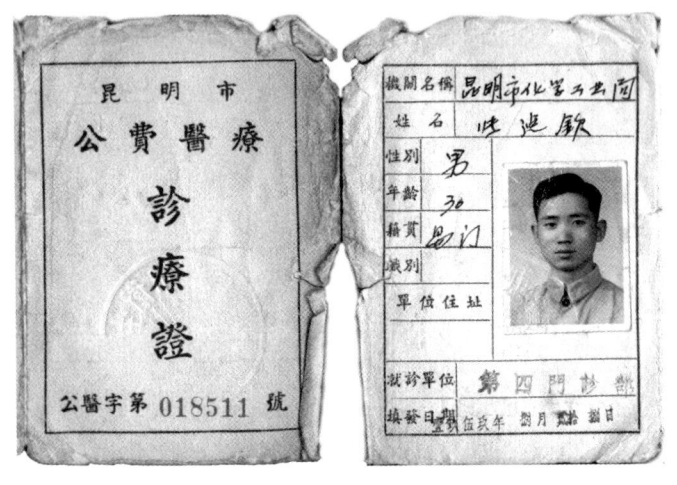

图5 1959年,父亲因工作调动,换发了新的公费医疗证。

动影响,医疗上也有保障——昆明市1952年就在行政事业单位实行公费医疗。父亲成为政府职员后就享受到了公费医疗,五年后的1959年工作调动,原单位的第一个公医证按规定收回,新发给的《昆明市公费医疗诊疗证》(图5)上,公医字号编为018511号。这个编号记下了当年昆明市享受公医人数,有一两万人,而全市人口有一百多万。

1953年11月1日,国家取消粮食自由市场,实行粮食的统购统销,全部由国家经营。国家消灭市场经济,为每位国民计划吃的,而后计划穿的,再后计划日用消费,全部由国家供给,国家成了老百姓的油盐柴米的当家人。父亲这个月的工作,是

图6　1953年父亲（前排右）在做粮食统购统销工作时，与同事合影。

对辖区内居民吃粮人数、户数等等的核定，发放居民购粮证，在区内建中心粮店。父亲11月21日与人合影的照片（图6），胸前两个徽章下的布条上，写明是粮食计划收购供应工作人员。父亲遗留下来的所有照片中，唯有这次的上衣口袋里插了两支钢笔，看得出他这个月里的每一天，有太多需要记记挂挂的，发出去的居民购粮证上，需要填写的内容一定不少。就在这一年，父亲成为一名中国共产党预备党员，被送到省行政干部党校（云南省委党校的前身）进行为期三个月的培训。

在我母亲印象中，我父亲的那点文化，不是在"中苏友好协会"的业余学习或者正规学校里培训出来的，是问身边人问得的。比如父亲有项工作是登记常住人口，街道居民多是文盲，报得出自家姓名，却不知姓名是哪几个字，还有，居民大部分是新迁居来的外乡人，依外乡口音报出的姓名，很难辨清是哪几个字，我父亲识字又很有限，逼得他一遇到比自己多识几字的人，拉住就请教，往中山装上衣四个口袋里随时揣着的小本子上，记下向人问得的字。当时的二区人民政府在青云街一座三进的院子里办公，那里原来是民国时代市政府警察三分局所在地。区政府大门的守门人是位留用的"旧人员",有文化,看门之外代管收发文件和报纸。而门里的职员们大多是我父亲这样文化上只扫过盲、出身贫苦的无产阶级青年,守门人视之为大老粗,对他们不屑一顾。我父亲却不在乎守门人的骄傲态度,经常从自己办公的二进院,跑来门房向这位肚子里有墨水的人请教。父亲此时处于到省委党校培训的前后,仕途上看好,向"旧人员"讨教,颇有不耻下问之态,可见父亲从中学到的,不只是一字一词那么简单的事。

1954年,国家开始对棉花棉纱棉布统购统销,父亲就干这工作。1955年,区里给居民发放粮票和布票,父亲已不做管居民吃粮穿衣的工作了,从这年6月填发的"昆明市第二区人民委员会出入证"(图7)上看,已有一年党龄的父亲在工商科。工商科是国家对私营资本工商业实行"利用、限制、改造"政策的具体操作部门,父亲所在的区于1954年开始了为期三年的公私合营,这期间,身为区工商科科长的父亲,每天忙于推进公私合营。1956年1月昆明市的资

图7 1955年父亲在昆明市第二区工商科供职时的出入证。

图8 1958年,父亲从驻沪办事处调到驻京办事处工作,在天安门前留影。

本主义工商业全部实行公私合营,昆明进入社会主义,父亲这位"马前卒"解甲,6月,调入新成立的昆明市企业公司,几个月后开始长驻上海、北京,成为第一批云南驻沪、京两地办事处的人员,承担全市工业所需物资的采购供应与产品销售。

父亲驻沪一年后驻京,1958年"五一"劳动节他在金水河畔天安门城楼前的留影(图8),周身洋溢着的那种幸福感,是全国各省市自治区第一批驻京办事处人员共有的表情。这时候我出生已7个月,父亲不仅还没见过我,连我的名字也没取。为我取名的是母亲单位与母亲一起干活的一位女工。母亲怀上我到我出生,父亲先在驻上海办事处,又到驻北京办事处,我快两岁父亲才第一次见我,这期间父亲都没回过家,给我取名的这位女工一定像大姐姐一样在工作中照顾体弱、眼睛又不好的我母亲,为感激之故,拜她做我的干妈,给我取名字。

第一个五年计划时期,随着工商业全面公私合营,昆明由一个工业几乎是空白的城市,发展为工业城市,于是成立市企业公司，随后改称工业局。第二个五年计划期间，工业局细分成各行业管理局，分开一段时间又精简合并，继而再分开，父亲就在这些一生二，二生三，分了和，和了分的局里调来调去，

图9 1965年，父亲（前排右一）带队到上海玻璃厂学习时与该厂领导在厂区合影。

1963年1月到昆明市玻璃仪器厂上任当厂长。

两年后，父亲带一名司炉工和一名吹工到上海玻璃厂实习，结束时在厂区合影留念（图9）。照片拍摄地点在上海玻璃厂，背景上的厂区景观是那个时代国营工厂普遍的节俭面貌：喷泉池一定是这家工厂风景最佳处，圆台应当是喷泉处，因为不能过当时批判的所谓资产阶级腐化生活，水不喷了，填土种树；临池一排平房，屋顶用简易材料搭盖，窗户是木板窗，墙是木板墙，活动房一样简陋的这排房屋大概是办公室，想象得出屋里没有空调，酷热的夏日里人们一张桌子一把木椅、大汗淋淋地临窗办公，这个场景，完全是当年无处不在的大标语

"多快好省建设社会主义"的一个写照。

父亲他们的工厂与上海同行相比,规模上或许只是人家的一个车间,工艺上如同手工作坊——所有的玻璃瓶玻璃管都是工人用嘴对着手中的一根铁制吹管,一口气一口气地吹制出来的,但它是云南从无到有的新兴工业,又是全省独此一家,所以厂长带领生产工艺上最关键的技术工人到上海学习归来后,工厂建设社会主义的冲天干劲和工人当家做主的自豪感,在车间照片上(图10)彰显。

上海学习回来后只有一年时间,"文革"爆发,父亲成了"走资本主义道路当权派"被夺权,下到高温、重体力的熔炉车间干活,不是当吹工,就是做烧玻璃熔炼炉的司炉工。非常有意思的是,他带去上海学习的那位吹工和那位司炉工,自然而然成了他的师傅——他当厂长只是三年,做"走资派"在车间当吹工和烧熔炉,却是五年。工厂革命委员会1968年11月13日填发给父亲的"服务证"(图11),职务一栏空着。我推测空着不填内容,是革委会对这个两年前被夺了权、在车间

图10 20世纪60年代昆明玻璃仪器厂熔炉车间的圆口工序。

劳动改造、受关押审查批斗的"走资派",在其职务栏里填什么都为难的缘故:填"厂长"当然不可以,厂长是被打倒的对象;填吹工或司炉工,亦不行,这不等于

图11 1968年,昆明玻璃仪器厂革命委员会发给父亲的服务证。

承认了"走资派"已被改造成革命者了么?考虑再三只好不填,一个被历史打倒的人,没有站着的资格,空着吧。

由于父亲历史一清二白,该批斗的都批斗完了,再揪不出新的反动之处,结果没有往死里整,在"文革"第五年就被重新启用,调离工厂,从哪儿来回那里去,回到了玻璃仪器厂当时的主管单位市化学工业局。

父亲只当了三年家就靠边站的这家小型国有工厂命途多舛。开始是发育不良——它的前身是昆明制药厂生产玻璃瓶的车间,1958年分离出来在西山脚下滇池边的高峣镇建成一座工厂,隶属云南省卫生厅。1962年再并入原来的厂,翌年再次分家出来,这才正式成为一家独立的企业,归市里管辖,父亲34岁那年到工厂走马上任。从《昆明市(1937~1987年)工业系统组织史》上查找父亲之前的历任者,总共只写

了一个字"缺"。正式任命厂长的时间为1963年,父亲为该厂由政府任命的首任厂长。孕育十多年而成,有了名正言顺当家人的这座工厂,像个新成立的家一样欣欣向荣。但只有三年时间的发展,还来不及把宏大蓝图变成现实,"文化大革命"开始了。十年浩劫结束,工厂从头开始,在改革开放的大好时光平稳发展了十年。接下来就不行了,被市场经济大浪淘汰出局,从此几番易主,到1988年被当时正红火的国有企业昆明搪瓷厂租赁,继而兼并。哪料被兼并后十多年,连兼并者本身也倒闭被拍卖。

2011年7月我为寻找该厂资料赶到工厂原址时,厂房在头一天刚被夷为平地,剩下的其他房子在荒草丛中东一个西一个,工厂门卫那间小屋做了拆工厂的施工方临时办公地。企业破产前最后一任工会主席(管理破产后仍在原地的工厂宿舍居住的退休职工)余师傅带我到小屋里翻找可能存下的文字遗物,在墙角找出封套上注明"永久"性档案,里面装着"昆明市玻璃仪器厂"全厂电路图和熔炉车间改造图的两个卷宗。我追问是否还留下厂子的老照片和其他文档?余师傅摇头不知。在小屋里抽水烟筒的施工方人员回答说,那些东西被推土机推到土里埋了,拆厂房时从那些没人管的档案中留下这两盒东西,以为这图纸可能有点用,一瞧,没用,等收费纸的来卖掉。

我得到两卷当破烂等待处理、被人们一再废弃的"永久"

档案,视之为父亲当过几天家的工厂的珍贵遗物。掰指头算算,这家随新中国社会主义计划经济确立而生,改革开放后被市场淘汰出局的小型国有企业,独立生存的时间只有三十多年,现在,它从这个世界上湮灭了,据说这遗址上将建起一座滇池边的仿古建筑公园。现代的历史轮回,疾速得无须一代人就上演完了:父辈这一代建国初始的"公家人",乘上社会主义全民所有制这趟车就一直坐在上面,他们生命未到终点,乘坐的车性质已蜕变,连他们"公家人"的身份都成了过时,唯有跟随他们大半辈子生活工作的证件一成不变,如实印下了那个时代社会主义的车辙。

原载2013年4月《老照片》第八十八辑,2013年7月23日《作家文摘》第1653期转载

父亲的上海公交月票

数字化时代的今天，人与社会发生联系时，由过去的多方定位，简化为单一的数字识别，比如都市乘坐公交车使用的IC磁卡，人与车的联系唯有磁卡里的数字——金额。父亲遗留下的一张贴着他照片的1957年"上海市电车公共汽车通用月票"（图1），内容丰富得如同微缩了的那个时代上海公共交通史，而其中的细节，竟然让我意外瞥见了一眼新中国成立之初国家的新兴气象和人们内心世界的纯朴，细节中弥漫着的新中国诞生不久国人的昂扬朝气，将来多少代人都会精神为之一振。

父亲保存的这张卡号为"330977"的硬纸板月票，历经半个多世纪一点不破损，仅仅褪色，照片上的钢印、文字内容和父亲用钢笔填写的笔迹，清晰如初。月票正面左边贴着父亲标准头像的1寸黑白照，照片应该是申办月票时拍摄的，右边贴

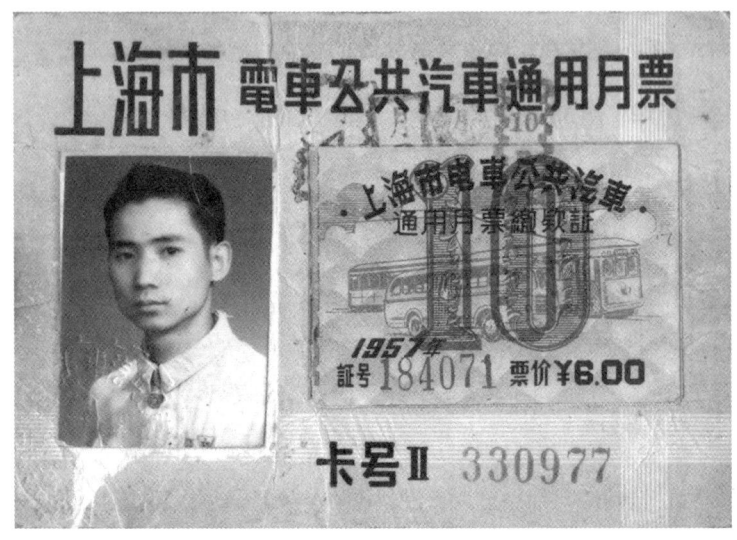

图1

缴款证的地方，整整齐齐贴着一沓缴款证据单，头上一张为当月的。薄纸一张、2寸大的缴款证单据上留下的历史身影，最直观的是￥6.00票价和一辆有轨电车、一辆公共汽车的简单绘图。我在《上海市电车发展简史》当中查到，上海的公交线路始于外国租界地，第一条公交线路于1908年3月正式运营，为有轨电车，英国人建。当年，英、法两国商人先后开通了十多条有轨电车线路。到1913年，中国自己的民族商人也开通了一条有轨电车。1914年，上海有了第一条也是中国第一条无轨电车线路。上海解放后的1951年，所运营的电车还分属于英商、法商和上海市公交公司三方，其中有部分实现互通联营，这部分的乘车月票也相互通用。到1956年10月，上海市公共汽车公司成立，全市的公交车，1~30路为电车线路，31路以上为公共汽车线路，票价有所不同：有轨电车起价是0.03元，无轨电车起价是0.04元，公共汽车和电车月票通用，每张定价6元。父亲这张月票背面印着的《使用办法》中，第二条内容是："此票于本市电车公共汽车各路线营业车辆上统一使用（公私合营浦东交通公司路线除外）"今日浦东是上海的潮头，而这点内容让我们了解到，那时的浦东在公交上都是上海的边缘。

1956年父亲从昆明到上海，在云南省驻上海办事处工作，父亲有一张在上海人民公园的留影（图2），黑白照片上的他年轻单纯，无限憧憬的目光中，没有他这类穷苦人翻身得志和猛见大上海后抑制不住的如火激情，显得见过世面后才有的沉稳与平和。照片左下角有照相馆印上去的手写体"于上海人民公园 56.10.27."字样，从这年月日来看，上海新开通公共汽车线路，汽车与有近五十年历史的电车一同行驶在市区街道上，汽车电车月票通用的这个月，父亲已在上海上班。我母亲这时候怀上我不久，在昆明市妇幼保健院洗浆房干活，她是这里的一名女工，工棚一样的洗浆房里有数只整日直冒蒸汽的巨大木桶和冷水池，身子单薄的母亲一年四季都在冷水池前冲洗接生用过的产包。第二年9月，母亲在她每天出进取产包的产

图2

房里生下我,父亲这个时候还在上海。

我推想我出生后多久,远在上海的父亲才知道家里添了口?母亲又通过什么渠道告知我父亲?因父亲不在昆明,我出生后几天填写的出生证上,只填了个标志我性别的名字"张小妹"。母亲没有上过学,她所识的不多几个字,还是我父亲手把手教给的。父亲也没进过一天学堂,他自幼父母双亡,十一岁被送进理发店当学徒养活自己。解放初期,他到异乡黑井小镇理发糊口,与镇上的李家姑娘我母亲结为夫妻后几个月就上昆明找工作,参加昆明市政府组织的扫文盲学习班后开始识文断字。父母都是昆明这座都市的外来人,母亲生我时,身边亲人只有随她之后从黑井小镇来昆明的我外婆。外婆大字不识一个,一双小脚。这时候的母亲,尽管上下班路过的逼死坡脚有个邮局,她却即不可能写信也不可能发电报,更不可能打电话(那时她们母女俩还没见过电话)到上海,唯一可行的办法是托人捎口信。

父亲"上海市电车公共汽车通用月票"背面最后一栏填持票人姓名、电话、地址三格中,有他自己填写的"张健钦"、

"94180""福建中路410#554",可见父亲上班的地方有电话。这张1957年的月票上贴着的最后一张缴款证单,时间为10月,是我出生后的第二个月。难道有人把我母亲所托的口信,及时转到上海,父亲得知后立刻赶回家来了么?没有,我自小记事就记牢了外婆和母亲几次说起的一个细节,说我快两岁才第一次见到回家来的爸爸,爸爸见我高兴得不得了,把我举在头上。为人父的见自己孩子出世的高兴劲,谁都一样。我父亲的激动事出有因:我是父母头两个孩子先后夭折,隔几年才盼来的第三个孩子,连失两儿之后又得一个,太不易。加之父亲在外工作几年后回家来,新生的女儿就快两岁了,心中的狂喜,只有把孩子放在头顶方能抚平。

我出生满月,父亲月票上的缴费戛然而止。父亲离开了上海却没有回昆明,到哪里去了?从他同样保存下来的北京市公交月票上看,1957年10月去了北京,他的工作从上海直接调到云南省物资局驻京物资组,一年多以后调回昆明工作,在昆明市化学工业局任供销科科长。

父亲的上海公交月票,比现在的临时身份证还全,而且一目了然,可见那个时代个人信息的公开透明程度,现在属于一种不安全,不尊重个人隐私的"裸"。我从月票上揣测那时人们怎样看待这个问题。月票背面印满《使用办法》,一共7条,我一条条体味下来,觉得那时人们不仅没有不安,反而感到是给生活带来方便。我不禁从我们这个到处有恐怖暴力犯罪的世界,去反观那个时代的"裸",那正是今人无不奢望的"夜不闭户"时代,发现那时的社会风气,无意中印在了公交月票《使用办法》第1条上。

《使用办法》规定,持月票上车时必须交工作人员查验,照片与人对上号,月票上贴着当月的缴费证等等,你才可以乘车。所以第1条就规定:"本人姓名、住址、电话请自动填写,俾失落时捡得者能及时送还。"这实在是一个在拾金不昧的社会里才有的君子之约,我从这一条里,见到了所谓古风。而这风气离我们如此之近,只有五六十年时间。只隔着短短半个世纪,却已成古事。

父亲这辈新中国的建设者,经历了"文化大革命"政治劫难和中国经济体制转型必然付出的代价之后,他们在这张月票上感受到的复杂情感,是我辈体味不了的,也许因此,父亲生前珍藏这张月票直到2005年76岁去世那天。我分明觉得这张月票在父亲和他们这代人的心灵世界里,没有过期,他们拿着它,一直乘坐在人际关系朴素单纯的美好记忆中的那辆电车上,因为车子开往人类梦想的地方。

原载2010年6月《老照片》第七十一辑

昆明人生活里的花·针线活

生活里的花

花多得想躲也躲不开。

昆明举办全国第三届艺术节之后没几天,我随丈夫外地采访归来时,路过父母新家所在的北京路,见人行道上的樱花开得正艳,心想这些新栽的小树上樱花都开成这样,圆通山的老樱花树不知开成什么样了呢。三月上圆通山看樱花是家里的老习惯了,父母去年与子女们一起去看了后,两人又专门去,赶时髦地让圆通山景点摄影师为他俩在樱花下拍了张立体的彩色照片。我还是第一次见照片有立体的。今年樱花开了,父母一定等我们回来一起赏花等急了,所以第二天赶忙回娘家,问父亲打算哪天率全家人上圆通山赏花?父亲却回答：

"今年樱花一出门就见，何消跑圆通山。"

不上圆通山，一家人上街。一出家门就走在了樱花树下的人行道上，低处花枝拂面，高处花枝如凉棚，不专为赏花，却与花同路。

见很多条街开了花店，插满各种器皿的鲜花从店里摆到人行道上，花店还在道上扎花篮，把鲜花一捆捆放地上，路人就在花和花篮间穿来绕去。母亲眼不好使，尽管有我紧紧搀扶着，还是在鲜花中走得两步一绊三步一磕，但很高兴，边走边抽动鼻翼嗅空中的香气，嗅出点明堂后问我是不是什么什么的花？母亲问的几种花我都答不上来，就停下来让母亲自己辨认。母亲说今年眼睛已经看不了，靠闻香气才晓得有什么花。花店里的花不常见，我叫得上名字的只有紫罗兰、蝴蝶花、马蹄莲几样，母亲说的花名，有好几样我对不上号。这些少见的非常漂亮的鲜花，价格都不菲，我们买不起，不过见到的一刻，花的美无不为我们所有。

我买得起，一见就买的鲜花是菜市场里卖的。菜市场的鲜花多，卖花人有的用自行车驮来，有的一副担子，一头挑菜，一头挑花，纯粹是卖菜顺带卖鲜花。这里的鲜花大众化，但不是天天一个样，是像时鲜蔬菜样一个季节是一个季节的，让人见了有种久违之情。这里的鲜花有时令，花价也就有高有低，才上市和落潮时，花价高得只有年轻女子们舍得买，高潮时，花价贱得乐坏了老太太们，她们买花买得菜都顾不上买。

最有云南特点的花是山茶和杜鹃，一进冬月山里人就采了背进城卖，过年前几天卖得最多，花红，生意也火。杜鹃卖的少，买的人也少，不如山茶人人爱。卖山茶的每人背一篓，用块湿布盖严，护着花的鲜气，他（她）们平时很少进城，背山茶花来卖，只敢在菜市找个角落。山里人要价实，一毛钱，最贵的也只两毛五分钱一把山茶，在他们眼里，这样一把山茶花够插一大瓶看好几天了。

老太婆们买花爱压价，理由是山茶长在山上，只出点力去摘。可卖花人也是实，任凭老太婆们如何缠，开口要多少就是多少，卖不掉也不少一分，宁可不卖背回去。

我买山茶总忍不住买好些，不仅因为要过年了，也不只为山茶花太可爱，还有卖花人那双粗糙的手和手背上树枝的划痕，我从这样一双手上接过花时，总会想到他们头天清晨上山采花，下午乘长途汽车进城投宿小客栈，或天不亮踏着霜雪去赶头班车的种种情形，山花的可爱还在这些地方，所以我买花，不管家里有没有那么多花瓶插花，往往会买到尽兴时。买花时还愿多给几文钱，说上一两句自以为温暖的话，天冷，人性也凉，热话说给卖花人，也说给自己。冬天城市里，菜市和大街上沿街卖的山茶和杜鹃，最能唤醒人们内心的春天。

我的生活里不可一日无花，这大概是做昆明人的幸福。

针线活

那是女人的美。女人的爱。

翠湖北岸有几座高墙的院落，从墙头青瓦上爬出的花藤和精美的楼窗，无不让住这一带的我们这些平民孩子眼馋，那里面不是我们可以进去的地方。长大嫁人后，终于与一两道高墙里的世界有了联系。一次我走进去，胆怯地敲开《边疆文学》主编张永权家的门，见一盏高吊的日光灯下，戴眼镜的中年妇女正在缝白底黑花的棉布连衣裙。当她温和地告诉我编辑本人不在家，她是女主人时，我大起胆子去瞧她手中的针线，针脚规整漂亮得如缝纫机扎出。瞅着她手里细小的针和针眼里的青线，我突然被一种什么情绪紧紧揪住了，全身热起来。刹那间，我仿佛见一个白发绾在脑后的老太婆，不言不语，安静地坐在小桌前，缝衣，补袜，纳鞋底，那是我的外婆。这一眼所见的刹那间，高墙内的世界和我居住的大杂院，顿时相通。后来又知道这位缝裙子的主妇是位大学教授，从这以后，那几道小时候印象中的神秘高墙，虽然立于原地，外观没什么变化，但在我心里却渐渐变没了。

外婆不识字，年轻守寡后靠做针线养大一双儿女，一手带大我和弟弟的岁月里，依然针线不离手，做了曾祖母都没放下针线。我们院坝几乎家家穿过外婆缝的东西，我们那条小巷和街坊上的许多人家都有外婆帮忙做的针线，她的为人和针线活至今让邻居们常挂嘴上。

外婆老去八年了,她身后留下的针线什物我们一直受用着,连不曾见过她老人家面的我丈夫,也用她缝的鞋垫。我每拿起这些东西,看着上面密密麻麻又整齐的针脚,感受得到外婆的体温,闻得到她的汗味,见她依旧坐在全家人吃饭的小方桌前或坐在天井里埋头穿针引线,我唤声"外婆",她还会抬起头来应一声。

如今城市的生活用品实在丰富,我穿贯了外婆手缝的衣鞋,对这些从冷冰冰的机器里出来,一副面孔,又经商人算计过的东西,感觉索然寡味,不觉地延续起外婆的手工。

针线活儿复杂精细,不专门学,做不了,外婆在世我就不愿学,只跟同龄人学编织。成家后疯编织起毛衣来,那劲头就像外婆一刻不停为家人缝衣物。为父母织得还少,主要给丈夫和我自己织,每天拿出大块大块的时间来,好像过去没穿的,现在赶制似的。商店里一件好毛衣贵得要月工资的一半,我到毛线店里挑好上好的毛线回家织,便宜不说,样式又独一无二。自从我花样翻新地给丈夫左织一件又右织一件以后,他不穿西装了,把我织的毛衣当外衣穿,常年套着毛衣出入各种场合采访,无论在都市还是在少数民族山寨都不觉得别扭,感觉还随便大方,又与众不同。从这上面,我第一次收获了为人妇的幸福。

丈夫见我那么爱织,玩笑道:"万一我什么时候被革职,可以靠你打毛衣维生。"真沦落到那一步,我想我会默默地没有一声怨言,为了整个家一起生活在无常之中,我会一针一线地织……当我这样思量时,心里十分充实,感觉又归属自己生长的那条小巷,那所小院,又找回了纯粹的心境。

原载1992年9月30《新闻出版报》,刊登时的文章总标题为《我的昆明》

女人端午

端午前几天的菜市场,粽子、芽豆、大蒜和咸鸭蛋有多少都会卖个精光,到了满担满担的艾叶和菖蒲往市场里挑,出市场的人们个个手握一把长得拖地,新鲜肥绿的叶子,好像统一拿着个道具去参加什么盛会之际,端午节不是明日也是后天了。

我身边的男人心里没有这个节日。如果我不把艾叶菖蒲倒悬于门楣上,不把煮熟的粽子和芽豆摆上桌,丈夫根本不知道今天有个什么节日。娘家呢,母亲生带状疱疹住医院,父亲照顾病人,家里剩下弟弟,所以没一点节日的动静。我因此格外关心起这个端午,买了两份艾叶菖蒲,备齐过节食品。我把粽子和芽豆送医院,母亲和同病房的人都说医生事前告诫过了,病人不能吃这些东西。请父亲和弟弟来我家里过节，父子俩奇怪我竟然有精神过这个端午。

往年过端午都是母亲操心，母亲煮好过节吃的东西，我和丈夫不回去过节，母亲就把吃食送来，还带一把长长的草叶让我挂到门上。外婆过世后，母亲因眼力弱到自己包不了粽子，操持起端午的事就简化了，什么都买现成，不能与外婆同日而语，但因母亲，我们全家才得以同邻居们一样端午有端午的乐趣。

外婆在世时的端午节过得是有滋有味。那时还住翠湖边一条小巷里的四合院里，过节的所有东西都自己动手做，而且是整个院坝的人家统一行动一起过节。邻居当中有乡下亲戚，我家有滇池边打亲家的渔民朋友，所以节前一天就有人送粽叶和菖蒲来了。艾叶在家门口采，我们巷子里一片坡地上就有艾叶，因那里几棵洋草果树太大，艾叶长得不好，要去云南大学采，一进学校大门的左右两边，树下的艾叶长得又高又肥。孩子们把艾叶采来后，加菖蒲捆成数把，往每家门头一处挂一把。大人管发芽豆包粽子。外婆的粽子包得小巧爱人，吃起来剥叶子时糯米又不会粘到手上，邻居们都跟着学，没一个学到家的，所以院坝里多数人家的粽子都让外婆帮忙包。外婆包粽子在家门直对着的廊檐下的天井一角，到时候这里摆满各家大盆小盆泡好的糯米，我家洗衣服的大铁盆泡粽叶和捆粽子的麻绳。节前头天大清早，外婆把麻绳往石磨磨扇的木把上一套，人往石磨前的小板凳上一坐，开始包粽子了。粽叶在外婆手上飞快地折来叠去，坐一旁学包粽子的人还没看清粽叶怎样折叠，外婆手里一握大的粽子已包成，用麻绳捆了。我就没学会，包出的粽子一煮就露馅，只能做把包好的一串串粽子从磨把上取下，放回各家的盆里泡着之类的粗活。过节这天各家煮粽子和芽豆，煮好后相互赠送，你家尝我家的，我家尝你家的，要尝遍。院子里不包粽子的只有一户鳏居和一户老大不娶媳妇的单身，邻居都会把煮熟的粽子送上门，由不得对方不过节。这样一来，在艾叶菖蒲苦涩香气和粽子清香弥漫的院坝里，所有人家一起亲亲热热地吃粽子。

轮到母亲持家时，已从老家搬到父亲单位新建的宿舍楼。一幢楼里住着的邻居们过节时，各在各的单元住宅里吃粽子，谁也不送谁。母亲只会发芽豆不会包粽子，艾叶菖蒲那时没人送了，菜市场上已经有卖，所以没了外婆以后的端午，粽子和芽豆一样不缺，还多了以前吃不起的咸鸭蛋。母亲这次住院正好端午，身上的疮痛得她腿动不了回不了家，我一下子热衷起过节来。我对自己感到意外，家里的男性对这个节日无动于衷，而我有生以来第一回积极起来，想延续什么呢？是意识到自己已经成了和外婆、母亲一样主妇，要把家人凝聚一起？我想到自己的举动，应是从外婆和母亲那里潜移默化而把传统节日无意识地一脉相承下来的。看来，一个人生长的各阶段对节日的价值取向不同，最后都会相同吻合，这应该是一种民族的文化传统得以源远流长的原因之一吧。

母亲从左大腿到肚子长了一串大葡萄样的泡,医生还检查出她的左肺上生了个大泡,问家属是否让病人动手术把肺大泡切除,免得以后泡炸了后果不堪设想。父亲没同意,安慰母亲说医生说了今年害带状疱疹的病人特别多。保守治疗起来非常麻烦,打吊针以外,父亲要为母亲熬中药和一天三次对皮肤上的泡进行冲洗、敷药。母亲身体里像溢满毒素似的这个病,让我对端午由过去诗化的人文意义,寻到本源上:五月草木繁盛,百虫滋生,瘟疫肆虐,老人们叫恶月,端午的主要内容是祛病禳异灾驱五毒。这才晓得门头上挂艾蒿和菖蒲,吃粽子和大蒜煮芽豆的真实含义。那么今年家家挂这草叶,真正同几千年前的楚人一样"以禳毒气"了。我突发异想,也把这草挂到母亲的病房门上。那个讲科学的地方当然不行,医生早交代病人们不能吃端午节的东西。

这个端午忙着"禳毒气",忘了纪念大诗人和赛龙舟,有点儿对不住屈夫子。

原载1993年8月13日《春城晚报》

妈妈的舞鞋和白手套

一个星期天我和丈夫回娘家，刚在客厅坐定，妈妈就兴高采烈地说她去工人文化宫外广场上跳舞了，跳烟盒舞，都是些老年人在跳。我们对这个惊人的消息还没反应过来，妈妈已取来两个垂红缨的红色圆盒子套在两只手的手指上，弹出嗒嗒、嗒嗒、嗒嗒的声音，随着响声还舞起来。客厅窄，妈妈在电视机柜和一张自家拼斗的茶几之间舞动时，差点被自己绊倒，直起身来后咯咯地笑了。烟盒声和舞步都还乱，手脚也僵硬，但妈妈开心的笑和笨拙的姿势可把我们逗乐了，笑得我弯下了腰。

父母家距工人文化宫不远，只有两三个公共汽车站，又都在笔直一条交通要道的北京路上，随时车水马龙，但这段路对妈妈这样眼睛有毛病的人来说，却危险。爸爸刚退休，单位返聘回去每天八小时上班,不可能陪妈妈去,是邻居中有老伙伴?妈妈回答说没人陪,自己走去,一个人不敢走大街,走盘龙江边桃源街的小街小巷,要被撞只有单车和拉东西的小板车,不会要命。妈妈从住了三四十年的翠湖边搬来北京路新宿舍还没几年,对新居四周还不太熟,本来出家门沿北京路人行道一直走就到东风广场,也就到工人文化宫,但过交三桥和东风广场两个大路口,妈妈独自过很难走,看不了红绿灯,即使跟行人一起勉强过,因看路吃力步子慢,往往过一半就绿灯亮有车开来了。顺盘龙江边小街小巷绕道走,没了汽车,但沿路摆地摊和卖菜的,地上随时泥巴拉楚,下雨是一潭潭的水,眼睛好的人走起来都得小心找地方下脚。妈妈说穿雨鞋不怕烂路。我问妈妈谁介绍去广场跳舞的?回答说早上锻炼走到广场,看人跳烟盒舞,看上几次,跳的人让进去跟着跳,只需一个月交两块钱。妈妈接着得意道:"我每天起大早去跳。跳完,顺路买菜回家。"

妈妈眼睛高度近视,搬新居后视力一年比一年弱,近乎睁眼瞎,戴眼镜成多余。这眼疾在她两岁得重病时落下,到年龄上私塾时,还没念完一年的书又害大病,眼睛近视到坐第一排都瞧不见先生写给学生看的东西,从此失去念书的机会。后来识字学文化,还是结婚后由我爸爸教的。住来新居后家里买了台电视机,有一年播放电视连续剧《水浒》,妈妈看完电视剧不过瘾,让我给她买书来读。自从我把自己收藏的一套《水浒》拿来给妈妈后,每次回来,她都会捧着书问我书里的陌生字,读一页要问十来次,几页读下来,我像教小学生读书。妈妈靠问家里人读完上中下三卷的《水浒》,后来又以同样的方式读了三卷《红楼梦》,这部书也是我的藏书,繁体字竖排,读起来更难。可妈妈读这两部小说,读得很是平和,没为陌生字太多犯难过,像个识字人样就把两部名著读完了。

因疾病缠身,妈妈病休十年到了退休年龄,人长期闲在家里,可身体一样羸弱,一年半载要大病一回住医院。加上眼睛不好,没有任何爱好,平时除了爸爸单位发电影票,爸爸带她去电影院以外,她没别的娱乐(其实到电影院也只是带耳朵听),也就极少出门,除在家附近桃源街上买菜,她一个人从不上街逛商店。哪想妈妈现在完全变成另外一个人,竟然可以独自走到工人文化宫,还学跳烟盒舞,想不出这是怎么变的。

妈妈跳烟盒舞以后,人家要求跳舞时统一穿白色的鞋子。爸爸休息日带她去商店买鞋,挑了一双漂亮的塑料雨靴,一双中学生打篮球穿的白球鞋。有次丈夫去外省采访归来给妈妈带了个礼物,一双款式新颖像舞鞋、底子厚软的白布鞋。这样时髦又舒服的鞋我都没见过。自此以后,妈妈每天早上不再穿黑色雨鞋,晴天大热天都穿着紫色的雨靴从家走到广场,然后换上白布鞋与大家一起跳舞。

又一个星期天傍晚,窗外飘雪了,爸爸上街大半天还没回

母亲60多岁时在工人文化宫前的东风广场跳广场舞——白族的霸王鞭。1994年10月拍摄。拍这张照片时,母亲已同老舞伴们跳广场舞四年。

来。妈妈把做好的饭菜在煤气灶上温好,和我们几个子女围坐一起说话,她聊到广场跳舞时说:"前天来了个新手,笨得教不会,拦手绊脚,个个不高兴她。我才进去跳,眼睛看不清人家的动作，人家跳熟的也恨我拦手绊脚。"妈妈走路看脚下都成问题，全凭感觉上坡下坎绕开坑凹，广场跳舞不是事先让人教，是一进去就要跟着抬脚提腿走舞步，妈妈跟学当中的难处别人设想不了，她不说，就像读《水浒》《红楼梦》，没有因连篇的陌生字让她说不读了，半途放下一样。

说话间爸爸回来了，头戴的布帽子上沾着几片雪花，鼻尖和两颊被冻得通红，买回的东西只有双白手套。爸爸伸手把手套递到妈妈眼前的瞬间，我见他缩了下手臂，龇牙咧嘴了一下，忽然想起他双臂都患着肩周炎，穿衣服时痛得套不进袖子，要妈妈帮忙才穿得了。妈妈看不见爸爸脸上转瞬即逝的痛苦表情，接过手套乐哈哈道："天突然冷了。跳舞弹烟盒手僵。"

原载1991年3月9日《云南日报》

母亲的终身大事

母亲一辈子疾病缠身,两只眼睛又自小因病致残半失明,到生命最后二十年,病病歪歪的每年不住两三次医院就过不去,眼也快瞎了,生活中事无巨细靠我父亲。母亲依靠父亲的时间不只二十载,几乎是从相爱那天起直至父亲辞世的五十六年,凡是知道父亲的人,特别是朝夕相处几十年,把父亲悉心侍奉病中母亲的点点滴滴都看在眼的邻里们,没有不被折服的。都以为身子骨结实得从没进医院打过一针的父亲,一定会为多病的母亲送终,结果却调了个,父亲一病就是不治之症,一年多后溘然长逝。父亲撒手后,我和弟弟一同照料母亲,还请了保姆做帮手,哪料才过两年零四个月,母亲猝然走了,仿佛急着上天去找我父亲,结局明摆着:两个子女终究抵不上一个丈夫管用。母亲在世最后两年多里一共住了6次医院，每次入院医生写病历问病人的婚姻生育状况，我每次都听母亲毫不含糊地回答医生：16岁结婚，16岁生头胎。这是我有生以来第一回从母亲口中得知她的婚育史，关于这个，父亲在世时滴水不漏，在他病重前记下他和我母亲工作简历和两人一生大事的笔记里，也了无痕迹。故而每次听母亲回答医生的询问，我的心都扑通跳一下，窘得如同偷听父母的悄悄话。

之前尽管没能从父母嘴里听到过一句关于他们相爱结合方面的话，可是自小从母亲娘家长辈们的议论中，已隐隐约约地有一种印象：母亲为父亲私奔。基于这样的印象，当父亲弥留之际把他保存了五十二年的两张一对《结婚证》，连同其他遗物和遗嘱一起交到我手上时，我视之为父母爱情的圣物，以致我翻遍其他遗物，唯独不碰这两张折叠成几折，没有封套也无封条，打开即可的证书，后来母亲过世，更怕去碰，一碰就触到生命最痛处——如果做子女的有父亲一半的细心，母亲就不会一个人出门在家门口大街上遭遇意外交通事故。这事令父亲生前挚友们几年都忘不了，每逢我前去拜望时，总要重复一句让我胸口针扎一样痛的话："你爸临死前最放心不下的就是你妈，可见他有预感。"我愧疚难当地答道："是啊，他了解我们做子女的做不到他那份上，至死不放心。"

父母《结婚证》在我手里原封不动快十年之际，自知来日不多耄耋之年的舅妈第一次对我讲起她在老家黑井小镇与我母亲一个家庭生活的往事，当中提到我母亲夭折的头个孩子，这女孩与她的第一个孩子同年生，一对小姐妹似的。舅妈本是我母亲姑妈的长女，嫁我母亲的哥哥后，姑嫂在一个屋檐下一口锅里吃了两年饭，这当中，两人同年不同月的各自生下个女孩，俩女婴还长得有点像，形如一对双胞胎。我乘舅妈愿说六十年前事之机，问及我父母结合的事，老人依旧缄口，惹得我愈发想解开心中谜团，终于动手翻父母《结婚证》自己找答案。打开来一看，收藏得边角无损的两张结婚证书上，那个年代的时尚气息扑面袭来：泛黄又厚实的证书，大得像两张奖状，天头正中一颗五角星两面五星红旗，地脚正中的一条红丝带上披挂着两枝和平树枝，四周是缀满了和平枝与和平鸽的绿色方框。方框内用毛笔字填写的内容，记录了23岁的父亲与19岁的母亲在云南省昆明市第三区人民政府（即现在的五华区前身）结婚登记，时间为1953年3月22日。证书上，除了母亲年龄让我纳闷之外，其余皆令人新鲜不已。比如证书背面分四行竖印着的"互爱互敬　互相帮助　互助扶养　和睦团结　劳动生产　抚育子女　家庭幸福　社会进步"的祝词，我以为，没有别的语言比得上这32个字如此通俗又恰如其分地概括父母相伴终身的情形了。又比如把两张证书的边齿咬合起来，就是一大张严丝合缝的完整证书，这一发现让我悟到，结婚证书对我父母而言，不只是政府认定他们为合法夫妻的法律文本，还是他俩私下约定此生相依为命的最牢靠的契约。"契约"如扇窗口，从这里望进去，母亲婚事之谜渐渐解开。

先从父亲说起。父亲自年幼双亲尽殁后，被族人送进老家小镇理发店当学徒，从此自己养活自己。他1949年跟随同乡的师傅一家到几百里以外的黑井小镇开理发店时，已是个20岁的熟练技工。黑井从明清到国民二三十年都是云南盐都，随后，这座大富了五百年的小镇以迅雷不及掩耳之势衰败下去，半个世纪后，因小镇的盐都旧貌保持完好被列入全国首批"中国名镇"目录，成为旅游胜地。

父亲与师傅一家到黑井后，在小镇黄金地段的利润坊正街的中心地，租了李家铺面开理发店。房东是位以绣花为生、膝下一双儿女的寡妇，其子刚完婚，娶的是武家姑娘——黑井的武、李两家为大族，武家掌控盐，富甲一方；李家为官亦商有盐灶，这权贵两族世代联姻，没落时也按祖上规矩娶嫁，所以这家李姓的儿子娶了武家的亲表妹为妻。女儿十五六岁，身体孱弱双眼近视，但人出落得花骨朵似的，黑井产盐出美人，平日街上露脸的妇女没一个不端正秀气，何况闺中少女。李家这位女儿就是我母亲。那时母亲家这一支李姓，因我外公这位长子年纪轻轻客死他乡，其独子又不愿读书不愿做事，家道一落千丈，好在房产足以安身，我外婆做女红糊得了娘儿仨的口。听李家长辈说，我父亲与他的师傅租我外婆家铺面开剃头店，生意火得师傅夫妇管不了带在身边的幼子，小儿独自出门玩耍，不是差点被前门街上驮盐的马队给踩伤，就是被后花园门外的大河给淹死，我外婆看不下去，只得停下手里针线为房客带小孩，主客之间也就相处得一家人似的。

  一座从正街延伸到黑井大河的三进院里，住着母亲家这一支李姓三代的若干小户，这支的男女老少对我父亲这个剃头匠小伙子大有好感，直到晚年还与我父亲关系好，唯独我外婆例外，我自知事，任亲戚和邻居在我外婆面前说我父亲如何孝顺如何出息，就从没听外婆接过茬儿，一脸不屑的表情。父母生养的四个孩子中，只活下我和弟弟，我们姐弟俩无不是外婆一手带大成人的，所以我老想不通外婆为何一辈子对我父亲不满意却宠爱我们姐弟俩？飘进耳里的大人们的议论，我似乎猜到了几分原因，直到最后听母亲回答医生说16岁嫁我父亲，16岁生头胎，就什么都清楚了：那时候，穷光蛋的小剃头匠，与房东唯一的女儿私订终身，而这个女儿原本的归属，既使不是按李家传统进武家做媳妇，也会在小镇上有门当户对的婆家，怎么也轮不到下嫁一个既是不知底细的外乡人，又是身无分文的剃头匠。

  再来说母亲。母亲两岁患重病躺在家里几天不省人事，族人见我外婆四处苦苦求医救女儿，力劝放弃。外婆刚丧夫，不能接着又没了女儿，硬是死马当活马医找药把女儿给救活过来。外婆二十三四岁守寡后靠绣花把一双儿女抚养成人，长子成人，又按礼数为儿子把武家姑娘娶进门，接着筹备嫁妆准备出嫁待字闺中的女儿，这时，女儿却反了。母亲两岁那次病，命是捡回了一条，却因药的巨毒性种下重重病根，到年龄进学堂，眼睛近视到先生教不了的程度，只上了几天就被退回。眼睛的缘故上不了学，也无法跟寡母学针线，没了封建社会的女子起码要会的女红，在家只有哥哥为伴，却又受哥哥欺负，人变得逆来顺受，木讷嘴笨，被大人骂为哑巴。毕竟是李家姑娘，还有几分容貌，门当户对的人家已来提亲。就为个小剃头匠的闯入，历来百依百顺的闺女彻底反了。好在已是解放前夕兵荒马乱，武李两姓自顾不暇，没人顾得上一个失体统的女子。本来，母亲的婚事对我外婆打击之大可想而知，哪想，外婆的后半生并没有与报以厚望的儿子在一家，反而与逆经叛道的女儿寸步不离，为女儿持家带孩子，招致她儿子儿媳永远的抱怨，真是不是冤家不聚头。

在我眼里，母亲最弱也最温柔，外婆说什么她听什么，她对我的父亲甚至对长大的子女们都一样顺从，由此可见她一辈子唯一的一次不顺从，就是抉择自己的终身大事，况且那时才有十五六岁。母亲爱上我父亲第一年就生下了他们的第一个孩子。当年2月云南和平解放，一时间，李家人纷纷外跑，逃不了留在原地的变得一无所有。同年10月，父亲从黑井上昆明找工作，在市公安局的服务社当上理发员。翌年，从没离开过黑井小镇半步的母亲，带着她1岁的孩子，跟着驮盐驮柴禾的马帮走出黑井，翻山越岭一天，徒步走到替代了黑井盐都地位的一平浪镇，再乘一天的汽车来到省城昆明，从此离开了祖辈世代居住的家乡，成了她这一支李姓的同辈中第一个上省城的。

我父亲不再剃头，进入二区政府工作，是他头个孩子两岁那年的事，与此同时，我母亲在昆明市三区（与二区同为五华区前身）保健站也有了份临时工作。二区办公地在翠湖之畔的青云街，父母在区政府对面一座四合院里租房子安家，后来在同条街上换了几个住处，到生第二个孩子（1岁夭折）时，父母才在区政府一侧的老马地巷1号四合院里完全定居下来。这时昆明所有的民居，解放前一律为私房，解放后全部没收充公，大多做公租房。母亲娘家在黑井的那座祖辈居住的三进院，此际已被没收，铺面做了黑井公私合营后的第一家商店（如今这里仍是小镇商业中心，有中国农业银行和农村信用社）。一夜之间被赶出家门穷得生活不下去的我外婆，带着她的儿子儿媳和两三岁大的孙女，上昆明投奔我父

图1　1961年6月摄于老家住所背后圆通山上的这张照片，父亲怀抱4岁的作者，一旁站着作者11岁的表姐。茫茫一片错落有致的瓦顶屋脊，依次是昆明城内最大的古刹圆通禅寺和小东门一带民居。如今这片明清时期建筑，只存留下圆通寺。

母。外婆带着她的孙女在我父母家里住下,照顾孙女和外孙女这一对小表姐妹。再一年,这对小表姐妹有次玩闹,小的那个即我父母的孩子跌到烫伤,就近送马市口五华区医院抢救无效死亡。大概为怀念,我4岁时,父亲带我和与他夭折孩子一对小表姐妹的那个已经11岁的女孩,在家背后的圆通山上由圆通公园的照相服务部照了张相(图1)。

　　父母在头生孩子夭折前后,在三区办理了婚姻登记。这一年是中国第一部法律《婚姻法》颁布实施的第四个年头。父亲独自在社会最底层挣扎十多年,时逢新中国成立才彻底改变命运,人年轻,步步紧跟时代,另外,与我母亲的结合又来之不易,《婚姻法》对他是个莫大好消息,可是他为什么晚三四年才去结婚登记?读《五华区志》发现,1950年5月1日国家颁布《婚姻法》时,昆明人口61万,主城区的五华,当年没有人去登记结婚,第二年有385对登记,第三年去登记的下降到180对,少了一半,这当中一定发生了什么事导致市民观望甚至却步。只有180对结婚登记的不利形势让上级政府看出了问题所在,于是志书上有了这样一条记载:"一九五三年三月十一日起,昆明市开展宣传和学习《中华人民共和国婚姻法》"。宣传学习后第11天,二区劳动科科员的我父亲,与三区保健站临时工的我母亲,双双在三区政府民政科领取了《结婚证》。不知道父亲他通过区政府组织的婚姻法学习,打消了什么顾虑后同我母亲去办理登记手续?

图2　1955年母亲成为一名正式工人，为贴工作证，到春城照相馆拍下她人生的这第一张照片。

黑井这座古老盐都的封建礼教非常浓重，每一代女子中出了不少的烈女贞妇，她们的名字刻在用当地红砂石砌就的一座座贞节牌坊上，其中的"节孝总坊"已成今日小镇的标志

图3　作者父母结婚登记整40年的1993年，在老家前面的翠湖之畔合影。

性景观。我外婆守寡后独自一人把五岁和两岁的一双儿女抚养成人，尽了妇道，被李家视为完人，用他们的话叫作"守正贞"。在这样内外环境中长大又没在学校受过一天文化教育的我母亲竟然叛逆，可想而知她与传统习俗对抗中，精神所受的折磨和内心的无助，当她痛苦地逃离家乡，在异乡与心身结合了四年的我父亲登记结婚，两人成了受法律保护的夫妻；当她从办事人员手里接过那张由她个人持有的《结婚证》时，因疾病又没文化更无一技之长而导致她一生卑微渺小的生涯中，没有比这个成功更有意义，并令我们这些后人肃然起敬的了。

新中国成立之初，普通人拍照片是生活中一桩隆重的事，非照相不可了才进相馆，国家体谅民情，不要求在《结婚证》上贴双方的照片，所以父母没有结婚照片，倒有不少贴工作证的个人标准像。母亲婚姻登记后两年，成为昆明市妇幼保健院一名正式工人，为贴工作证，到昆明市数一数二的春城相馆拍下她有生以来第一张照片，由于珍视这张照片，让相馆放大几张并上彩色，分送家庭双方亲人，如今我手里的上彩照片（图2），就是从父亲一方亲戚家的老照片相册里揭下来的。父母这对夫妻活到老了才在一起留影，其中颇见两人神采的照片，是1993年元旦在翠湖由他们当记者的女婿给拍摄的（图3），堪称父母相伴五十六年的缩影，拍摄时间正好是父母结婚登记整整四十周年。

原载2016年6月《老照片》第一〇七辑

母亲的花开在那个时候

一

已经三年了,我怕见令箭荷花,平时在街巷走着,猛地打眼,见路旁人家窗台上或是半空中的楼房窗外架着的防盗笼里,伸出一朵两朵红艳极了的大喇叭似的令箭花,我急忙移开视线,把闪现进脑海的花色也给抹掉,免得触到伤心处。

令箭荷花是继山茶花之后,近二三十年间昆明人家普遍养植的花。这种娇艳的草本花最好栽,把它的叶子随便往土里扦插就活。叶子既是叶片又是花枝,只需往花盆里插半片,一两年能把花盆长满。花儿喇叭样,从叶片两边开出来,开得多时一边开满一排,像双排的大喇叭,很热闹。花期虽然短暂得朝开夕谢,但这朵谢了那朵开,又不分季节,不大让人有昙花一现的伤感。上世纪七十年代末我家从北门街的四合院，搬到北京路桃源街一条巷子居住，那是父亲单位新建的宿舍楼，开初几年，父母在阳台上种满了一盆盆的玫瑰、月季和兰草等好几种很费功夫的花，哪盆盛开就抬那盆进屋，放在父亲自己打的小茶几上欣赏，春夏季节屋里屋外都有鲜花，冬季下雪时，阳台上没花了，小茶几上有盆盛开的水仙花，母亲眼力不济负责养水仙，每年这花香得几间屋子都闻得到，连厨房都闻得见。后来这些花养得一年比一年少，忘了什么时候就没了，兴起养令箭荷花，父母一直只养这一种花，令箭荷花成了父母生活中最后的花。

二

父亲去世前一年阳台上就不种花了，堆放杂物和花枯死后留下泥土的一个个花盆，很是凋敝。家门口却一片鲜艳——四五盆令箭荷花在门左右两边风风光光。紧挨门边的一盆发得最旺，一二十片叶子，每片一两丈长，用几根棍子支撑着才行，父亲病重的那个夏天，这盆令箭的每片叶子全都开花，开的开，谢的谢，好几天里红红一大团，楼上人路过，没有不在花前停步端详的，因父亲病而阴影笼罩的家，变得有活力和希望似的。见花开成这样儿，我在心里奢望起来：父亲身体历来硬朗，没有躺倒住医院的经历，他在家里无论哪方面都堪称是座山，虽然此番一病就做大手术，靠他身体素质和精神支撑也闯得过这一关。此关一过，还会长寿，这座山，又将立于全家三代人特别是一辈子靠着父亲过活的母亲的生活里。

自父亲病后，母亲虚得连路都走不稳，随时会倒下，神经脆弱到一有不适就要崩溃的程度。有天大清早母亲拉开家门，见往日红成一片的门边，空无一物，那盆最灿烂的花没影儿，花盆也没了。我以为令箭本是一种随插随活的植物，一盆花丢了就丢了值不得在意，其他几盆不是还好好的？不想母亲为此颇受刺激，一连几天心情沮丧，老叨念说楼上住着的那些临时租房人把花偷走了。她上楼去一层层的找，楼道里根本不见，于是每见老邻居们就说此事，人垮掉似的。

父母家所住的这幢有二十五六年历史七层楼高的大板房和另一幢同样的楼，以及楼周围的农民瓦房，年内就要拆除，原地将新建几十层楼的摩玛大厦，因为这缘故，有的老住户先搬走，空出来的房子在拆迁以前出租，于是楼道内不时丢东西，这期间，父母家丢了家门口最漂亮的一盆花。令箭实在不值钱，把整盆花偷走的人也是个爱花人，谁让母亲在老楼拆除之前的混乱局面里，父亲躺在医院回不了家的日子里，还把花儿养得那么招人眼球呢？印象中，父母养的令箭荷花，从未开得如此绚烂过。

父亲进医院后，母亲独自照顾花草已半年多，以她双目近于失明，精神所受压力来论，家里的花可能就此荒了，反而养得比她与我父亲两人一起养还要好，我揣测她的心思，是对我父亲身体痊愈抱有极大的信心，所以才拿出最大的劲头，把花养到最好。可是花中王的那盆令箭，一夜之间不翼而飞，仿佛不祥之兆向她袭来，要把她击垮，这事于她而言，也就变得比我父亲几次病危还要严重，好像看见我父亲身边的死神。当时我无法理解母亲，听她叨叨花丢掉的事，以为是没事找事添乱，弄得我们忙医院里的父亲又要担心家里的她。等到父亲病逝两年多母亲也离世，我才猛然醒过来是怎么回事。父亲在母亲的生活中自始至终是一座山，母亲靠了大半辈子，对所靠的山有点滴改变都极为敏感，何况父亲一病就真像山一样坍塌，其间又遇居所拆迁，住过几十年的家也要变为尘土，接着是择处安身。在一桩桩的生活骤变中，一盆寄托着她祈盼的花，睡一觉起来就没了踪影，乍有乍无之变令她无限恐惧。她从丢花一事预感到可怕的事就要来临，又不愿相信，用语言无法把直觉到对家人讲，内心无助又孤独，完全没有力量控制自己的情绪。花丢后不久父亲出院了，个把月后的一个午夜，父亲在家中他自己的床上永远睡着了，没一点儿声响地悄悄走了，像家门口那盆最好的花一夜之间消失一样。母亲的预感应验了。

两年零四个月后，母亲也随我父亲而去了。那是一个晴朗温暖的冬日早晨，母亲如常出门买菜，在接近被拆除了的老家的地方过大街，走在斑马线上遭遇意外车祸，当即身亡。之前，我和弟弟以及其他家人对她将遇到的不测，压根儿没有预感，她魂魄离开躯体的刹那，我们同样毫无感应，儿女与父母心灵相通的程度，远不及父亲母亲两人之间。

三

接二连三的丧亲之痛，尤其是母亲意外死亡的震撼和由此而来的沉重内疚，让我把父母的令箭荷花给忘得一干二净，仿佛没在我父母家存在过一样。不料，母亲去世五个月后的一天，这花竟然选择了一个使人痛上加痛的时刻在我眼前突现，花瓣尽情绽放，花儿滴血一样红，那情形就像完全绽开给我一个人看，撕咬我心头的伤疤。

那是汶川在地震后第七天，是举行为期三天全国哀悼日的第一天。那天中午格外闷热，我送侄儿子昱去他的小学校上课。两人步行去学校的路上，小子昱蹦蹦跳跳走在前，我全身乏力，拖着两条沉沉的腿落后面，弄得这孩子一路停下来催，说他们学校在几点几分要全体集合起来默哀，他要迟到了。走到学校围墙下，他停下来冷不丁问："姑妈，默哀是什么？"11岁的他经历人死的事，还只是爷爷奶奶，他为此曾经哇哇哭个不歇，可还没有长到能够体验哀情的年龄，我只能挑他能听得懂的词语作答。走到学校门口他抬手打算道别，转念放下手臂，改口问道："到那个时候，姑妈你在哪里？"

"哪个时间？"我昏沉的头脑被孩子突如其来的问题一激灵清醒过来，明白所问的是指默哀那个时间，我估算接下来要做的事和所需时间后回答说："应该走到你家了。"

孩子对新鲜事好奇，语气顽皮地追问："默哀时做些什么？"我不假思索说你在心里默默地想着地震死难者时，也想着你的奶奶。

我回答了孩子，也明白了自己为什么这一天心身格外疲惫，腿脚千斤重，就是怕因事去弟弟家时碰上"那个时间"。父亲去世没几个月家就拆除了，母亲带着小保姆在附近租房子住，等几年原地建好高楼后回迁。这样住了半年就行不通，母亲那双几乎看不见的眼睛适应新环境非常之难，病得更频繁了，三天两头跑医院，已经需要子女在身边随时照应。父母家未拆之前，与弟弟家只隔条盘龙江，相距十多分钟的路，于是弟弟夫妇俩把母亲和保姆接去他们家住，这样一来，弟弟家成了母亲最后的居所。

这天我送侄儿去上学再到他家处理母亲身后的杂事，时间不早不迟，恰恰遇上"那个时间"。我不愿意在全城上空拉响汽笛、街上车辆停下鸣喇叭行人驻足默哀的那三分钟里，走进空无一人的弟弟家，母亲的房间一直保留她离开时的样子，我独自进屋睹物思人，内心难以承受为地震的死难者和为自己所遭受的人祸这双重的悲哀。我把步子放得很慢，在弟弟家小巷口等汽笛声过后，才怀着母亲好像还活着马上就要见到，如同往常一样还没有在二楼那道厨房大玻璃窗里见她的身影，已在心里默默喊着妈妈的那种欢喜心，进小巷拐入院子，直奔弟弟家所在的单元楼门。脚步顿时变得轻快起来，两眼迫不及待朝二楼那道玻璃窗眺望，寻找母亲的身影。

地震刹那间夺去人生命，让活着的人难以相信刚才还好端端的亲人转眼已是阴阳两隔。我的母亲像飞走一样突然没了，我与地震中的生者一样悲伤。

一生疾病纠缠的母亲在生命最后的日子里，身体出奇的好，一个多月时间没进医院看次病，持续几十天的好心情，七十三四岁的人变得天天孩子一样快乐，出事头天的心情，好得让我都觉得怪：那天傍晚弟弟下班回家，一进门，母亲就欢欢喜喜地迎着，让他看她的头发，说，你姐姐下午带我去理发，剪了个儿子头。到了晚上母亲还在为头发兴奋，像交代什么似的说："我就喜欢这样的儿子头，以后都照这个样子剪。"翌日早晨九点多钟，母亲把小保姆留在家，戴上宽边遮阳帽，自己一个人出门去江那边老家门口的菜市。出门后，一去不返。

剪儿子头的母亲像只小鸟倏尔飞走了，从儿女们眼皮底下悄然飞走了。我至今也不相信这是真的，以为母亲跟子女开玩笑罢了，飞走又会飞回，所以我只要一走来母亲最后的住所，她会出现在厨房玻璃窗后面，她眼睛虽然看不见窗外的一切，但凭直觉能准确判断出女儿在楼下已走到了什么地方。

现在，我睁圆两眼往二楼那道玻璃窗上寻找，从这头到那头，又自那头到这头，一边在心里唤着"妈妈"。明摆着枉然还是一遍遍地找呀找。厨房窗里没有，又把目光移到一侧的小窗，那是小子昱的房间，窗户防盗笼里面摆着数盆绿色灌木，我的视线越过花木，直接往笼子高处的晾衣竿上寻找，母亲的衣服都在这儿晾晒，看看此时是否有？竿子空着，什么东西都没晾。失望中，视线无力地从晾衣竿上滑落下来，就在要跳过花木，打算从小窗上收回目光之际，蓦地，忽见一朵大喇叭样的紫红色花伸出防盗笼的铁栏竿，头下朝地开放着，那情形简直像一个人把头从窗里伸出来，想叫住窗下过路人一般。这朵硕大的花儿正正地朝我绽开，向我闪烁亲切神秘的紫红色光泽，用唯有我能意会的无声语言，传达另外一个世界的信息。此刻花儿张开的大喇叭口几乎要把我的魂吸进去，那片生着花朵的又长又肥绿的叶片，也像一只伸出笼子的长长的手臂，从窗口伸下来，直伸向我，这一刻，身边世界什么都不存在，只有我和伸下来的花与叶，我着魔地仰望着，差点把花当作母亲，几乎要脱口叫："妈妈，开门！"

我熟稔这花，这是妈妈养的令箭荷花，一共两盆，妈妈生前一直没有开放，现在竟然开了，又让我在这个时候撞上。这朵花儿，是妈妈魂魄变的吧。

四

这两盆令箭同母亲一起移居弟弟家之前，被母亲养了两三年还是几片长不大的瘦叶子。父亲病逝三个月后拆房子，母亲搬家时，让人把这两盆长在瓦盆里的可怜巴巴的令箭荷花一同搬走。我视这花多余，让母亲扔了。母亲守着两盆花，淡淡回了我一句话："是你爸爸栽下的。"

搬进租住的房子，两盆花放在了母亲房间的窗台上。住半年后再搬我弟弟家，母亲仍然坚持把花带走。我看这两盆花被母亲宝贝一样时时照料，却总不见长，没有开花的希望，另外，三口人的弟弟家原本不宽，母亲和保姆一住进去就挤了，再塞下两瓦盆的花，谁舒服？我动手要把花扔掉。母亲一见急了，等我转身去忙别的事，她把两盆花藏起来，我也忙得忘了这事。等到母亲安顿下来，我在弟弟家养花的地方——小屋窗外的防盗笼里撞见了那两盆花。那里原有的花木已经一盆挤一盆挤得没地儿，可母亲硬把两盆令箭塞进去，在一蓬乱发样的灌木下躲着，我一见就明白在躲避谁,忍不住笑着对母亲说还是别要了,它在那里照不着太阳。这回母亲像没听见一样不理睬,但她的神情分明得意地告诉我:令箭荷花已在自己儿子家安身,你能怎样?

母亲在弟弟家过渡居住,我的心也落了,就像两盆令箭挤在阴暗的角落,毕竟踏实。住下两天后我去看母亲,她正两手摸索着给令箭施肥——用洗肉的血水浇令箭,是父母养花的传统。母亲眼睛已经看不清花盆的边缘,她一只手摸着盆边,一只手浇,血水全部浇到土壤里,浇完后,双手把每片叶子上下摸一遍。我立在一边瞧母亲做这一切,瞧得我心都软了,觉察到自己对这花的横蛮,不再好意思说什么。母亲见我不再干涉她的花,把盛血水的锅放在花盆上,身子靠实窗台,原地站着对我说起话来。

"你爸爸死前那盆最好的花被人偷走,他出院回家养几天能走路了,张罗着要为我买品种更好的令箭来栽。家门口菜市场原来都有人卖令箭,他去买,找不着,人家说已经不兴卖这种不值几个钱的花了。他去景星街花鸟市场找,那天我跟他一起去,他走路走不动,走几步要在人行道上找地儿坐一阵,我走走站站等他,等得脚酸。走到花鸟市场,卖花人也说不兴卖令箭。他不信,一家家找,还真找着一家有卖,他看品种不如自家被偷的那盆花,但比家里其他几盆花要好些,就买了几叶回来。"母亲慢悠悠说罢,转身向刚浇完肥的两盆令箭,用手摸着叫我去看:"现在不是长出几片新叶了?"

我伸头随便瞧瞧,见新发出的叶子又薄又瘦,想到母亲以前养花,养什么花都开得好,唯独养这两盆,养两年多都不开花,于是问母亲怎么回事?

母亲也纳闷:"是呀。怎么老不开花?我还不是一样养。搬家时扔下的那几盆,我在房子推倒前还专门去看,没人管,还在开花。"听母亲一说,我立刻想到挖土机把楼房扒开时,父母养的那几盆令箭花随之被埋的样子。

那天以后我再到弟弟家,见两盆令箭花升格了——从角落里移到防盗笼的铁栏杆边,占据一个太阳常照、雨水浇得到的好位置,变成花木中的主角似的。令箭果然迅速生长,叶片不久就从栏杆里长出来,而后在空中横长竖长,野得没样子。我嘲笑母亲说,你这花不长还不难看,长了不开花,样子变得又丑。

母亲过世后我去弟弟家几次,见两盆令箭仍在原地享受阳光雨露,长势迅猛,新发的与枯老的叶纠缠一块,鸟都可以来做窝,一副让人陌生的怪模样。我逐渐与这两盆长得野草一样的花,生分起来,感觉与我无关了。就在它从我心里一天天淡出时,它开花了,其中一朵出乎意料地在那天绽开,好像等待我多时,有意让我在那个时间迎面撞见!

如果说这一刻见它盛开令我如见母亲而狂喜不已,那么第二天下晚我借故再来看它的美丽颜容时,我被抛弃了:当我再次走来到小窗下，心想着与母亲美丽的花儿说几句悄悄话，抬头仰望时，花谢了，已凋萎成一团暗红色的潮湿的花泥，垂吊在叶片边缘，正在腐烂，完全成个花尸，目不忍睹。眼前瞬间浮现出父母先后离去时的情景，心口阵阵发紧生疼，禁不住泪水涟涟。父亲在世最后一次上大街到花鸟市场买来种下，母亲天天照料的这令箭荷花，开出一朵来，毫不留情地让我看佛理说的幻灭之相。

长在两个粗砺瓦盆里，我没浇过一滴水却没少讥笑、被母亲从我手下几番保护下来的令箭，就这样朝我开出一朵花来，烈火一样烧得人身心俱焚。

原载《边疆文学》2011年4期

家有微草

一

窗台上陶瓷笔洗里唯一的青石上长了棵极小的草,小到让人怀疑是否还算是一棵草?长出这样一个生命的青石只有拳头大,是我从某条河里拾来随便泡在水里,不指望能怎样的一块闲石,哪想草籽被风带来在这个谈不上生存条件的地方,随遇而安,生了根发了芽,我开初以为不过是个朝长夕死的生命罢了,可这小小草竟然活出了夏与秋,眼看着还要活进冬天,与大地上的同类共荣枯,以示今世不枉为草,这可把我镇住了。

发现这棵小小草是在盛夏。有个清晨,我习惯性地借着窗外熹微的光亮给窗台上笔洗里的青石淋水,忽然瞥见石头一侧有两点绿,把眼睛凑近瞧,确实是高出石面的两点小得不易察觉的绿色,长苔藓?我辨别之际,天空也放亮开来,定神再瞧,惊讶万分:不是常见的青苔,是石头上冒出了一棵草,像泥土里冒出一颗芽。

以往每见岩崖罅隙间长着独独一棵生机盎然的小树,或者见光秃秃的石头上伏着一丛根系裸露仍然花开花谢的草时,无不心生敬意,久久凝视,对这种顽强生命流露的玄机咀嚼不已之际,身上随之涌起一股股力量,这种力量感能保持几个钟头甚至好多天。如今家里用自来水养着的一块普通青石上也自生出此类不同凡响的景象,而且那无比卑微的生命又是自己闯进我的生活,所以就是能撼动森林的大风,也不能像这棵寂静的小小草那样在我心中掀起狂浪。

小小草安身立命的青石,是被我从窗台下大鱼缸里淘汰出来的多余之物,已经在笔洗里泡了一两年,想扔掉,又觉得它变成现在的样子很不容易——原本的它一定是块大岩石,从山上滚进溪流里,被流水千年不停地冲刷打磨,而后变成现在这样拳头大的小石头。我前年在八百公里外的某条山溪里见它时,因它形如鸡心,背面平,正面凸起如山脊,其上夹杂着的白色小石子如女人香颈上挂着的两串项链,我爱饰物,自然把它拾走。后来我有了更好的石头要淘汰它,还是几番把它留下来,其中的缘故是窗台上的笔洗老闲着。我买这个青花瓷盆的目的不为书画洗笔,是做观赏鱼生病后的临终所,大鱼缸里的鱼有病了就往这里放,我不会为鱼治病,病鱼被隔离进笔洗不几天就翻肚皮。看笔洗里的病鱼在孤独中死去的过程，看得人难受，我只得让病鱼继续留在大鱼缸里，在好鱼们身边慢慢死去。那块无用的青石独居笔洗后，我让它一半在水里，一半露着，那棵小小草种子飞落后，既不在水下也不在最高处生根发芽，选在水边冒出时，让人觉得它长得实在是地方，因为石头在这棵小小草的衬托下，宛如一座水中央的岛，而小小草，就像岛上的树。

这小小草只有独一条根系，还没有一根粗的发丝粗，简直像条蚕丝贴着石头往水下扎去。草茎干不过半寸长，却直直挺立着，茎端的两片草叶小得只能用丁点儿来形容。整个草太嫩太易折，轻轻吹口气都能把它吹断似的。草如此之小，估计它的种子小得尘粒一样肉眼看不见。这样微弱无比的小草自动飞来我家小岛上扎根，怎不感动得主人像享受到天大的幸福，我感觉它身上有神的影子，仿佛为我带来天上的消息，天上住着我的父母，所以无论我用眼睛看它还是心想到它的存在，我都会着魔似的沉溺在一种熟稔的温暖体验中。如此一来，我为小草的每个明天忐忑不安起来，因为我每天得给"小岛"的露天石头淋水以保持一定湿度，淋下的水会像小河一样冲着小草的根，还有，小草就在窗口。如果我仍然淋水，笔洗也不挪地方，窗风昼夜吹拂下的小草活得了么？我既为它担心，也想看看它是否有岩崖绝壁上草木那样的生存能力，所以一切照旧。时间一天天过去，小草不单是活着，两片绿叶间还出现第三点更绿的翠色，这点儿新翠令我越发振奋，在心里温柔地对小草说："啊，还长了第三片叶子。"

二

我正为小草茁壮成长高兴，一天，见小草倒下了，倒伏在根上，两片旧叶子不见枯萎，中间的绿芽仍然鲜亮。看着它把身子伏在根上，就要夭折谢世的痛苦样子，我追究起原因来，是窗外昨夜的大风把它吹倒？还是因为长第三片叶子负荷太重，茎干支撑不了？我为它惋惜一番后，心得到安慰，它原本天生不足得令人可怜，就此倒下也好，别再受罪。念它在我的"小岛"上生而死，除它之外没有别的生命愿来，很与我有缘，于是想以它在岛上活过的天数来纪念它。我估算有二十多天时间，这些天里我改写了两年前没发表出去的一篇散文，当中就见到了它。

又是农历七月半，我在改写的这篇文章里倾吐两年来郁结心头的对故去母亲的思念与愧疚，写到结尾处见小草倒伏，反而放心了。我心情本已沉重，连日夜梦里都是母亲，哪分得出心思来为临终的小草伤心？反倒要从它身上汲取力量，所以琢磨起它来：它与尘粒一般大小，一样在空中浮游漂泊，被风吹落时又没落到沃土中，落到一块不可靠的石头上，头上没有雨露，养分只有含漂白粉的自来水和屋内不新鲜的空气。脚下没有泥土，只有光溜溜的石头，根扎不进坚硬的石头里，只能抓着石头表面长。可是竟然一点也不茫然地循着生命规律生长，虽然没有能力像同类一样开花结果，秋枯冬死，春复生，但已经长出叶子，努力长成天生具备的样子，如果可能，也会秋落春生，完成一轮生命。目前不能了，虽然不能够走完全部生命过程而半途倒毙，但能在贫瘠苍白的地方活出了两片叶子，安然地过形单影只的日子，不仅不枉来世上一趟，已经超越极限而活神了。

就在我等待倒伏的小草就地枯死，"小岛"重归没有生命迹象的那几天里，一天早晨，又见小草像从死神那里回来一样，茎干重新挺立起来，第三个芽也变圆长成个叶子，惊愕得我好一阵说不出话来。

再过几天又出现第四个芽。当芽变大长成一片新叶时，老叶子中有一片开始泛黄。我翻看日历，立秋过去三日。脆弱如此的小草也有了秋叶，不错过季节，使我心窝里热乎乎起来，蓦地想到了母亲一辈子病歪歪的却活得无忧无虑，单纯开朗得像个长不大的孩子的模样，耳边随之响起她在我父亲去世后几个月里对我聊起的那些话。

那天我专门回家陪陪出医院没几天的母亲。午后雨霁放晴，母亲也小睡醒了，我们母女都有心情下楼到盘龙江边走走。在行人不多的江边石板小道上,我挽着母亲手臂慢步。晴空忽然洒下一阵雨,等我撑起伞,雨又没了,见在几十步外的地方下着。我收拢伞说雨在逗人。母亲接住我的话笑着念道:"东边太阳西边雨,青蛙出来讲道理。"这是我成人后第一次听母亲念童谣,立即把我给陶醉了,在心里正甜滋滋的品尝母亲念童谣的那种味道时,忽听母亲"唉——"的叹口气说道:"你爸爸是越走越远了!"我心头顿时被浇了雨水似的凉下来,扭头瞧母亲,见她抬着头,两眼直视前方的天空。蓝蓝的天上垂着一团团白云,好像父亲在云彩上站着似的。母亲当然看不见什么,她的眼睛一两步之外就只有影子了。失父之痛还沉沉压在心上,我最怕说到这上面,只应了一声就闭紧了嘴。

母亲也不语言,随着我沿石栏杆默默地走着。一会儿后母亲开口了,突兀地提起她儿时病死又活过来的事。我熟悉母亲两岁时的这段经历,那时我外公病死异乡的路上,被人抬回下葬后,我母亲也患上一种致命的病,躺在床上三天不省人事。医生来看后说,不用治了,非要治,是死马当活马医,可以用什么什么药试试。我外婆硬是从她婆婆那里要来一块什么猛药,煎了水,往我母亲嘴里灌下去。命是捡回了,身上因此埋下种种病根。这桩往事,外婆在世时讲她苦命一生时都要讲到,我听过无数次,而母亲嘴笨又木讷,自己不大讲,我很少听见母亲讲。现在母亲一反常态,不仅讲得像过去不久的事一样清晰，细节都有，特别是长辈们对待她生死的对话，活灵活现，母亲这样说："我妈去找我爷爷奶奶讨药。奶奶不给，对我妈说：'何消救。得这种病，救过来还不是个废人！'我妈求我爷爷奶奶：'我只有一个姑娘，救活过来，是个废人我也要。'硬是要来一坨牛黄一样东西才把我救活。"这些对话我还是头次听到，是我有生以来听母亲回忆自己童年，讲得最完整的一段话。

可能预感到自己的大限之日，所以母亲情不自禁回首起自己一生几死的经历来，想到竟然还活到七十多岁，连历来身体健康的我父亲一病就病没，还在前走了，为此怎不感慨，怎不对自己童年起死回生的事特别的记忆犹新。自从亲耳听母亲详细回忆她两岁的这段经历后，我深感她的生命，是种奇迹。我那位年轻守寡的外婆如果不坚守，不怕女儿成"废人"也要救下一条命，母亲那时就夭折了。捡了条命的母亲从此疾病缠身，几次大病令她痛不欲生，眼睛近于失明，可是死神几次靠近都没能把她带走，而且是一生好活。

我从亲人们对我母亲的印象中了解到，母亲虽然自两岁就带了一身的病，可长成少女，出落得花儿似的，性情少见的温驯，因眼睛上不了学不识字而少言少语，可脸上随时笑盈盈地，很小的事儿都能让她开心的笑一回，让人人疼她。外婆给了她第二次生命并终身守护不说，还为她带大一双儿女。第二个守护人是陪她走过近六十个春秋的我父亲，父母二人铭刻在我心里的,是父亲在平时生活中对母亲的体贴入微,特别是在母亲病榻前事无巨细的照料。母亲难能之处是她一生的好脾气,病魔磨不了一丝一毫,两位守护神先后离世也没让她有所改变,特别老来后,她只要身上的病痛缓解下来的片刻,都会发出孩子般清纯的欢声笑语,只要病不来找几日,就会像好端端的人一样忙里忙外的做家务,忙完了,一个人在房间里非常安静地坐着,静到连呼吸的动静都没有,一动不动的像坐禅。她少有心事,非常满足,生活中芝麻大的事都能让她得到安慰,把快乐的性格和朗朗的笑声保持到生命的最后一天。如今一想起弟弟对我说母亲生命最后那个晚上,母亲让下班回家的他欣赏自己新理的发,那不过是把头发剪短如男人头,母亲却高兴地管这发型叫"儿子头",说以后都理这样的头好了。母亲留在世上这最后一次的快乐,同以往一样都孩子似的简单,简单到令人感到深奥。

母亲就是这样一个非常简单平淡的人,她一生不过嫁人生育,当工人过日子而已,可所得到亲人的怜爱,没有谁比她多。她弱得不但她的母亲和她的丈夫理所应当地呵护她,她第一代和第二代也如此待她,我和弟弟有个共同感觉:在家里,母亲弱得对谁都顺从,谁都可以用语言训斥她,可只要转念一想会发现,实际上她才是最有智慧的,她认为自己是个无用的人,在别人眼里也一样。可就是她这样没文化没任何特长的人，简简单单地把民国、新中国和十年"文革"及改革开放如此复杂多变的七十多年活过来了，令我们这些在她面前看似有用的人，无论什么条件都比她好的人，自叹不如，因为换成她，谁都难以生存下去，更不用说活到她这份上。真是个谜。

三

母亲过世后，我老是想到老子这位大圣人，如饥似渴地捧读《道德经》，越读越觉着字里行间飘动着母亲身上散发出的极端简单、柔顺和清静无为的气息，这才第一次把5000字说尽的所谓"道"看出点名堂来，明白了自己二十多年来不知读过多少遍的这5000字，充其量不过是了解到各家学派理解老子和《道德经》的不同观点，仅知道些常识，直至今朝思念故去的亲人，又到知天命的年龄，读圣贤之书终于开窍，领悟到"柔弱处上"的些许妙处。

以前见悬崖缝隙里长着的小树，每每受鼓舞，其实所见只停留在表象，没能透过小树坚韧的表象往实质里探究。如今被笔洗"小岛"上的这棵小小草所震动，开始往深处思索，感觉小草用它那一根蚕丝似的贴在石上裸露于水中、让人每时每刻都可以观察其变化的根，向我直白着弱小生命的生存奥妙：草茎倒伏再直立之后，根变粗变弯，到最后一片叶子长成，根弯成弧形，线条流畅得像印在石上的水波痕迹。这些变化让我一天比一天明白，是什么支撑这弱小生命在危地厄运中完成整个的生命过程？为什么生命再卑微，也能够完美生存？

一个人见过太多的伟大皆成过眼烟云以后，才知道平常的不朽，对渺小者起敬。可惜，小小草啊你来晚了，为什么不在母亲未走之前来呢。

原载《潮声》2010年12月第6期

能不忆"高峣"

小时候跟大人到高峣，不论从小西门车站乘两节车厢的6路公共汽车，还是从篆塘码头搭轮船或坐马车到终点站的高峣，都是女售票员或赶马男子用一口昆明腔报站"高峣到了"。这报站声足足听了十年之久，后因二三十年都不往那里去，"高峣"淡出了我的生活。等到又乘6路公交车到高峣，汽车喇叭里的普通话报站声却说："终点站高峣到了"。喇叭里的报站地名当然是标准的，但昆明话发"峣"音非常拗口，我还要赖着叫"高峤"。赖着就得找个服人的理由，于是想到那里有杨升庵旧居的升庵祠，徐霞客也到过，所以有个徐霞客纪念馆，说不准他们诗文里的这个地名用的是昆明音？翻书一查，人家杨状元称自己的谪居之所为"碧峣精舍"，后人因尊崇把他的精舍升级为杨太史祠。

《徐霞客游记》中更明确了，游太华山记中这样写道："由高峣南上，为杨太史祠。"

发音纠正就纠正了，昆明腔发不了那个音改用好发音的普通话就得了，平常不过的事。这一改音，却勾起我对"高峣"五味俱全的回忆。

1963年到1970年初，父母双双从昆明调到高峣一家新建的工厂工作，节假日才回城里的老家。我那时上小学到初中，学校都在老家附近，没跟父母到工厂，只是寒暑假去他们身边小住一阵子，那么多年里我到高峣的时间茏共只一年多，可是感觉有十年一样漫长。这种错觉应是我知事后第一次尝到人生滋味，小小年纪就有了为大人遮风雨的念头，均在"高峣"发生的缘故吧。

那十年里，头三年父亲任厂长，我对此没有一点印象，之后"文革"爆发父亲被打倒，我目睹的事反倒一桩不挪铭

1963年昆明玻璃仪器厂在西山高峣镇建成投产，工业文明正式进入高峣这座有明代大文学家杨升庵谪居的"碧峣精舍"、《徐霞客游记》留下痕迹的渔村小镇。父亲为首任厂长。是年，父亲（后）、姑妈张忠秀（中）和作者（前）在西山龙门留影。

刻于心。本来，父母在世时对在高峣所受的罪缄口不提，我对那段不寒而栗的日子也不愿去想，现在不能不忆，缘于母亲离世前一年反常地想到了高峣往事上，时不时脱口而说，说也只是句把话，又尽是些碰不着历史伤疤的大闲话，还见首不见尾的让人听得不知所云。就是这样既少又无头无尾的话，竟然听得我把心底埋藏近半个世纪的"高峣"给唤醒了。另外，父母身后双双安息在了高峣上面的华亭寺海会塔，我们姐弟每年携家人上去祭祀，免不了聊山下儿时的高峣，几年清明下来，那段以为早已忘却的日子，一点点浮现出来。过去在脑海里清晰起来之际，才注意到它在现实中消失得差不多形将匿迹，比如高峣曾经有过的唯一一座国有工厂，现在是荒芜十多年的一片废墟；拥有几百年渔村码头历史的高峣，已变成一座等待拆除的"城中村"，如此一来，我觉得该顺着母亲提起的话头，把父母生活过的"高峣"留点痕迹下来，那毕竟是名胜风景地西山脚下工业文明乍现乍灭中的一缕人间烟火。

宿 舍

父母所在的工厂位于高峣小镇当头，既是镇上也是西山风景区脚下唯一的工厂，它与云南省委党校的高峣校区门挨着门。我从父母宿舍换过几个地方这点上明白了一个事实，即父母调离前的工厂没有建过什么职工宿舍，职工分散住在工厂四周的寺庙祠堂和私人的园林别墅里。

我有印象的父母宿舍，最早在一个满目玉兰花的园子里，园子深处有座一楼一底的大瓦房，楼上楼下住满职工，父母在楼下一间。进大门径直穿过玉兰花树林就是这座宿舍楼。这里的玉兰树又高又粗，我们这些小孩子抱树干玩，两个人才合抱得过来。冬春之交，玉兰花开得白的白，紫的紫，整个花园还有茶花和其他的花，烙在我脑海里的花色却只有白和紫两种，花的香气也只记住玉兰的。父亲离开高峣二十余年后的20世纪90年代初，西山风景区建起一座玉兰园，父亲率全家去赏花。园中遍山坡的玉兰树花儿怒放，却嗅不着多少香气，心想这些树太嫩了，要赶上以前父母宿舍那里的玉兰，不知百年时间够不够？母亲拾地上的花瓣拾一会儿就失望了，说用不成，以前宿舍那里的玉兰，花瓣都有手巴掌大，家家拾地上的花瓣煮水给娃娃喝又熏鼻子。

公园门口是条直通高峣小镇的人走的山道，我小时候同伙伴上山到坟地里拾青头菌——这菌子好长到坟头上，跟父亲上山拾松果捡树枝做烧柴，都爬这段小道上来，十来分钟时间，可见父母原先住过有玉兰花的地方，距此咫尺之遥。挨是挨得近，可惜玉兰园里寻不见一株有年头的玉兰树，父母对此也茫然，不知那些治过小儿们流鼻涕毛病的玉兰树，是老死了，被砍了，还是移栽别处？

玉兰树丛中的职工宿舍位于山坡上，那时人们在高峣车站下车，不愿绕道走公路下到小镇，就近下一道雨天泥泞晴天扬尘——我一生就畏惧过这道土坡——的宽大陡坡，坡腰就是宿舍区。现在此处踪迹全无，我也没有找人问它原来是谁家的花园，或为某座寺庙的一部分？

升庵祠也是工厂宿舍，父母住这里时，我不大愿来住，不单石板地上和瓦上生青苔的院子一个套一个深得让我害怕，旁边普贤寺里住的职工，有小孩的人家也很少，没有小伙伴。三十多年后我再来这里，升庵祠已恢复了原貌，一位有学识姓蔡的师傅负责看管，他与妻子一年四季住在祠堂

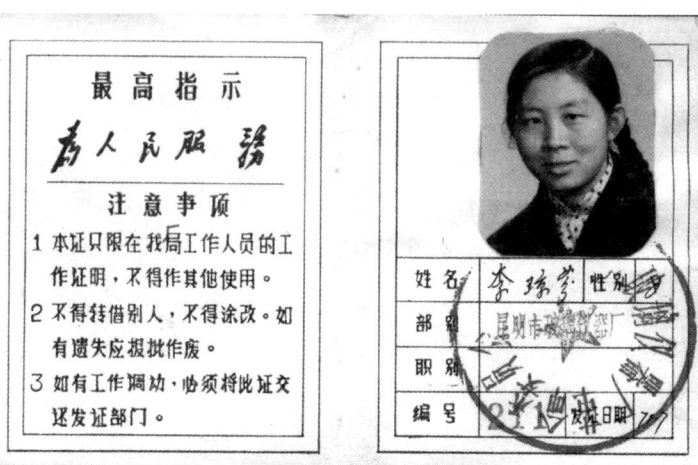

工厂革命委员会1971年7月新颁发给母亲的工作证。

里，家似的，夫妇俩的好友罗明生也是我朋友，我跟明生来升庵祠玩，还住过一两夜。每次来升庵祠我都仔细辨认父母以前住过的房间，怎么也认不出，毕竟印象不深，而今修缮一新，还塑起我从未见过的杨升庵雕像，看管者住的房间还有金光闪闪的佛堂和无数经卷，哪有旧迹可寻。这位看管者退休下山回城后不几年去世，妻子削发为尼，而明生却上山来，租用升庵祠开蒙学馆"明生书舍"，几年下来办得远近闻名。两年前我路过进去喝茶，隔着木头雕花窗瞧一间间教室里的孩童们古代小孩般正襟危坐，用普通话齐声背诵《三字经》《论语》时，我怀疑半个世纪前父母宿舍所在的升庵祠，是否是这里？不到半个世纪的变化已让我糊涂，三百多年的沧桑巨变让杨升庵来认他的"碧峣精舍"，见了雕梁画栋的自己的祠堂，比我还糊涂呢。

　　工厂最大的宿舍区在公路下方，斜对着升庵祠，是座园林般的大院子，四周围墙，高处一排排的两层楼小洋房俯视着数层台阶下的大花园。遮天蔽日的大树和藤蔓把花园一角荫得不见一丝阳光，雨也淋不进，我们女孩子在边上的树藤上打秋千，里面散发出的凉气一阵阵掠过我们红扑扑的脸颊。院子的后院也不小，里面有座中式的两层小楼，这里是工厂托儿所，母亲在这里当了十年保育员。托儿所门口有间单独的石头小屋，父母住这间屋子时，我最记得屋里的壁炉，长大后看外国电影，才知道壁炉这漂亮的玩意儿是用来做什么的，并向往起英国人围壁炉喝下午茶的那种优雅，也不管房子的主人是否英国人。

父母宿舍在得时间最长也是最后一处，是紧挨石头小屋的小洋楼。此楼上下两层均有内走道，走道两侧是一间间大小相同的屋子，十平方米左右，横头的屋子面积大些，总共十多间。每间屋子住一对双职工，各家各户只能在门外顺墙放只风炉做饭。在内走廊里生火做饭，虽然家家烧炭，毕竟不够一年四季天天烧，还得掺其他有烟煤，还有引火柴，所以一只风炉的火烟，足够雾掉整个走廊，何况是十多家的烟子，雾得要命。

走廊里没有烟雾的时间只有夜晚和清晨人们起床之前。父母那间宿舍在楼上的中间，每天的烟子，等楼梯口和横头两边的散完了才轮到这里，我家变得蓄烟池似的，整个白天一屋子的烟散不出去。父亲被批斗经常写"小楷"，一般都是下班天黑后通宵地写，有几次白天写，我端着从工厂食堂打来已经凉了的饭菜——走到厂区有好几分钟的路——进楼，还没上楼就听见父亲不停地咳嗽，父亲被火烟熏得够呛。

文革中期父亲平反，调到主管这家工厂的上级单位。母亲本是跟着父亲从城里调来高峣的，父亲却没办法把母亲一起调回城。母亲成了单职工，带着四五岁的儿子生活，还住原来的房子。记忆中母亲最有趣味的生活，就在这间十平方米烟雾笼罩的屋子里养信鸽。鸽子笼是父亲用木条做的，吊在窗口上方，占去了半个窗口。整个笼子又被隔成两隔，母亲养鸽子一起养两窝，这窝飞出去几天又飞回来，那窝一样飞几天飞回来，都非常忠于主人。笼子里总有鸽子咕咕地叫，好像是一窝窝赛着孵蛋生儿育女，我和弟弟因此吃上母亲炖的血鸽，那是我们姐弟俩当时能吃到的唯一也是最好的补品。别家屋子里进烟子少，信鸽却养不家，飞了就不回来，于是来看我母亲怎么驯鸽，我由此记住母亲很会养信鸽。母亲还从工厂的废品中挑了只敞口的医用玻璃瓶来养滇池里弄来的小鱼，有的是父亲下基层到厂里时抽空钓的，有的是小镇上一户渔家送给我弟弟玩的……我不理解母亲养的信鸽和小鱼怎么一点不怕烟熏？

这处大宿舍区不像其他一眼认得出是寺庙祠堂还是私人别墅这类常见建筑，就像那石头小屋里的壁炉一样，遇上机会才弄得明白是做什么用的。几年前我去看正在被挖土机夷平的荒草丛生的工厂，并去寻找这片宿舍区，结果，除了那棵我和伙伴跳橡皮筋的撑天巨伞般的柏树之外，再没其他旧迹，原址上是几幢20世纪80年代建盖的七层楼职工住房，里面还住着退休和因工厂倒闭提前退养的职工七十多户，他们让人感觉像个遗存的古代小部落，守在曾经的城堡废墟旁。耄耋之年的工厂元老、"文革"中与我父亲一起被批斗关押在普贤寺的张学贵老人和老伴还相守这老地方，我从他嘴里得知，以前这片宿舍区是范秉哲博士的私人医院，叫慈航疗养院，范博士是解放前昆明大名鼎鼎的胸科大夫，他在法国留学时娶了法国女子为妻，大家称呼她格兰夫人，她死后葬在医院对面的半山腰上，墓茔至今还在。

老人说的范博士往事，与我从史料《抗战时期文化名人在昆明（二）》中读到的一段史事吻合了起来：1938年秋，流亡昆明，只有梁思成、林徽因夫妇等6名成员的中国营造学社重新组建，10月开始第一项研究工作，是对昆明古建筑进行摸底调查。这当中，学社成员之一的莫宗江突发腹痛，送去昆明最大的惠滇医院治疗，医院认为是盲肠发炎不必手术。当时割盲肠是个大手术，费用高昂，不是随便可以割的。梁思成考虑到古建筑调查工作到乡下野外时，盲肠病发作遇上无医无药时要人命的，决定自己掏钱请昆明最有名的胸科专家范秉哲大夫亲自为莫宗江切除盲肠。我得知父母最后住过的宿舍曾是范博士的医院后，对博士的小客厅——那间有壁炉令我好奇的石头小屋——和父亲咳嗽不止写"小楷"的那间烟雾弥漫的房间，浮想联翩起来……

在高峣的住所，父亲比母亲还多出个地方，也是张学贵老人告诉的。老人对我回忆说："文革"开始，厂长、书记和工会主席"三驾马车"全被抓出来批斗游街，第二年你爸爸被关押在普贤寺囚禁了三四个月，每天两顿饭由你妈妈送。正是天寒地冻，上普贤寺的石坎结冰打滑，你妈眼睛不得力摔跤，所幸没把肚子里的你弟弟给摔掉。

普贤寺因徐霞客来拜谒"杨太史祠"和在上华亭寺时曾"足驻"过,现今改为纪念馆。虽然纪念馆路口的路牌上标着"徐霞客纪念馆",但我一见石阶,身子不禁战栗一下,我今生大概不会往石阶踏上一磴的。

宿舍门口的公路上

高峣小镇沿着一横一竖丁字型的两条道路分布,横的一条是西山脚下从昆明城到军工基地海口镇的公路,工厂宿舍都在公路两边,这段路面至今还是老样子,窄得只能过对头车。竖的一条是小镇主干道路,鱼脊似的直抵滇池岸边。小镇人以渔民为主。

宿舍门口的公路是横在我和弟弟内心深处的一条伤痕。弟弟三岁可以进城里的幼儿园,不知什么原因不进,是入父母工厂的托儿所。母亲始终是托儿所保育员,可是弟弟至今也弄不明白,为何自己老被母亲赶出托儿所?不得进托儿所也罢,也不给钥匙进宿舍。不让待在宿舍里也想得通,里面成天烟雾弥漫非把人熏出病来不可。那几年弟弟留在我脑海里的印象是,没有任何小伙伴,一个人孤孤独独在宿舍外面东游西晃,我从工厂拾炭或到镇上做什么事回来,见他在公路边数来来往往的卡车,一眼望去,过往的货车是那样巨大,路边桉树是那样高耸入云，而他，像只身处险地的可怜的小动物。通过这点记忆来推测弟弟的孤单，应是父亲的缘故。那时母亲忍辱度日，低头做人，可小男孩哪受得了什么鸟气，谁欺负反抗谁，这样一来母亲加倍受气，受不了时，把儿子打出门干净了事，既不管公路上成天过往着运军工机械的大货车和到龙门采石场（采石者是犯人和劳动教养者）拉石料的卡车，也不顾宿舍围墙外就滇池边的草海。弟弟无门可进，四下游荡，路边看大卡车看腻味了，想回宿舍找口吃的，门锁着，想回托儿所，门紧闭着不敢敲，往往是坐在托儿所门外的石阶上眼皮一合睡着了。有家长提前来领孩子见状，敲开托儿所木门喊道："李琼芬，你儿子睡门外！"弟弟至今难忘这一幕，每每忆起都觉命大，尤其是带大自己的独生儿子以后，愈加体验到母亲当时无可奈何地发狠把幼子赶出门后那颗碎了的心。母亲就这样提心吊胆了几年，直到儿子六岁送回城里的老家上小学为止。

我假期来与父母小住，"文革"开始才有记忆，也就从没有什么假期作业。有个寒假里见父亲下班后连夜伏在小饭桌——桌子板凳都是父亲自己找旧木头打——上用信签一页页的写字，很是奇怪。问爸爸写什么？问不出。问妈妈。回答写检讨。宿舍楼下的墙上和厂区都刷着父亲的大字报之际，父亲不回家，"住"到一个我不知道但感觉很近的地方，因为母亲每天两顿送饭给父亲，送去很快就回来了。母亲不论白天提饭盒出门还是晚上去厂子开大会,都把我反锁屋里。有次工厂白天开批斗大会游街,母亲被手臂上戴红袖箍的一伙人临时叫走,来不及反锁我。游行队伍经过宿舍大门外时又是高吼的口号又是嘹亮的歌声,我跑下楼看热闹。公路两边挤满了看游街的人,游街队伍里戴红袖箍的男男女女振臂高呼,我追跑到队伍前头,见几个手臂上戴白布箍,脖子上挂铁牌的被两旁的人推搡着走,每人的头低得要埋进胸膛前那块漆黑的铁牌里去似的,看不清面目,牌子上用白粉笔写着的名字和罪名以及上面打着的红色大×,却赫然醒目。我猛然见到一个红×下写着父亲的名字,顺着往上瞧,正是不见半把月的父亲,腮帮上胡子拉碴一大把,脖颈上系铁牌的铁丝把肉勒出凹槽。我被这副模样吓得愣在原地,很快被涌上来的人群挤开。不几天后,母亲请星期天乘马车回昆明城休息的同事把我捎带上,好长时间不许我去工厂。那位阿姨带着我坐马车到城里,在小西门下车后拖着她那条小儿麻痹的腿一拐一瘸走路,把我送回家交给我外婆。这一年我再没去过高峣,后来母亲回家来生我弟弟,因病在家住到翌年,父亲也终于回来,这才见到已经半岁的儿子。

上文中提到的张学贵老人当时是工厂党支部副书记兼任工会主席,他与我父亲一起被游街,一样挂着"刘少奇爪牙""走资本主义道路当权派"的铁牌,如今回忆起来,老人清晰记得每次游街的场景,说那几天里天天把他们拉去游街,每人脖子上挂着十几斤重的黑牌走路,走几公里到车家壁,有时走十多公里游街到马街。

去高峣的路

母亲去世前不久无意中对我说了句话,这样讲:"你爸背着文辉骑车,从家骑到高峣。"话几乎是从我背后飘进耳朵里的,因为我正忙活家务,心里想着事,忽听母亲这么一句没头没脑也没下文的话,不知她想表达什么,也忙不及接茬,以为话儿风吹过。等到母亲人走烟飞,这句话同样是来无踪去无影地在我耳畔响起时,才明白母亲讲这句话时,不仅话本身,甚至每个发音和声调全都烙印在了我心上。

从昆明城到西山高峣的路只有三四十里,但在我一生中,没有比年少时所走的这段路更远的了。那时思念父母,想到父母上班的地方玩,年幼不能单独行动,几十公里路远得天边一样。如今咀嚼母亲那句话才意识到,父母那时何尝不是同样感觉?想儿女却不能随意去见,政治动荡加上缺乏交通工具,几十里路就把子女隔得远在天涯似的。

父亲背儿子文辉骑自行车,从城里的老家骑到上班的高峣,是戴着"走资派"帽子被下放车间劳动期间的事。父母从家回工厂上班,先步行走翠湖西岸,到小西门乘到高峣的6路公共汽车。坐不上公交车,继续往前走到篆塘码头搭乘轮船走滇池。"文革"武斗时,汽车和轮船时开时停,会骑车的自己骑车走。父亲四十出头,背着孩子在这条公路上骑车,风里来雨里去的不算难事,只是精神上的折磨让人倍感孤独。试想父亲年复一年被批斗得已从灵魂深处否定自己,现实又没有前途可言,生活中能暂时排遣郁闷,从黑暗的夜空中见到黎明曙光的,唯有孩子,所以背着新出生的儿子骑车的这段路,心身反而可以暂获自由,可以做做白日梦,有多少不着边际的梦,可笑的梦,都可以往背上儿子的身上去做。我相信母亲体验不到父亲这短暂的幸福,她因受牵连和生弟弟后老病复发又添新疾,苦不堪言,对我父亲背儿子骑车回工厂这事所能体味

祖孙。父亲用年轻有力的背脊驮着襁褓中的儿子骑自行车往返于城里的家和城外的工厂,心情在暗夜与黎明之间胶着。而父亲用年迈羸弱的背脊驮着孙子时,内心一片天伦之乐。无法想象的是这祖孙二人骑车,无论前者活着时为生存,还是后者少年兜风,均在距家几公里外的同一段公路上。2000年拍摄。

到的，只有苦味，以至她垂暮之年忽然忆起，仍在苦中。

父亲在工厂失去自由行动时，由母亲背儿子往返于家和工厂。母亲自幼双目半盲，骑不了自行车，好在那时没公交车和船，还有马车可坐，所以我印象中陪母亲背我弟弟回工厂都坐马车。马车由两匹马拉，车厢上方有遮阳挡雨的蜡黄色油布顶篷，车厢左右两边木板即是座位，挤挨着够坐十人。出城到高峣的路，是抗日战争时赫赫有名的滇缅公路的起始段，我们坐马车时抗战和解放战争的战车在公路上相继辗过才二十多年，加之年久失修，路面坑坑洼洼烂得不行，马车走起来，浪中行船一样让人晕。坐前面还好些，只是避不开马尾巴抽打。坐车尾危险，手抓不牢能被颠下车去。上马车后弟弟就哭闹着不让人背，弄得一车人不宁，把他放下抱着，又让我和母亲大受其罪，东倒西歪坐不稳，每每被颠甩到对面人身上，身子骨不牢实的可想而知会怎样。好在我们母子仨遭车上人恶骂之外，既没被掀下车，也没骨折。

母亲晚年没有忆起坐马车的事，反倒一点不含糊地说起父亲背孩子骑车的事，我当时以为父亲刚离开人世，还有是弟弟每天骑自行车接送他上小学的儿子，可能某天大雨滂沱时，弟弟接儿子回家，母亲见进门的这对父子被淋得落汤鸡的模样，眼前倏地闪现三十多年前高峣路上的某一幕，等到日后见我，忍不住说了那句话，如此而已。

我如果没有被弟弟儿子子昱骑车的一桩事给触动，母亲那句话永远风一样过了。事情是这样，母亲过世不几年，子昱上初中并学会骑自行车，自己骑车上下学。学校距家近，骑车只需五六分钟。骑车一个学期胆子就骑大并骑上了瘾，放假约同学往郊区骑。有天，子昱无不得意地说，他单独一人骑车到高峣，还骑上西山！我一听，心里顿时咯噔一下，母亲生前说下的父亲背弟弟骑车到高峣的那句话，立刻从我心深处某个角落被唤出，倏乎飘来耳畔，仿佛母亲刚刚讲过似的。太让人蹊跷了：子昱第一次独自骑长途，没有去距他家近的北郊，是穿城去西郊，而且一骑就骑到高峣，走他爷爷几十年前背着他还在襁褓中的爸爸回工厂所走的路，难道冥冥之中他由爷爷的魂牵引骑上那条路？

如今子昱去省外上大学，到那里不再需要自行车代步，骑自行车上学的时代随之结束，我不禁回望他中学骑车经历，一回首，又是一惊：他六年当中骑长途锻炼身体又兜风的路线，竟然只有绕城而过，到高峣西山的这一条。这条线路怎么就令他百骑不厌，天生爱走似的？我把我的发现告诉他，说你知道吗，你最爱骑车到高峣的这一路，正是你爸爸一两岁时被你爷爷背着骑车去工厂上班的路。

愉快的假日

父亲背儿子骑车几十里去上班时，已经下到工厂最艰苦的熔炉车间接受监督劳动，车间最重的活儿是吹工和司炉工，父亲就干这两样，一干五年，比他当厂长时间还多了两年。

于我而言，我的假期生活正因父亲在熔炉车间干活这几年而变得愉快又丰富，可以暂时离开城，从管教严厉的外婆身边逃开，到父母这边来"放风"，这边有滇池，还有父亲那个变魔术一样的生产车间。最吸引我的是车间里父亲和叔叔伯伯们吹玻璃仪器，每人手握一根铁吹管，把吹管口擩进通红的大滚锅里，蘸出一团玻璃溶液，然后支在木架上，人的屁股顺势移上高脚木凳上坐着，双手握住吹管，腮帮一鼓一鼓地吹将起来，那头的玻璃液像气球似的一下一下膨胀起来。膨胀一点后，有的吹成圆形，有的吹出扁形，有的吹成锥或斗状的玻璃容器，还有的吹成或直或弯的玻璃管子。一团玻璃液体被吹成一个仪器后，摆放到下道打磨工序的工作台上，然后服从命令似的从吹管上脱落下来。车间的熔炼炉一年四季烧着，锅里的玻璃液天天滚沸，我暑假来这里玩，热得头昏，但还是着迷地看吹仪器，看到下班前，父亲让我提四台盒子的饭盒去食堂打全家人的饭菜，我才恋恋不舍走开。

父亲不当吹工吹仪器，就当司炉工烧玻璃熔炼炉。炉前的冬天都热得人汗流浃背，父亲烧炉子时，常年空身穿件破烂劳动布服，人本来就瘦，布料硬邦邦的衣服又大，穿在父亲身上就像套在枯树桩上一样晃里晃荡。父亲瘦骨钢筋却有气力，他戴着被烧通洞的凡布手套挥铁铲往上下几口炉膛里送料，时而朝上面的炉口送熔炼玻璃的砂石原料，时而朝下面吐火焰的炉口送煤块，我见父亲从额头到下巴随时挂着的一串串汗珠子，被火光映得红宝石样闪闪发光。

放下铁铲休息时，父亲不像别人坐着抱水烟筒悠闲地吸烟聊天，只是蹲地上，把脊背整个儿靠实在顺墙的木头长条椅上，椅子没空地就直接靠墙蹲，然后提过水烟筒靠在肩上，掀开发黄的白菜叶露出烟丝，用三个手指捏一小团烟丝按在烟嘴上，划火柴点燃，把脸埋在烟筒口啵罗啵罗地猛吸起来，水被吸得翻江倒海，吐出的烟雾大得能把他的头罩住。父亲大大吸几口烟立马起身，抄铁铲干活。冲炉膛靠墙的这排长椅上时常坐着男人，大多跑来这里吸水烟筒，烟筒就一两只，你吸完他吸，等吸烟筒的人跷二郎腿讲话，整个炉口前变得休息室似的。吸完烟筒的人见搪瓷缸里有茶水，不管谁的茶水也不管茶缸有多黑，抬起就喝，炉前留给我一种粗犷的温馨感觉。父亲的水烟筒是大龙竹做的，粗得我要两只手提，水又装得多，提水桶一样重。烟筒水每天都得换，父亲就让我换水，把几只烟筒的水都换掉。被众人吸了一天的烟水倒出来，臭得恶心，我一干这活就噘嘴。

炉前火烤人，烟筒的烟雾呛人，我来这里只盼着父亲除炉渣即焦炭渣。炭渣里面还有不少可以再烧，烟子又很少的炭，厂里人叫"二炭"。二炭烧熔炉根本烧不了，小家人烧风炉做饭还有余。有二炭的炉渣倒在车间背后一片坡地上，堆成了山，职工子女都拾二炭回家烧火做饭，冷天烤火，节省下不小一笔柴禾钱。除炉渣时，先把炉膛下方的炭渣铲到手推车上，推出车间用胶布管浇水，把炭渣上的余火灭了，才推去倒掉。我跟在父亲的手推车旁走到炉渣山前，看着一车炭渣倒掉的一刻，终于感到有同小伙伴们说话的资格，因为拾炭的孩子们都等着车间倒新出的炉渣，这样可以拾到大块的二炭。拾炭的绝大多数是女孩子，平时她们遇见我都躲开，在炭渣山上躲不开时也不愿跟我说话，只有我跟着父亲倒炉渣的一刻，她们当中个别人会给我个笑脸。为了这一刻，我忍受得了炉膛口的高热和大人们吸水烟筒的烟臭。这一刻转眼过去，我又形单影子地蹲在炉渣山上，用父亲专门为我做的铁耙（一根粗铁丝折成两个齿的耙）扒拉着找二炭。我来父母身边小住，最多的活儿就是拾二炭。母亲视力差拾不了这东西，我住的时间短拾的炭有限，平时还是靠父亲休息一天拾。

渔　家

高峣小镇的主干道即那条鱼脊似的路，一头连着公路，一头直抵滇池,水边船桅林立,泊满渔家帆船。渔家小院正门临街,一律是扇仅供人出入的小木门,后门却大得把小木船扛出扛进,多数人家的后门是埠,船直接划到门口。不知杨升庵时候的高峣是否有这番样子?清代昆明人得一和尚来高峣,留下首《高峣晚渡》的诗,当中的高峣影子我还赶上看最后一眼:

> 泊舟碧峣岸,四顾喜嘉禾。
> 老马溪边饮,沙鸥浪上过。
> 渡头行客少,峰顶夕阳多。
> 树色晚山翠,渔人带月歌。

1963年是高峣小镇划时代的一年,之前它还是《高峣晚渡》中纯粹的渔村码头和到处是民国时代别墅的风景地,之后工业文明进入——父母所在的工厂在这年正式建成投产。由于生产区和生活区与渔村和农田狼牙交错,每天各家各户有的进工厂上班,有的进湖捕鱼下地干活,职工和渔民住得邻里似的,彼此之间也互通有无起来。比如渔家的柴禾,公路上方的山坡森林茂密,遍地是松树的柴禾,渔家自古烧灶用柴,有了工厂后,寒冬屋里烤火要烧二炭,冷天出海,船上的小红泥炉里也要烧一炉二炭烤鱼吃。二炭对渔家有挡不住的诱惑,工厂大门却看得牢,除了职工和家属,没外人能进厂拾炭,渔民为了二炭,没有不走厂里人路子的。父亲落难的六七年里，记忆中与我家往来的只有一家，是村子里一户儿女多很贫穷的渔民，因为男主人与我父亲同姓，两家往来时间又长，走得亲戚似的，他家都从我父母宿舍里背二炭回去烧。而父母下饭的咸菜，多是他家做的海菜鲊，虾鲊和腌鱼。这渔家孩子男多女少，只有一个比我大两三岁的女孩，她是我少儿时代在高峣有过的唯一的好朋友，我在厂里拾炭，羡慕身旁的女孩们都是几个在一起边拾边有说有笑，就特别盼着去村子找她，唯有她分担得了我的孤独。如今还想得起她窄小的瓜子脸上两颗杏仁样美丽的眸子一闪一闪。

我有生以来第一次见滇池月夜的美丽，就在这户张姓渔家后门的水上。有年中秋节，工厂的革委会通知开批斗会，过一个革命化的节日，挨斗的仍旧是随时随地接受批判的父亲一伙走资派。不知为什么母亲被获准可以不参加，所以下班就背起弟弟牵着我到张家过节。昆明中秋节的天空一般不是乌云就下雨，难见十五的月亮。那晚滇池上空只有几丝云絮，如水的月光下，张家那座墙上挂渔网，每个旮旯塞满破烂东西，鱼虾和海草腥味弥漫的小四合院里，亮如白昼。为过节，厨房里那张四条腿当中三条就加固了木条的小方桌被摆放来院子中央，桌子上，每个都打补丁的搪瓷碗里，码放着厨房大铁锅里焙炕出的月饼——粗麦粑粑，还有刚从院子梨树上摘下的薄皮大黄梨。所有人围桌而坐，年幼的孩子们吃得狼吞虎咽，张家大儿子往嘴里胡乱塞些饼果起身忙活，借月光补渔网。张家二儿子因弟弟们嚷着要划船玩,去准备出海。我被允许跟去玩,两三岁大的弟弟被大人拽住不让跟去,哇哇号。我们出后门,把在小渔船上过夜的五六只鱼鹰——都叫它水老鸦——赶到旁边一条大渔船上,从木桩上解开小船缆绳往湖里划。划远到渔村变得黑乎乎一片怪兽般伏在水上蠕蠕地浮动着,村庄路灯弱如月空暗淡的星星之际,弟弟的干号声和村里的狗吠声还贴着水面若有若无地传来。

母亲为补偿弟弟过节不得划船,用个休息日专门带他去钓鱼,地点在工厂宿舍围墙外长芦苇茭瓜和有稻田的水边。钓竿是父亲的,闲置了几年。母亲根本不会钓鱼,为让孩子有个玩场,也抬钓竿来岸边钓,实际上只是把田埂边挖到的蚯蚓往钓钩上一挂,让孩子把竿子放进水里,看牢了孩子别掉下去。碰巧这时张家人划小船来田里做活,见母子俩连个虾都钓不着,赶忙张网。那天弟弟不仅得坐了船,回宿舍时还提了几条草线穿腮,大人手掌长的白鱼,母亲提的小桶里,游着几尾弯丝鱼。傍晚母亲在烧二炭的风炉上清蒸的白鱼,几十年后我嘴巴里还能咂摸出那鲜味来。

白鱼是滇池本地鱼种,之后三四十年锐减到几乎灭绝时,高峣渔村早没了高耸的桅杆和船桨的影子,原本低矮整齐的瓦顶平房,一律变成挤挤插插高矮不一的火柴盒式的小楼。小镇"鱼脊"式的主街,已萧条得大白天不见几个人影。父母在过的工厂破产后被一家工厂兼并,几年后再次破产,至今十多年一直荒芜着,西山名胜风景区脚下重回半个世纪前没有工业的时代。没了工厂擎天烟囱的高峣,滇池水也退远,等待着整个拆除重建的小镇,不再湖水拍岸,也没了渔村,杨升庵与友人泛舟湖上,徐霞客上岸的高峣码头,他们书卷里才有了。

跋一：我和父亲与《老照片》

这本书四分之一的内容，是依据四十余幅昆明清末民初至上世纪80年代初的照片写往事，大至整座老昆明城，小到城里普通家人，我视这部分为书的核心和灵魂。这些照片和文字全部在山东画报出版社的双月刊《老照片》上发表过，刊发后有的被《作家文摘》转载，有的收进典藏版类图书中，有的几年来一直挂在杂志网站上不断被点击，如果不是这样，我对此书是否问世缺乏信心，故而此书的缘起，与山东画报出版社的这份入选"新中国五十年五十件大事""共和国60年60本书"、引领了中国图文阅读时代的读物关系甚切，此事已写进拙文《我和父亲与〈老照片〉》（见2015年6月出版的《老照片》第一〇一辑）中，这里全文引用为跋：

> 十五年前的 2000年，著名老诗人周良沛拿了一册豪华摄影集《历史的凝眸》给我，约我根据选自影集的两组照片为

《老照片》杂志写两篇文章。我从没写过读图文章,但被这事给吸引了——照片让我第一次见到自己生长城市以前方方面面的老样子,亲切得如同看见从没见过的祖宗;而《老照片》在昆明街头报刊亭随处可见,我在父母家里见到的这份读物,就是父亲在家门口小巷里的报摊上买的。父亲要了解身边事必读本地小报,因文化不高又没什么爱好,几乎不读杂志也就不买,他却一辑辑买《老照片》来读,家人以为是人到晚年赶时髦。可他独独买这份杂志,让人忍不住要看看这份雅致朴素、小得像本书的杂志里面有什么稀奇?我因好奇拾起被父亲读过后夹了不少旧日历和一两分钱纸币之类随手拿来当书签的《老照片》来读,到周老师约我写稿时,这份杂志已成了喜好和世界观不同的我们父女两代共同奉读也是唯一可以读到一块的读物。

那两篇有关昆明老照片的文字相继在《老照片》上刊登后,我没有继续写读照片的文章。而父亲继续买《老照片》读之外,捡起了子女们淘汰的傻瓜机学照相,一个人转悠着拍照正在拆除的昆明老城,也拍新建筑,像干桩重要的事一样着迷。旁观者一看就知道他受了什么影响。父亲2005年8月病逝,大约是5月前后他买了最后一本《老照片》,之后他病情恶化得床都下不了。家人都明白,他生命最后五六年里唯一读的这份杂志,给了他不少的精神慰藉。我们谁也没料到的是,他在去世多年后竟然会由《老照片》曾经的一名读者,变成这份杂志中被阅读的对象,而且我已故的母亲和外婆也紧随其后被载入其中。

我这三位亲人生前都不大对我和弟弟说他们的经历。外婆不识字,母亲没念过书,父亲有点文化全靠在工作岗位上学得,三人不善言语,更谈不上写,也就非常珍惜人生难得的几张照片。照相对于外婆这代生长于封建时代的老百姓，完全是一种奢侈，对于父亲这代人，也大致如此，遇有大事或偶然有什么机会才会照下张相片，有了都当传家宝。所以父亲不仅好好保存照片，连贴或不贴人头像的证件包括乘车月票也一概珍藏，十年"文革"中他挨批挨斗仍把这些可能成为"罪证"的物件藏起来，等到成了遗物我翻开来看时，发现完整得像个家庭档案。

  2010年的一天，我偶然翻开"档案"，哪想竟然有凭有据地一口气读完父亲的大半生和他人生所遇的每次时代大变革，顺带着还把母亲的婚育大事完整读了个遍。虽然外婆作古二十多年后我才留意起她在居委会的经历，因照片记录下了那段经历的大概，我回忆起来毫无阻隔……总之，这些照片和证件像个什么都知道的老人，把其中记录下的历史大事和细枝末节，向我娓娓道来，"听"得我禁不住回忆起来并与之对话。与父亲1957年的上海公交月票"对话"而了解到父亲当年派驻上海的往事，于是按捺不住动笔并一气呵成。写好了才想到往哪投稿的事，还是《老照片》吧。这样决定不仅因为父亲生前对它情有独钟，主要是想来想去当下的全国报纸杂志，没有那一个像它那样，更适合刊登依据家传照片回忆爷爷奶奶父亲母亲们一生中令人刻骨铭心的往事了。决定归决定，毕竟十年没有与《老照片》联系了，到邮局寄特快专递填写单子时，心里没底得手都有点发抖，石沉大海事小，就怕独一无二不可复制的父亲遗物寄出去后弄丢了。结果半年后，第七十一辑就刊发了我的《父亲的一张上海公交月票》。

  接下来，我依据父亲老照片和相关证件，以《父亲的"公有制"记忆》为题，完整记录了他自新中国成立到改革开放的沉浮人生。这篇图文在2013年4月第八十八辑《老照片》刊发后，7月23日《作家文摘》第8版"往事"

以头条转载。

父亲在20世纪60年代初做首任厂长的一家小型国营企业到80年代末被一家中型国营企业兼并,90年代末,连兼并者一起破产。破产后,属于原来小厂的职工,还有百十号人一家家的集中居住在滇池边我父母住过的职工宿舍区。2011年我为写《父亲的"公有制"记忆》找到这里,拜访了几位儿时的长辈,他们带我去看距宿舍区几步路外的杂草丛生荒芜了十多年的工厂。翌年照片和文章刊登后,我买了几十本《老照片》送去给这些有的是企业未破产前退休的人员、有的是破产后靠社会保障维持基本生活的职工,他们中最长的与我父亲一辈,中间的与我同辈,还有年轻的下一代,从他们无论是谁都恭敬地接过《老照片》的神情上,我明显感到他们强烈地怀念着什么,以及对手上这本记录进他们所怀念的工厂和那段时光的读物的敬意。曾做过昆明市劳模、八十多岁的张学贵老人爱不释手地翻看着,他视力模糊读不了文字,就一遍遍地看与他同时进厂、已经去世的两位工人和同样作古的老厂长的照片,不住嘟囔道:"社会还想起了我们这些人!"。

自2010年至今,《老照片》刊载我写父母亲和外婆的图文,有四篇之多,父亲珍藏一生的"家庭档案"几乎全部进了《老照片》。养育了自己的所有亲人都"活"在了一本读物里,有生以来第一次对一份读物产生了"血缘"般地感情,毫无疑问它只能是《老照片》!

我由此理解了父亲晚年为何独独爱读《老照片》,那是他一生阅历的选择:通过明白无误的照片和朴实易懂的文字,他从上到领袖和名流,下至与他相差无几的普通人一生的真实故事中,从别人的命运中,看到自己,获得所需的某种精神抚慰。

到如今我与《老照片》交道了十五年，看似熟得不得了，可猛然一想才发现，竟然还没见过任何一位编辑的面，似乎也没通过一次电话听到过对方的声音，说来真是天方夜谭。现在可以在这里对《老照片》说点感激的话，又无言了。不过，还是要好好记住冯克力先生的，没有他和他主编的《老照片》，父亲用一生时间保存下来的"家庭档案"，只不过私人家传，年久如烟而已。

末了，特别需要对书中使用的他人照片交代一下。《法国人镜头下的老昆明》《"风和日丽"的公堂》和《昆明1943：大反攻前的悠然》三篇均为《老照片》提供照片，图在杂志上刊登时，已注明"照片选自《历史的凝眸》，云南美术出版社出版"和"台湾秦风老照片相馆供稿"的出处和版权所有者。此地向照片的拍摄、收藏和提供者致谢，这些黑白老照片不仅让我看见了自己城市以前以前的事，如一本名叫《当历史可以观看》的书名所言，通过照片直接观史，我观看祖先而加深了对自己生长城市历史特性的认识，同时也从一方水土养一方人这上面来认识自己。

2016年1月

跋二：外婆身后

此书遍布着一个人的足印，这个人就是我那大字不识的小脚外婆。她作古整三十一年了，经过这么多时光流水的打磨，她在我脑海里的身份变得不只是我的亲人，已经形而上成了一种代码，因为写她时，明显感觉是在写她的时代；写以她为主体的我们的小家昔日时，感觉是在写同时代的昆明人往事，她仿佛成了她所生活时代的昆明市井和老家街上的普通人化身，所以几年前酝酿写作时取了个《外婆的北门街》的书名。后来随创作的深入才定名为现在的书名。既然如此，非常需要谈点书外话题，以此机会感激那些刊发我写外婆文章的编辑们。

外婆活着时我还不会写作，她老人家去世第三年我写了篇题为《忆外婆》的散文，就是这篇非常幼稚的千字文，开启了我二十多年的文学创作生涯。这几十年来我都在断断续续地写外婆，梳理完所写的几篇文章，发现个现象，即几乎篇篇受到青睐。第一篇《忆外婆》写于1988年，那年我在工厂上班，工余上文学讲习班，当中写了这篇小散文投给《春城晚报》。不几天就见报，还放在正中位置。文章见报当天所发生的戏剧性一幕，成了我人生的大转折：我在工厂的具体工作是办厂报，那段时间写了份如何办好厂报的调查报告，拿去《云南日报》投，编辑当场看了说不对他们报纸的路，让我找某中央新闻单位驻云南记者站，去那里投稿试试。我一路问着找去，顺道在报刊亭买了份刊登有《忆外婆》的晚报。找到记者站，向接待我的记者递上了我的调查报告，最后还拿出晚报给对方看。后来这位记者成了我丈夫，他说初次见面读到《忆外婆》，我在他心目中留下了好印象。《忆外婆》实际上是牵线媒人这事，我一直没对编发文章的编辑费嘉说，如今可以当作命运的玩笑让费嘉一乐，却已阴阳两隔——2014年他在《春城晚报》副总编位置上猝然病殁。既然由不得人，还可以在此对他早逝的英灵说句话：老费——老少都这么亲切地叫你老费，你初当编辑编的副刊"山茶"，是我的文学摇篮，我第一声幼稚的啼叫就是《忆外婆》。

有一年我想外婆想得不行，写了篇好几千字题目叫《七月圆通寺》的散文寄给香港《大公报》副刊"大公园"，出乎我意料，文章上了头条不说，还分两天刊载了全文。恩师萧乾在北京家中读报读到文章后，专门写信来鼓励我。

工人日报"星期刊"的刘建民也是一位让我感动的编辑，

我们仅一面之交,见面时说过句淡得说过就忘的话,而且这一面之后至今七年都没再见过,可是我自那时起给他负责的版面投稿,一投几年,直至他调离副刊岗位。我投去的所有稿件中,他最看中我连续写我外婆的散文,不是刊发头条就是放在版面上的招眼处,每次都让我内心热流涌动,不以故人的名义不足以言谢意。

写外婆的文章受欢迎,把外婆相片第一次拿出来投杂志更出乎预料——上了《老照片》杂志,而且是用整页篇幅刊登。我从刊载在杂志里的外婆相片上端详她老人家,好像在看一位公众人物,发现这位老奶奶的发式衣着,神态气质,与背景上的四合院天井景物吻合极了。心想:看着这样的旧式老奶奶所想到的民居,还会是什么,只会是粉墙灰瓦的中国明清建筑,不知编辑是否同感才那样处理照片?我从这里受启发,才取了本书书名。清光绪三十二年即公元1907年农历八月十四,外婆出生在滇西古镇黑井一座普通人家的小院,十八岁嫁李家,在李家三进院的大宅里生活二十余载,解放初背井离乡上昆明定居,在北门街老马地巷1号这座有十余户人家的小四合院里度过后半生,于1985年1月27日寿终正寝,享年78岁。因外婆老来几番嘱咐,她死后不回家乡要埋在昆明,所以父亲在北郊上庄的长虫山坟地,选了个俯瞰山下极目天边的地点安葬外婆。昆明虽是生养我的地方,但都不是父母的故乡,所以我对这座城市有明确的认同感,始于长虫山上有外婆坟茔的那一天。外婆是第一个在这座城市安息下来的亲人,有祖辈长眠的地方,让人感觉有根。这根在一个人内心土地上终归要长出一棵独一无二的树。于我而言,没有从外婆这里始生的根,就长不出这棵一树两枝——《老昆明碎片:粉墙青瓦》和《老昆明碎片:北门先生》这两部书——的大树,谨以此"树"纪念外婆萧凤珍110周年诞辰。

唐贵明是这两本书的责任编辑,没有他数年来一如既往的首肯,依我个人的胆量,问世的可能是一本关于老昆明北门的七拼八凑的书,不会是这两个印下我胎记的完整"碎片"。

书成之际追溯自己何时自觉起关于童年生活的话题,原来,缘于杨宇伯这位既是老街坊又为大学同窗的约稿,他在省委党校的校刊任编审开始编辑老昆明的书持续至今,十多年间编辑出版了好几本,因他邀约,我十五六年前第一次回忆,写下老家小巷的三篇系列散文,随后几年回忆老家的文章也就多数刊发在他编辑的书里。没有这个当初,就没有今日,甚是感激。有意思的是,我与这位街坊儿时不认识,成人相识时已不再是一个街坊上的人,皆成那个街坊曾经的过客。

最后感谢原《奥秘》画报社社长高崇华女士,她在我母亲老家黑井小镇为我拍摄下了书里的作者像。

2016年1月27日